La Dernière Bagnarde

Du même auteur
aux Éditions J'ai lu

LA BELLE CHOCOLATIÈRE
N° 6228

LE BEL ITALIEN
N° 7586

L'IMPÉRATRICE DES ROSES
N° 8359

LA VILLA BELZA
N° 8798

LA PASSAGÈRE DU FRANCE
N° 9560

BERNADETTE
PÉCASSOU

La Dernière Bagnarde

ROMAN

J'AI LU

On se sent étrange à Saint-Laurent. La face de la vie est changée. N'aurait-on pas quitté la Terre pour une planète aux mœurs inédites ?

Albert LONDRES, *Au bagne*, 1923

« La loi du 30 mai 1854 qui institua les bagnes coloniaux a décidé l'envoi à Cayenne de tout condamné aux travaux forcés, ainsi que celui des femmes, pour y être mariées aux bagnards et participer ainsi au peuplement de la colonie. La loi, toujours dans le même souci de colonisation, inaugurait le système du "doublage", c'est-à-dire l'obligation de résidence à la fin de la condamnation, pour un temps égal à celui des travaux forcés, ou à perpétuité, pour une peine de plus de huit ans. Ce "doublage" s'accompagnait de l'attribution de lopins de terre, de concessions.

« L'autre loi fondamentale pour l'histoire des bagnes de Guyane est celle dite de la "relégation" du 27 mai 1885. Une des lois les plus scélérates de la Troisième République, elle décidait l'envoi à Cayenne des récidivistes, des coupables de petits délits "qui, dans quelque ordre que ce soit et dans un intervalle de dix ans, auront encouru deux condamnations à l'emprisonnement...". C'était se débarrasser, pour la Métropole, des gens sans-aveux, sans-logis, des petits voleurs, des "paumés" sans domicile fixe. »

Odile Krakovitch, « Les archives des bagnes de Cayenne et de Nouvelle-Calédonie », in *Revue d'histoire du* XIXe *siècle*, 1985*

* Référence de la citation p. 9 : Varia-1, 1985 ; en ligne depuis 2005, rh19.revues.org/index4.html.

Mai 1888

Elles s'avancèrent vers le navire, silencieuses et graves. Le soleil de mai suivait tranquillement sa course tout là-haut et les mouettes joueuses se croisaient à vive allure dans le ciel de l'île de Ré.

Marie serra contre elle le sac de toile qui contenait ses quelques vêtements. Elle avait du mal à respirer. Les autres femmes aussi. Toutes étaient oppressées. Pourtant elles avançaient, obéissantes. Au dernier moment, juste avant d'enjamber la passerelle, Marie sentit ses jambes la lâcher et elle inspira profondément tout en regardant fébrilement autour d'elle comme à la recherche d'une aide, d'un dernier espoir. En vain. Dans la foule anonyme venue assister au départ des bagnardes, des exclues, elle ne croisa que du mépris, et il lui sembla même voir dans certains regards quelque chose comme de la haine. Elle en fut bouleversée. L'instant d'après elle posait le pied sur le navire et s'engouffrait dans ses cales noires sans avoir eu le temps de réaliser qu'elle ne reverrait plus le ciel de France. Sa respiration alors se bloqua d'un coup. Elle ouvrit la bouche mais l'air n'y entrait plus. Le sang cognait à ses tympans, elle étouffait. Elle lâcha son petit sac de toile qui tomba au sol, et battit l'air en désordre avec ses bras. En vain, ses poumons ne voulaient rien entendre. Un flot de terreur la submergea. Dans un ultime sursaut, repoussant ses compagnes hébétées, elle tenta de faire marche arrière vers le carré de ciel bleu qu'elle entrevoyait encore au bout de la cale. Il lui fallait de l'air, il lui fallait respirer à tout prix. Mais une main de fer arrêta net sa course et l'envoya valser contre la coque d'acier. Un goût âcre de sang remonta du plus profond de ses entrailles, emplit sa bouche, et jaillit. Il y eut des cris de dégoût, une bousculade, et ce fut comme une traînée de poudre. La panique gagna. Certaines femmes s'effondrèrent en larmes. Elles voulaient redescendre, elles ne voulaient plus prendre le bateau pour le bagne, elles voulaient revenir vers leurs familles, leurs enfants. Elles criaient des noms, appelaient au secours. Les hurlements des gardiens couvrirent leurs voix. Ils accoururent des ponts, armés de fouets qu'ils firent claquer à gauche à droite tout en les repoussant au fond de la cale d'où elles tentaient de ressortir et où ils les enfermèrent brutalement derrière de lourdes grilles noires. Marie avait trébuché en tentant de récupérer ses affaires que dans la cohue tout le monde piétinait, elle avait été rouée de coups. Sa tête lui faisait horriblement mal, et tout son corps était meurtri.

Maintenant l'émeute était terminée et autour d'elle on n'entendait plus que des pleurs et des gémissements. Les femmes étaient plongées dans la nuit. Tout en haut de l'escalier elles n'apercevaient plus du monde des vivants que le carré de ciel bleu.

Les gardiens avaient étouffé la rébellion et remontaient sur les ponts avec le sentiment d'avoir fait leur travail. Arrivé en haut, le dernier se retourna pour vérifier que tout allait bien. Les yeux écarquillés de Marie eurent juste le temps de fixer sa silhouette sombre contre la lumière.

On entendit le bruit sourd d'une trappe qui se referme. Le carré de ciel bleu disparut définitivement et le monde des ténèbres s'ouvrit.

1

— Qu'est-ce que t'as à plier tes chiffons ! Tu te crois où ?

Comme si elle n'avait rien entendu, Marie continua de ranger méticuleusement ses vêtements dans son sac de toile. Elle était parvenue à les récupérer un à un et, même dans un triste état, piétinés, salis, ils étaient tout ce qu'elle emportait du temps de sa vie en France. En prendre soin, c'était continuer à vivre, faire comme si rien de grave ne s'était passé. Et ce n'étaient pas les remarques de cette Louise venue comme elle des bas quartiers de Bordeaux qui allaient l'émouvoir. Les reproches, elle connaissait par cœur, toute sa vie depuis son plus jeune âge elle en avait entendu. Elle ne releva pas et prit le dernier vêtement. Il ne ressemblait plus à rien, il était à moitié déchiré, et il avait perdu un bouton. Elle en eut un haut-le-cœur. C'était son préféré. Une petite chemise fleurie en voile de coton dans des tons bleus avec de jolies manches courtes et bouffantes qui venait d'une grande maison de Bordeaux dont l'enseigne prestigieuse se tenait sur le cours de l'Intendance. Elle en avait toujours pris soin. Il se fermait délicatement sur la poitrine à l'aide de petits boutons de nacre blanc, ronds comme des boutons de bottines. Marie n'aurait jamais pu se payer un vêtement pareil qui coûtait son salaire de plusieurs mois. Elle l'avait trouvé ou, plus exactement, subtilisé dans la poubelle d'une de ses patronnes qui l'y avait jeté avec rage un matin où, contrariée de ne plus pouvoir le fermer pour cause de prise de poids, elle avait piqué une grosse colère en disant que cette chemise était affreuse et avait décidé qu'elle n'en voulait plus. Toute la journée Marie avait surveillé la poubelle et le cuisinier n'avait pas compris son assiduité à vider elle-même tous les déchets. Le soir même, juste avant de quitter son travail, tremblant qu'on ne la découvre, Marie avait extirpé le petit chemisier de la grande poubelle, non sans un désagréable sentiment de culpabilité. Elle l'avait caché tout au fond de son cabas comme une voleuse cache son butin, et avait traversé Bordeaux à une vitesse inhabituelle, grimpé quatre à quatre jusqu'à sa chambre de bonne, et refermé la porte à double tour derrière elle. Ses jambes en tremblaient. Une fois seule, elle avait repris sa respiration puis, délicatement, elle avait sorti la chemise du cabas comme on sort un trésor, et l'avait posée sur son lit. Elle n'en revenait pas de voir ce vêtement si raffiné, qu'elle avait si souvent admiré sur Madame, ici, dans sa chambre de bonne. Elle l'avait regardé sous toutes les coutures pour bien vérifier qu'il n'avait pas été taché, puis, comme il était impeccable, elle l'avait enfilé avec une gravité qui lui était jusqu'alors inconnue. Marie n'avait jamais porté que de mauvaises toiles. Passer ce vêtement gracieux, c'était comme changer de peau. Elle avait délicatement boutonné une à une les petites boules de nacre puis elle avait posé son miroir devant elle et, naturellement, elle s'était redressée. Elle avait relevé sa lourde chevelure brune et avait penché la tête d'un côté, puis de l'autre, admirant l'encolure et le tombé parfait. Et là, elle qui ne s'était jamais trouvée jolie, elle s'était vue belle. Depuis, les jours de beau temps, quand elle savait que Madame était dans sa maison de campagne ou en voyage, elle passait la gracieuse chemise de soie et se hasardait du côté du cours de l'Intendance. Elle marchait comme elle pensait que marche une dame des beaux quartiers, et allait jusqu'à la plus jolie boutique de la ville. Là, tout en admirant les vêtements de la luxueuse vitrine, elle souriait de bonheur et de fierté à la simple pensée que comme sur ces vêtements, cousue derrière son cou, il y avait l'étiquette signée du nom de la prestigieuse maison. Dans ces moments furtifs, Marie avait pu ressentir l'émotion troublante et délicate que donne l'élégance féminine.

— Tu ferais mieux de les foutre en l'air, ces frusques ! Vu leur état, ça ne sert à rien de les garder. Et puis, là-bas, on nous fournira tout ce qu'il faut. Mais toi, tu crois que parce que tu les plies bien comme il faut et que tu as frotté le recoin de cette chiourme avec des bouts de chiffon pour t'installer, ça va changer quelque chose. On le sait que t'as pas craché ton sang pour le plaisir. Qu'est-ce que tu veux prouver ? Que t'es pas comme tout le monde ? La belle blague ! Ici on est toutes pareilles, des moins que rien. Autant se débarrasser tout de suite de ce qu'on avait à Bordeaux. Moi je n'ai rien pris, à quoi bon !

Bordeaux ! Un jour à peine était passé, une nuit depuis l'horrible embarquement, et le temps semblait une éternité. Serait-il toujours aussi lent désormais ? Marie retint un hoquet de larmes. Sa ville était si loin maintenant. Et cette Louise qui disait qu'il fallait se débarrasser de tout ! Comme si elles n'avaient pas déjà tout perdu en ayant tout quitté. Pourtant elles n'avaient pas grand-chose, Marie réalisa qu'elle n'avait même rien du tout. Rien qui soit vraiment à elle. Pas même dans sa chambre de bonne qu'elle louait meublée. Aucun linge, aucun meuble, juste un peu de vaisselle, un bol et deux couverts. Mais elle avait sa terre du Sud-Ouest, et Bordeaux. Elle revit les quais joyeux et vifs de la Garonne encombrés de cris de toutes sortes quand les marins déchargeaient les lourdes caisses venues des pays lointains et que sur les charrettes passaient les énormes sacs de toile aux noms de terres inconnues. Ne plus jamais entendre le matin leur merveilleuse cacophonie en allant au travail, ne plus sentir les fabuleuses odeurs d'épices qui s'échappaient des sacs, et ne plus rendre leurs sourires à ces marins venus du bout du monde ! Ne plus jamais les revoir ! Marie serra un sanglot au fond de sa gorge. À quoi bon pleurer ? Il fallait se raisonner, rester forte, ne pas gémir, ne pas perdre la moindre énergie. Marie n'était peut-être pas née à la meilleure place ni dans la meilleure maison, mais elle avait appris à se débrouiller, et elle aimait la vie. On l'arrachait à sa terre, à son pays, on l'envoyait au bagne de l'autre côté de l'océan. Pourquoi ? Elle ne savait rien de ce qui l'attendait dans les terres de Guyane où on l'envoyait, personne ne lui avait rien expliqué. Mais elle était sûre d'une chose : son pays était celui-ci, celui auquel on l'enlevait. Reviendrait-elle un jour ?

Tout autour d'elle les gémissements avaient cessé, et les pleurs aussi. Les femmes, épuisées, dormaient pour la plupart. Sauf Louise qui ne cessait de parler ! Qui prenait le moindre prétexte pour houspiller l'une ou l'autre. Marie posa délicatement la chemise fleurie tout au-dessus des autres vêtements dans le sac pour l'abîmer le moins possible, puis serra la ficelle aussi fort qu'elle pouvait, et réussit à le caler derrière elle, entre son dos et la carcasse du navire. Elle voulait dormir un peu.

— ... Et quand tu briquais les appartements de ces dames à Bordeaux, continuait Louise sans se laisser démonter par son indifférence, tu ne pensais quand même pas les convaincre que tu étais quelqu'un de bien ? Parce qu'il faut s'en tenir une couche pour penser une ânerie pareille. Je vais te dire quelque chose moi. Mets-toi bien dans la tête une fois pour toutes que quand tu lessives le sol, t'es qu'une serpillière. La saleté ne disparaît pas par enchantement, elle déménage de là où tu l'enlèves, c'est tout. Et devine où elle s'installe ?

— ...

— Sur celle qui croit s'en débarrasser, pardi ! Tu la sors du joli meuble Empire de Madame et de sa vaisselle graisseuse, et hop ! voilà la graisse et la poussière qui s'incrustent sur toi. Sur ta figure, sur ta chevelure. Et je te dis pas l'effet que ça fait. On le voit au premier coup d'œil quand on te regarde. On se dit : « Tiens, voilà une boniche, une sacrée pourrie de boniche ! » Enfonce-toi bien ça dans le crâne et n'essaie pas ici de jouer à la dame bien propre et bien rangée. Ça ne trompe personne.

Tout en parlant, Louise joignait le geste à la parole et mimait les scènes successives. Marie en train de lessiver, de passer le chiffon avec des airs de dame, puis elle devenait la poussière qui vole et déménage, la chevelure qui cherche à s'en débarrasser en vain et, enfin, faisant un demi-tour sur elle-même pour changer de personnage, elle mimait les airs hautains de ces dames de Bordeaux. Louise avait un physique musclé, solide, et elle était dotée d'une voix un peu grasse. Elle parlait d'un ton énergique et faisait preuve d'un réel sens des situations et du comique. En tout autre lieu son talent d'imitatrice aurait déclenché des successions de fous rires. Mais dans cette assemblée d'une cinquantaine de femmes plongées dans la nuit d'un cachot, elle n'arracha même pas un seul sourire. Celles qui n'avaient pu trouver le sommeil la regardaient, assommées de fatigue et d'angoisse, hébétées, ne comprenant pas comment elle pouvait parler et gesticuler autant. Comment elle pouvait être encore aussi vivante, et pire, aussi drôle, alors qu'elles allaient tout droit en enfer, embarquées pour un voyage sans retour, pour une destination qu'elles n'avaient pas choisie et qui portait un nom à lui seul terrifiant : le bagne de Cayenne. Elles n'avaient plus de larmes ni de forces. Dans la pénombre on devinait leurs visages éteints, l'effarement avait tiré leurs traits et laissé leurs yeux grands ouverts. Elles avaient froid, et peur. D'étranges craquements résonnaient autour d'elles, montant du ventre du navire. On aurait dit un troupeau de damnées qu'un guide venu du fond des âges aurait décidé d'emporter à jamais dans son cercueil maudit. Le navire tanguait et roulait de plus en plus fort. Les coups de boutoir de l'océan résonnaient contre la coque d'acier. Là-haut il devait y avoir une sacrée tempête. Et au milieu de cet enfer, Louise semblait échapper à tout. Ni la nuit ni la puanteur, ni l'orage ni la guerre du ciel, rien au monde ne semblait pouvoir arrêter le fleuve de vie qui coulait en elle.

— Là où on va, t'as intérêt à changer, conseillait-elle à Marie comme si elles s'étaient trouvées dans un salon à discuter de tout et de rien. Je te le dis parce que quand tu te baisses pour ranger ou lessiver, on n'a qu'une envie : te fiche un coup de pied au c...

Marie la regardait qui se courbait montrant son postérieur, puis la seconde d'après envoyait un coup de pied dans les airs avec conviction, et revenait vers elle en pointant un doigt moralisateur.

— ... J'ai connu ça avec mon homme. Et un coup de pied, c'est du gentil dans leur panoplie de pervers, crois-moi. Ils ont plein d'autres idées plus louches les unes que les autres…

Marie sentait l'humidité qui montait de partout, et aussi d'atroces odeurs. Des odeurs d'eau croupie, d'âcres odeurs humaines de corps sales.

— Tu vois, Marie, continuait l'imperturbable Louise, ce voyage pour moi c'est comme une dernière chance, et je ne vais pas la rater. Vous êtes toutes à faire des mines de déterrées et à serrer les fesses ! (Ce disant elle comprimait ses fessiers, faisait une moue d'agonisante puis revenait à sa harangue.) Mais qu'est-ce qui vous prend ? Je ne comprends pas de quoi vous avez peur. Ce voyage est une chance ! Oui, oui, une chance ! Moi, une fois arrivée aux îles, pas question de recommencer la même erreur que dans ma première vie. Jouer les servantes pour une patronne ou pour un homme, c'est fini. Je sais ce que je vais faire…

Mais Marie ne l'écoutait plus du tout. Elle avait mal au ventre et une soudaine et furieuse envie d'aller aux toilettes. Elle faisait des efforts considérables pour se retenir. Elle aurait dû hurler pour que quelqu'un descende de là-haut. Or, elles en avaient déjà fait l'expérience, personne n'entendait ni ne venait. On le leur avait bien précisé la veille, elles devaient faire leurs besoins au moment de la sortie sur le pont. Une fois par jour pendant une heure. Deux femmes déjà avaient la diarrhée, à cause de l'eau, et une autre venait d'avoir ses règles. Elles l'avaient signalé au surveillant et à la sœur chargée de les accompagner. Mais rien n'était prévu et il avait fallu s'arranger à fabriquer tant bien que mal des couches avec des chiffons. Maintenant l'odeur était là, atroce dans cette cage fermée sous la ligne de flottaison. Seule Louise semblait ne rien sentir. Au contraire, dans ce cloaque, elle avait des visions de paradis.

— … À Cayenne tu sais qu'on pourra se marier et même avoir une propriété. Une maison. Tu te rends compte ? Il paraît qu'ils en donnent à ceux qui se tiennent bien. C'est une deuxième chance pour nous ce voyage. Moi je ne la raterai pas, et tu ferais bien de faire pareil.

Marie n'en pouvait plus, elle se leva d'un bond et se tortilla dans tous les sens pour essayer de faire passer son envie.

— Ah quand même ! Tu te remues ! Ça vaut mieux que de rester assise, tu as raison. Se remuer, il faut toujours se remuer, à quoi ça sert de pleurer sur son sort ! À rien, je l'ai toujours dit. C'est bien simple, chez nous en France, y a que des idiotes, des asservies. Toujours à pleurnicher pour une patronne qui leur crie dessus ou pour un homme qui se fiche d'elles comme de colin-tampon ! Tu vas voir, là-bas on va bâtir autre chose. On dit que c'est très beau, il y a la mer, des plantes fleuries, le soleil tous les jours. Tu te rends compte ? La mer ! Comme celle du bassin d'Arcachon où je trempais les pieds quand mon oncle nous emmenait à la pêche et qu'on dormait dans les cabanes ! On quitte la France ? Et alors ! On quitte aussi la pluie. Pas la peine d'en faire un drame ! Au contraire. Il faut être stupide pour préférer un pays où il fait froid à un pays où il fait toujours chaud. Ceux qui nous envoient au bagne croient qu'on va se laisser crever ? Tu parles ! C'est l'inverse, on va se la faire la belle vie, crois-moi. Ils nous prennent pour des fainéantes mais, moi, j'ai pas peur de travailler, et s'il faut retourner la terre même dix fois par jour je la retournerai. On va leur montrer... tu vas voir. Ils me l'ont dit. Là-bas on peut réussir.

Au fur et à mesure qu'elle parlait, sa voix avait pris des intonations profondes. Elle avait cessé de gesticuler. Elle regardait au loin comme si, traversant la coque du navire, son regard émerveillé abordait déjà aux rives colorées des paradis à venir.

Tout en continuant à se tortiller pour se retenir, Marie l'observait et ne comprenait pas comment en ce moment si douloureux et si dur de leur vie, au moment où on les rejetait toutes comme la lie de la société, Louise parvenait à dire des choses aussi heureuses et à y croire. Elle, elle avait appris très tôt à se méfier comme de la peste des illusions de bonheur.

— Et au bout du compte, tu sais quoi ? reprit Louise d'une voix grave.

— ...

— Ceux qui nous envoient là-bas pour qu'on y crève, eh bien, ils nous envieront ! Tu verras. Ils nous envieront.

Elle avait prononcé ces derniers mots avec une telle conviction que Marie en fut ébranlée. Sa compagne de galère avait une force incroyable. Non seulement elle n'avait pas peur de l'avenir, mais elle le transformait, elle en faisait sa chose. Marie acquiesça en oubliant alors à cette seconde même de se concentrer pour se retenir et, juste avant que ne coule le long de ses jambes ce liquide chaud et terriblement nauséabond, elle fit à Louise un sourire béat, ne réalisant le désastre qui venait de se produire qu'à la grimace de celle-ci qui en disait long. Sentant cette chose collée à ses jambes et cette atroce odeur, elle se figea, incapable de faire un geste. Comment cela avait-il pu arriver ? Voyant sa mine consternée, Louise éclata d'un rire tonitruant et, avec un sens inné des situations, elle s'empara sans hésitation du sac de toile, en défit prestement le lien que Marie venait de resserrer et, riant toujours, à l'aide de la délicate chemisette en voile de coton dont la beauté n'était plus qu'un lointain souvenir, elle essuya les jambes de Marie.

Celle-ci ne pensait plus, ne parlait plus. Tout se bousculait dans sa tête. Elle se laissait nettoyer par Louise comme un petit enfant par sa mère, elle qui n'avait jamais connu la sienne et qui ne se souvenait même pas d'avoir été enfant un jour. Cette situation était affreuse. Elle se mit à hoqueter, un peu, puis de plus en plus fort, et les sanglots trop longtemps retenus éclatèrent, redoublant les rires de Louise.

— Tu pleures ? fit celle-ci. Et tu crois que ça va t'aider ? Qu'on va te plaindre ?

Marie essuya ses yeux d'un revers de manche.

— Moi, si je ris, continua Louise, gravement cette fois, si je parle tout le temps, c'est parce que je veux rester vivante. Il ne faut pas pleurer, ni avoir peur. Tu comprends ?

Marie comprenait.

— Garde tes forces, insista Louise sur le même ton. Tu vas en avoir besoin.

La pression des eaux de la haute mer faisait craquer les bois du navire de l'arrière jusqu'à la proue et, sur cet océan qui les emportait vers un destin tragique, les deux jeunes femmes mesurèrent un instant la profondeur des gouffres sous leurs pieds.

2

Une semaine que le navire avait pris la mer et le commandant n'avait toujours pas donné aux sœurs chargées d'accompagner les prisonnières au bagne l'autorisation de faire le grand nettoyage de la cage. Pour sœur Agnès, la situation n'était plus tenable. La cage en était arrivée à un tel point d'infection que les trois derniers jours, après la sortie réglementaire d'une heure quotidienne sur le pont, on avait frisé l'émeute au moment où il avait fallu redescendre. Une dizaine de matelots armés avaient dû intervenir. Alors cette fois, sœur Agnès était déterminée : on devait nettoyer cette geôle immédiatement. Comment pouvait-elle être la seule à se rendre réellement compte de la situation ? Bien sûr, à part elle, les matelots et gendarmes de service, personne parmi les supérieurs ne descendait dans la cale, personne ne voyait son état de délabrement. Mais il n'était tout de même pas difficile de comprendre qu'un endroit pareil sous les ponts, avec une petite trappe pour seule aération que l'on ouvrait très insuffisamment, ça n'était plus une simple prison. C'était un tombeau.

— Il va y avoir des mortes, les femmes sont au plus mal, serinait-elle à la mère supérieure.

— Allons, allons, avait répondu celle-ci, vous dramatisez tout.

— Mais pas du tout ! insistait sœur Agnès. Il faut absolument nettoyer et laisser la trappe ouverte, sinon les femmes vont y passer !

— Pour la trappe, je vous répète que le commandant ne veut pas. Ça troublerait les hommes d'équipage qui savent déjà ces femmes là-dessous... L'ouvrir, ce serait tenter le diable. On ne peut pas.

Malgré ces échecs, sœur Agnès ne se décourageait pas. Ces deux derniers jours, elle était allée jusqu'à harceler la mère supérieure dans sa cabine pour l'implorer de renouveler sa demande auprès du commandant. Mais elle l'avait sentie très contrariée par son insistance. Aussi est-ce non sans une certaine appréhension qu'elle frappa une fois encore à sa porte.

Sous la cornette immaculée qui lui donnait l'air encore plus dur, la mère supérieure prit ce ton glacé et distant si prompt à décourager son interlocuteur :

— Encore vous, sœur Agnès. Et toujours pour cette histoire de ménage, je présume ?

Sœur Agnès sursauta. La mère supérieure réduisait sa démarche à un problème dérisoire. Sans se laisser démonter, elle rectifia.

— Ce n'est pas qu'une histoire de ménage, ma mère, mais d'assainissement, de survie, fit-elle d'une voix douce en prenant soin d'afficher un air des plus humbles. Il faut vraiment faire quelque chose. Moi-même, je n'ai plus le courage de descendre dans la cale, l'odeur est insoutenable. J'ai trois malades et on va droit à l'épidémie si…

— L'épidémie ! Comme vous y allez, coupa la mère supérieure. Allons, allons ! Si vous avez des malades, soignez-les, ma sœur. L'infirmière, c'est vous, non ? Le commandant fait son métier en gérant le navire, faites le vôtre en vous occupant des malades.

— Mais vous êtes témoin, ma mère, hier on a frôlé la catastrophe…

— Décidément, les grands mots, c'est une manie chez vous. Une catastrophe, c'est bien autre chose que cette petite bousculade, croyez-moi. Et je ne vous ai pas attendue pour parler au commandant. Je l'ai vu hier soir. Ses matelots s'attellent à des travaux plus urgents et, de toute façon, il n'y a aucun risque. Ça peut attendre un jour ou deux. Faisons confiance au commandant. Il en sait beaucoup plus long que nous sur la question.

Sœur Agnès essaya bien de dire encore quelque chose, mais la mère supérieure ne lui en laissa pas le temps.

— Dorénavant, sœur Agnès, dit-elle d'un ton de reproche, veuillez être plus respectueuse. Laissez chacun faire son métier. Ne me dérangez plus pour un oui ou pour un non. Pour ma part, j'ai en charge les âmes de ces femmes et je prie pour elles de l'aube jusqu'au soir. Dieu entendra mes prières. Nous faisons tout ce qu'il est possible de faire, croyez-moi. Agissez de même !

Sœur Agnès s'inclina et partit. La mère supérieure avait coupé court avec cette autorité hautaine qui la caractérisait. Il était inutile d'insister.

L'entrée de la mère supérieure au couvent était une histoire banale en son temps. Elle était née dans une grande famille de Limoges. Elle aurait dû se marier. Mais pour cela, il aurait fallu la doter richement, ce qui aurait entamé le capital de la famille et fragilisé la position de son frère aîné, l'héritier successeur. Elle avait subi le sort commun des cadettes, à savoir le couvent. Épouser Dieu coûtait moins cher. Sœur Agnès connaissait son histoire d'amour contrarié, les couvents étaient remplis de femmes aux amours brisées. Certaines s'en accommodaient, pas la mère supérieure. Sa rancœur s'était transformée au fil des années en une dureté qui perçait dans la moindre de ses décisions. Tout le monde au couvent la critiquait à mots couverts. C'était même la raison pour laquelle les instances supérieures avaient décidé de l'éloigner en l'envoyant accompagner les bagnardes à Cayenne. Quand sœur Agnès avait appris qu'elle serait du voyage, elle avait failli annuler sa demande volontaire. Puis elle s'était résignée. Elle partait pour aider les prisonnières, elle n'allait pas faire marche arrière. Pourtant, cette fois, elle ne pouvait pas laisser les détenues agoniser dans leur cage puante à cause des vieilles rancœurs de la mère supérieure. Elle décida d'aller trouver le commandant.

« Après tout, se dit-elle, je suis la mieux placée pour lui expliquer ce qui se passe. »

Et c'est convaincue du bien-fondé de sa démarche que, d'un pas ferme, elle se dirigea vers la timonerie.

3

Le soleil se levait dans un ciel sans nuages et le navire traçait sa route sur l'océan. La terre avait disparu depuis bien longtemps, on ne voyait à l'horizon que des gerbes de mer soulevées par les vents.

Sœur Agnès avait parlé au commandant et n'avait eu aucun mal à le convaincre. Elle s'en était étonnée, vu le tableau que lui avait dressé la mère supérieure. En réalité il n'avait pas été informé du problème, et s'était terriblement inquiété de la situation qu'il découvrait.

— Ne perdons pas de temps, avait-il déclaré en se levant. J'avertis mes hommes, faites sortir les femmes. Ce soir, tout sera impeccable.

Sœur Agnès n'en revenait pas. Elle regretta de ne pas avoir agi seule plus tôt. Elle courut annoncer aux détenues que c'était jour de grande lessive, que le commandant avait donné l'ordre de vider la cale de fond en comble, d'aérer et de laver tout ce qui s'y trouvait. Elle souleva des hurlements de joie qui résonnèrent comme des cris de bêtes hallucinées. En moins de deux minutes les femmes agrippèrent leurs maigres effets et, une fois la grille de leur prison ouverte, coururent sur le pont.

Fouettée au visage par les embruns, Marie se sentit revivre. Elle ouvrit grands ses bras et respira à s'en faire éclater les poumons. Louise fit de même, avalant l'air avec une faim de loup. Le vent charriait un air glacial mais, sur le pont, toutes les femmes, levant la tête vers le ciel, profitèrent de l'air et de la lumière avec avidité, laissant emporter du fond de leurs gorges et de leurs yeux les miasmes de l'enfer d'où elles venaient de remonter, hagardes. Quand ils les virent avec leurs visages livides, leurs peaux blêmes et leurs cheveux poisseux, les hommes d'équipage cessèrent un instant leur travail, stupéfaits. Il n'y eut aucune remarque salace, aucun sifflement intempestif, juste un étrange silence. Dans ces femmes épuisées, anéanties par la nuit du cachot, ils ne retrouvaient ni la fraîcheur de la jeune fille ni la sensualité de la femme dont en riant, le soir entre eux dans leurs couchettes, ils avaient imaginé les chevelures opulentes et les courbes adoucies. Ils découvraient avec effarement un troupeau de bêtes sales et apeurées qui hurlaient dans un horrible désordre.

— Allons, allons, on enchaîne, tout doit être terminé avant ce soir !

La voix était impérieuse, ils reprirent le cours de leur travail. Tous avaient été réquisitionnés pour le grand nettoyage et s'affairaient autour de seaux qu'ils remplissaient d'eau et de chaux vive. Avec une grande barre de bois, ils tournaient énergiquement pour bien mélanger. D'autres remplissaient des pompes de cuivre avec du sulfate de fer et les actionnaient pour vérifier qu'elles projetaient convenablement le produit. Ce n'est que lorsqu'il ne resta plus rien dans la cale qu'ils descendirent à leur tour, chargés de leurs outils et de leurs préparations, encouragés par la voix tonitruante du commandant qui supervisait en personne les opérations :

— Respirez un bon coup avant de descendre et n'ayez pas peur de frotter ! Ça pue pire que le bouc, là-dedans ! On y mettra la journée s'il le faut mais tout doit être passé au peigne fin. Je viendrai vérifier à quatre heures précises et je veux que ça sente la rose ! Compris ? (Puis se tournant vers la mère supérieure :) Voilà, ma mère, tout sera arrangé comme promis. Heureusement que sœur Agnès m'a traîné là-bas, sans quoi on aurait eu des mortes. À ce train-là ! Vous imaginez un peu le pépin ! Durant les voyages précédents, des bagnards sont décédés, et on a frôlé le scandale. L'affaire a été étouffée, heureusement. Mais cette fois pas question de débarquer au bagne avec des macchabées. Je perdrais mon contrat et j'ai des hommes à nourrir, moi ! Et leurs familles ! Enfin, ce soir tout sera réglé et dorénavant on essaiera d'aérer plus souvent et de faire un nettoyage complet chaque quinzaine. N'hésitez pas à venir me parler. Vous savez, nous, les hommes, on s'accommode. On ne se rend pas bien compte des difficultés des femmes avec tous leurs tracas. Sœur Agnès m'a dit que vous n'osiez pas me déranger. Il le faut, je suis là pour ça.

La mère supérieure acquiesça d'un imperceptible et rigide mouvement de sa cornette blanche. Elle n'avait aucune envie de prolonger cette conversation et surtout pas d'entrer dans des détails qu'elle jugeait intimes et scabreux. Pas l'ombre sur sa figure blafarde d'un sourire qui aurait dit son contentement. Car elle n'en avait pas vraiment, le sort des prisonnières lui était pour ainsi dire indifférent. En revanche, rien ne pouvait la contrarier davantage que de se voir flouée dans son autorité. Donner des ordres était tout ce qu'elle estimait conserver de son monde d'avant le couvent, du temps où elle était Mlle Adrienne de Gerde. En transgressant l'ordre hiérarchique et en agissant seule, sœur Agnès venait de nier cette autorité. Dieu la punirait de son insolence. Dans la succession d'établissements religieux sévères où elle avait passé sa jeunesse, la mère supérieure avait appris à croire dans la sanction du ciel bien plus que dans sa clémence. Les servantes de Dieu jugeaient en permanence, et les punitions n'étaient pas rares, à coups de fouet et de privations de nourriture. Les rancœurs accumulées de la mère supérieure avaient rongé au cours des ans son capital de patience. Le moindre désagrément entraînait chez elle un torrent de violence intérieure que rien ne laissait deviner. Elle affichait toujours cette indifférence glacée, celle-là même que son père, riche industriel, affichait pour garder son personnel à distance.

— Ma mère, questionna sœur Agnès, inconsciente de l'orage intérieur qu'elle venait de déclencher, comment s'organise-t-on pour la lessive des vêtements et la toilette des femmes ?

La réponse cingla :

— Débrouillez-vous.

Après quoi, croisant les bras et glissant les mains dans l'ampleur de ses manches, elle s'éloigna, raide sous sa cornette immaculée. On ne voyait d'elle plus rien d'humain.

Sœur Agnès resta seule, abasourdie. Que faire ? L'attitude de la mère supérieure ne présageait rien de bon pour la suite, mais ce n'était pas l'urgence. Comment faire se laver cinquante femmes sales de la crasse accumulée depuis une semaine et entassées dans des conditions d'hygiène épouvantable, sur le pont d'un navire où rien n'est prévu et sur lequel circulent plus d'une centaine d'hommes ? Les états d'âme de sa hiérarchie, elle s'en occuperait plus tard. La seule solution était d'expliquer la situation et d'organiser les choses avec les femmes.

— On peut commencer par la toilette, dit-elle. Il y a des seaux, on va les remplir avec de l'eau de mer et vous passerez les unes après les autres.

— On devrait peut-être commencer par les vêtements, glissa Marie. Nos affaires sentent si mauvais !

Sœur Agnès hésita. Cette détenue disait juste, mais les choses n'étaient pas si simples. L'urgent, c'étaient les corps. Il valait mieux commencer par la toilette. Marie insista un peu mais elles se mirent vite d'accord : se laver, puis laver les vêtements.

Elles remontèrent des seaux d'eau de mer et, tout en s'aidant et en se protégeant des regards les unes derrière les autres, elles se lavèrent en contrebas de la dunette, à l'extrémité arrière du navire. Sentir l'eau glisser sur leur peau fut pour toutes bien plus qu'un soulagement, une renaissance. Il y eut des cris de joie, l'eau coulait sur leurs peaux sales et emportait les sueurs, les miasmes, les odeurs. Marie ne se lassait pas de frotter ses épaules, son corps, ses jambes, et elle en redemandait. Hélas, il fallut laisser la place. Elle s'essuya rapidement et eut un haut-le-cœur au moment de repasser ses vêtements souillés. Mais comment faire ? Elle ne pouvait pas rester nue devant les hommes d'équipage. Elle se raisonna. Quand ses autres vêtements seraient lavés, elle se changerait à nouveau. Une gymnastique compliquée, mais il était impossible de faire autrement.

Pour la suite des opérations, sœur Agnès était inquiète. Comment, et où, laver en une fois tous ces habits qui sentaient terriblement mauvais ? Il n'y avait rien sur ce pont, à part quelques seaux.

— Ne vous en faites pas, ma sœur, on va vous donner un coup de main, on a l'habitude, fit un vieux marin en s'avançant. Quand on passe des mois en mer, il faut se débrouiller. Et croyez-moi, on a de la ressource, parce que si les gradés n'ont rien prévu pour vos femmes, ils n'ont pas davantage prévu pour nous. Mais on a des astuces.

L'homme était un de ceux qui lessivent les ponts, épluchent les pommes de terre en cuisine et vident les poubelles en mer. Son sourire édenté et sa face burinée disaient sa longue expérience des interminables traversées. Le soir, il aurait dû dormir avec quelques autres dans une cabine du navire qui n'ouvrait que sur une coursive intérieure mais, aux miasmes et aux infections des couches fermées, il préférait l'air pur et le froid de la nuit. Il dormait tout habillé sur le pont à même le sol, entortillé dans une seule couverture. Il aurait dû mourir gelé cent fois, mais il était encore là.

— J'ai la peau dure, ma sœur ! avait-il expliqué à sœur Agnès le soir où elle avait buté sur lui en prenant l'air avant de rentrer dans sa cabine.

Sœur Agnès n'hésita pas longtemps. Elle lui sourit et accepta sa proposition. Heureux d'être utile à autre chose qu'aux épluchures, il alla chercher trois copains et ils s'y mirent à quatre. Ils tendirent une bâche de toile enduite sur le pont et l'accrochèrent au bastingage et à des plots de façon à faire une sorte de bassin, puis, à l'aide des seaux qu'ils plongèrent dans l'océan et remontèrent avec une poulie, ils le remplirent d'eau de mer. Cela prit du temps, et pourtant ce n'était pas bien grand et largement insuffisant pour le linge d'une cinquantaine de femmes. Mais c'était déjà beaucoup. Ravies de ce lavoir inespéré, les femmes prirent les blocs de savon noir qu'on leur avait distribués, et se mirent à l'ouvrage. Il fallait aller vite, puis battre les vêtements sous le vent pour les faire sécher. Heureusement le soleil brillait encore, le ciel était de la partie. Sœur Agnès remercia les marins pour leur aide, puis elle remercia Dieu pour le soleil.

— Alors, ma sœur, je constate que vous n'avez pas hésité à ameuter du monde pour venir au secours de vos protégées !

Sœur Agnès sursauta. La mère supérieure avait sans doute été avertie par quelque gardien, et à la dureté de son ton qu'elle tentait vainement de rendre mielleux, il n'était pas difficile de mesurer sa grande contrariété. Le visage entièrement dissimulé par sa cornette, elle se tenait là, dans l'attente d'une réponse.

— Non, ma mère, lança sœur Agnès, agacée, tout en continuant son travail, je n'appelais pas Dieu à mon secours. Je le remerciais pour sa bonté.

— Sa bonté ? Quelle abnégation ! siffla la voix sous la cornette. Et en quoi vous a-t-il comblée, ma sœur ? En vous offrant de lessiver ces horribles vêtements qui, quoi que vous fassiez d'ailleurs, ne seront ni propres ni secs à temps ? Il faudrait des jours pour sécher ces laines et ces draps.

Tout en frottant ses bas de coton, Marie entendait cette étrange conversation. La mère supérieure n'était qu'à quelques pas mais Marie ne pouvait voir d'elle que ses mains qu'elle sortait furtivement de ses manches pour les y glisser à nouveau. Elle éprouva un sentiment de malaise, entêtant. Des paroles sortaient de ce cornet rigide sans qu'aucune bouche ne semblât les prononcer. Comment savoir à qui on a affaire face à une personne qu'on ne voit pas ? Marie en avait froid dans le dos, et au ton de cette voix qui sortait des linges immaculés elle n'avait qu'une envie : voir ce fantôme s'éloigner. Hélas, Marie n'était plus libre. Elle était prisonnière, elle partait au bagne. En ce court instant elle prit la mesure de sa prison. Elle avait cru que le bagne se résumerait à l'éloignement et aux barreaux. Ce qui lui paraissait déjà l'enfer. Maintenant elle entrevoyait autre chose, de pire encore. Elle serait à la merci d'autres êtres humains tel ce fantôme qui les conduisait et qui là-bas les garderait comme un troupeau de bêtes. Et de ce fantôme, même les barreaux de fer de la prison ne la protégeraient pas. Seul Dieu s'il existait pourrait peut-être quelque chose, pensa Marie. Mais elle n'avait jamais appris à croire en Dieu.

— On va battre le linge, ma mère, expliqua sœur Agnès sans se laisser démonter. Le soleil et le vent nous aideront, et les marins aussi.

Marie la regarda. Cette sœur au moins avait un visage, et même s'il lui arrivait de se montrer autoritaire, on pouvait lire dans ses yeux. Elle ne les cachait pas. Et puis, elle avait un sourire. Marie pensa avec soulagement qu'elle serait là pour les protéger. Parce que contrairement à la mère supérieure sœur Agnès croyait en la bonté des hommes, et aussi en la bonté de Dieu.

4

Le commandant avait promis d'être vigilant mais on dit que les promesses n'engagent que ceux qui les croient. La nuit qui suivit la grande lessive, les femmes en firent la violente expérience.

Toutes s'étaient assoupies, sauf Marie. Elle avait remis des vêtements propres, et après cette journée au soleil et à l'air libre, elle se sentait revivre et reprenait presque espoir, elle qui la veille avait cru mourir ensevelie sous la puanteur. Avec la chaux et le sulfate de fer, l'odeur de la cale s'était assainie. Louise et les autres, épuisées, dormaient maintenant d'un sommeil de plomb, couchées sur les bat-flanc qui avaient été passés à la lessive. Les couvertures de chacune sentaient le propre, elles les avaient lavées puis étalées sur le pont où elles avaient séché en plein air. Sœur Agnès avait eu raison d'avoir confiance dans le soleil et le vent car elles étaient bien sèches, et cette odeur qu'elles dégageaient était si bonne ! Marie la connaissait. D'où venait-elle ? Prenant un coin de la couverture, elle la pressa contre son visage, y enfouissant son nez pour mieux la respirer. Il lui fallait retrouver dans les méandres de sa mémoire le chemin qui menait à l'origine de son souvenir. Et là, au bout de quelques minutes, alors qu'elle avait fermé les yeux, remontèrent une à une les lointaines images de sa jeunesse. Elle revit la chaîne des montagnes pyrénéennes qui déroulait ses lignes bleutées à l'horizon des prés verts d'Oloron. Le Béarn ! Le pays de son enfance avant qu'elle ne parte à Bordeaux. Sur les prés elle vit les grands draps blancs. Puis elle entendit l'écho des rires et des appels. Ces voix, ces rires de femmes ! Ôtant d'un geste brusque son nez de la couverture, elle se redressa. Son cœur battait à tout rompre et ses yeux étaient grands ouverts dans la nuit. Abandonnée dès sa toute petite enfance, née de père inconnu, Marie avait à peine quatre ans quand sa mère avait quitté le village pour ne jamais revenir, et elle ne se souvenait que de très peu de choses la concernant. Or là, dans ces rires, elle était sûre d'avoir reconnu quelqu'un. Mais qui ? Ce rire lui revenait dans cette nuit loin de tout, et revenaient aussi en cet instant ces images des femmes du village qui pliaient les draps de lin blanc sur les prés d'Oloron. Comme ils étaient grands et lourds, il fallait de la force et s'y mettre à quatre, une à chaque coin pour les tenir au vent. Mais les femmes riaient, et elles faisaient claquer les toiles en les levant et les baissant tour à tour, prolongeant le plaisir malgré la fatigue des bras, parce que en les secouant ainsi elles faisaient monter à leurs narines grandes ouvertes la merveilleuse odeur du soleil. À ce moment précis du souvenir, Marie eut comme un étourdissement. Elle dut lâcher la couverture et s'appuyer avec sa main sur le bat-flanc pour ne pas vaciller. Son cœur s'arrêta de battre et le souvenir d'un visage se dessina dans la nuit. Un visage de jeune fille brune qui se penchait en souriant et qui lui disait en l'enveloppant de ses bras : « N'oublie jamais, ma petite Marie, si un jour tu as de la peine, si un jour je ne suis plus avec toi, n'oublie jamais ce moment. N'oublie jamais la merveilleuse odeur du soleil ! »

— Maman !

Pourquoi le passé vient-il hanter le présent des hommes au moment où ils ne peuvent plus rien ? Marie revit le visage de celle qui fut sa maman juste avant qu'un bruit de chaînes ne lui fasse tourner la tête vers un autre visage qui se tenait à quelques centimètres du sien. L'homme qui venait de s'introduire dans leur cage sans même qu'elle l'entende avait un affreux sourire et un regard plein de concupiscence.

La suite, Marie n'en eut aucun souvenir. Elle avait plongé dans ce que, à défaut de comprendre, le commandant, le responsable pénitentiaire et la mère supérieure définirent comme une forme de coma. Aussi, quand des hommes d'équipage qui étaient descendus à pas de loup la traînèrent avec Louise, Rosalie et Anne pour les violer dans un recoin les uns après les autres, elle n'opposa aucune résistance.

Elle n'était plus là.

5

L'affaire du viol des prisonnières provoqua un réel émoi sur le navire, mais elle fut traitée en deux temps trois mouvements par la hiérarchie. Le commandant, le responsable de l'administration pénitentiaire et la mère supérieure se réunirent. Pour le commandant, ce n'était pas un acte glorieux de la part de ses hommes, mais ces femmes n'étaient pas des saintes, bien loin de là… et, comme il avait prévenu, les exposer à la vue des marins était dangereux. Certes, il avait cédé devant l'urgence sanitaire, mais du coup il avait baissé la garde et le résultat ne s'était pas fait attendre.

— En se lavant toutes nues derrière leurs linges, dit-il, elles ont réveillé les sens des marins ! Ils n'y peuvent rien. Il ne fallait pas les provoquer…

— Mais comment ont-ils pu entrer dans la cage sans qu'on les entende ? questionna la mère supérieure que l'affaire dérangeait au plus haut point.

Si elle venait à s'ébruiter, elle devrait en rendre compte à l'évêque. Ce qui constituait un très mauvais début de mission.

— Ils se sont procuré un double des clefs, expliqua le responsable de l'administration pénitentiaire, qui, méthodique, avait déjà mené son enquête.

— Un double des clefs ! Mais ça se trouve si facilement que ça ?

— Bon, alors, que fait-on, maintenant ? interrompit le commandant qui était en réalité plus remué qu'il ne se l'avouait, mais qui ne tenait pas à ce qu'on s'attarde sur cette histoire de clefs qui aurait mis ses hommes à mal.

Lui aussi avait une mission, conduire le navire à bon port. Il avait besoin de tous ses marins, et il était hors de question de perdre du temps avec les problèmes qui s'accumulaient. Au fond, tout cela ne lui plaisait pas. Il avait hâte d'en finir.

— Alors, insista-t-il, que fait-on ?

— Rien, suggéra à son grand soulagement le responsable pénitentiaire. La rumeur court déjà bien assez sur le bateau, mieux vaut ne pas en rajouter. N'oubliez pas que nous emmenons ces femmes en Guyane essentiellement pour qu'elles épousent des bagnards, créent des familles et peuplent la colonie. Ébruiter cette affaire ne serait pas une bonne idée. On n'a déjà pas assez de femmes pour tous les hommes, alors si en plus elles restent célibataires, notre mission tombe à l'eau.

— Vous avez raison, renchérit le commandant, heureux de trouver en la personne du responsable pénitentiaire un homme comme lui, conscient de sa charge. Ces femmes ont un esprit de débauche et d'insubordination. C'est terrible, mais ce genre de choses arrive... Que voulez-vous, les hommes sont les hommes. On n'a rien inventé.

La mère supérieure fronça les sourcils. Si elle ne tenait pas à ébruiter officiellement la chose, elle était loin d'adhérer aux propos du commandant. Mais une idée venait de faire son chemin dans sa tête.

— Qu'en pensez-vous, ma mère ? la questionna le commandant, inquiet de sa froideur. Tenez-vous à ce que nous fassions un rapport ?

L'occasion était trop belle pour ne pas la saisir.

— Non, et ce pour la raison que je ne veux pas nuire à sœur Agnès.

— Sœur Agnès ? firent en chœur le responsable pénitentiaire et le commandant. Mais qu'a-t-elle à voir là-dedans ?

— Sans son insistance, vous n'auriez jamais donné l'autorisation pour ces douches en plein air. Du moins pas aussi vite et dans cette désorganisation coupable. Vous auriez fait les choses comme vous l'aviez prévu. Cette précipitation est due à la jeunesse de sœur Agnès. Elle a voulu bien faire, et elle s'est surestimée. Je ne veux pas la condamner, et donc je m'en tiens à votre décision. Pour lui éviter tout blâme, restons-en là. Je la convoquerai et lui ferai part de votre clémence à son endroit.

Un peu surpris du revirement de situation, mais pas mécontents de se sentir en partie déchargés de leur responsabilité, ils acceptèrent. La mère supérieure les salua et s'en alla précipitamment.

— Vous savez ce qui m'étonne ? fit le commandant au jeune responsable de l'administration pénitentiaire quand elle fut partie. C'est que cette mère supérieure ne manifeste aucune émotion pour ces femmes qui, avouons-le, viennent tout de même d'être sacrément malmenées, alors qu'elles sont déjà au fond du trou.

— Mais qu'est-ce que vous attendiez ? fit le responsable pénitentiaire, surpris de cette remarque inattendue de la part d'un homme qui l'instant d'avant semblait prendre l'événement à la légère.

— Je ne sais pas, moi… un peu de compassion. C'est une femme, non ? Elle a bien un cœur, même si elle le cache autant que son visage.

— Oui, et alors ? Je ne comprends pas, où voulez-vous en venir ?

— Mais bon sang, ça ne vous fait rien à vous ce qui se passe ? Ces femmes ne reviendront pas, vous le savez tout de même, non ? Vous êtes jeune mais dans votre pénitentiaire tout le monde le sait, c'est un secret de polichinelle. On les envoie à l'abattage. C'est de la chair fraîche pour les bagnards.

Le responsable pénitentiaire n'appréciait pas le tour que prenait la conversation. Ce commandant était payé pour un travail, il n'avait pas à dénigrer aussi gravement son administration.

— Vous devriez faire attention à ce que vous dites, commandant. Vos accusations sont graves et…

— Écoutez, moi, voyez-vous, l'interrompit ce dernier qui se rendait bien compte que le jeune responsable était contrarié, dans cette histoire je fais mon boulot, point final. On me dit de conduire des prisonnières au bout du monde, je les y conduis. Mais entre nous, cette histoire de femmes que notre République envoie au bagne, elle ne me plaît pas tant que ça. Au moins, le petit Napoléon, il leur laissait le choix. La République, elle, les y oblige. Drôle d'avancée démocratique, vous ne trouvez pas ?

— Nous sommes moins hypocrites, c'est tout, répliqua vertement le jeune fonctionnaire qui se sentait mis en cause. On leur laissait le choix, c'est vite dit. On leur racontait n'importe quoi, on leur faisait miroiter une vie idyllique sous les palmiers, avec mari et propriété à la clef. On les dupait, c'est pire.

— Parce que vous croyez qu'aujourd'hui on leur raconte quoi ? La même chose !

— Que cherchez-vous, mon commandant ? s'énerva le jeune homme. À refaire le monde ?

Le commandant sursauta.

— Dieu m'en préserve, mon jeune ami, j'ai passé l'âge. D'ici deux ans je prends ma retraite. Quant à la révolution, si j'ai bien suivi, elle est déjà faite. Mais on peut tout de même discuter, non ?

— Pas pour dire n'importe quoi, coupa le jeune fonctionnaire en quittant la cabine.

Le commandant se mordit les lèvres et retint le premier juron qui lui vint à l'esprit. Ce jeune homme avait encore bien des illusions et sa rigidité tout administrative allait en prendre un coup une fois sur place. Visiblement il s'attendait à ce que tout soit « dans les cordes », il allait être surpris.

6

La mère supérieure avait rejoint sa cabine et convoqué sœur Agnès. Lorsque cette dernière entra, elle ne put dissimuler un sourire de contentement.

— Le responsable de l'administration pénitentiaire et le commandant ont mené leur enquête, dit-elle en l'accueillant de sa voix sifflante. Ils en concluent que c'est votre faute si ces femmes ont été violées.

— Ça alors !... fit sœur Agnès, abasourdie, comment peut-on me rendre responsable d'une telle horreur ?

— Vous avez désobéi et entraîné tout le monde dans votre erreur. Vous auriez dû rester à votre place. Quand on transgresse les ordres, voilà le résultat. Je vous l'avais bien expliqué, chacun son rôle. Le commandant savait que laisser monter les femmes sur le pont était une mauvaise idée. Il attendait le moment propice. Il connaît les réactions de ses hommes, et si les détenues étaient restées dans la cale, tout cela n'aurait pas eu lieu. Mais vous n'en avez fait qu'à votre tête. Ne vous en prenez qu'à vous-même.

Sœur Agnès fut prise d'un tremblement incontrôlable. Elle avait sauvé ces femmes d'une mort certaine, le commandant lui-même l'avait reconnu, et voilà qu'on la condamnait. Elle était profondément bouleversée par la violence de l'accusation, et, surtout, elle ne comprenait pas comment une telle chose avait pu arriver.

— Vous devriez aller voir les prisonnières, reprit la mère supérieure. Au dire des gardiens, il paraît qu'une certaine Louise est hystérique. Ils l'ont mise aux fers. Je me demande bien comment vous allez la calmer. Prévenez-la en tout cas que si elle continue on lui passe aussi la camisole.

— La camisole ? Mais quelle camisole, ma mère ?

— J'en ai fait fabriquer une au cas où. J'ai même emporté le patron et de la toile numéro 4.

Sœur Agnès tombait des nues.

— Mais vous ne pensez tout de même pas que nous en aurons besoin ! Les détenues n'ont jamais été violentes.

— Nous étions en France, en pays civilisé. Nous ne savons pas comment elles vont réagir, au milieu de tous ces bagnards. C'est de la mauvaise graine, ne l'oubliez pas. Elles se sont déjà rebellées deux fois sur ce navire. Si jamais elles se révoltaient une fois au bagne et voulaient repartir comme elles l'ont fait sur le quai le premier jour, nous n'en serions pas maîtres. La camisole pourrait alors se révéler fort utile. N'oubliez pas que là-bas nous serons seules avec elles dans le couvent.

— Comment ça, seules ?

— Oui, enfin avec les autres sœurs, mais c'est tout.

— Et combien sont-elles là-bas ?

— Je ne sais pas.

— Mais… et le couvent, comment est-il ?

— Comment voulez-vous que je le sache ? Je n'y ai jamais mis les pieds !

— Et personne ne vous a dit comment on allait s'organiser sur place, qui nous attendait et où ?

— Mais bien sûr que si, seulement on ne m'a pas donné de grandes descriptions ! Monseigneur ne s'occupe pas de ce genre de détails. Il a beaucoup à faire, vous savez.

— Mais je pensais que…

— Eh bien, ne pensez plus et faites seulement ce qu'on vous demande. Ce sera bien suffisant. Allez, partez maintenant ! Je dois faire mes neuvaines.

Sœur Agnès comprit que la tâche serait rude et elle maudissait déjà ceux qui s'étaient débarrassés de cette mère supérieure en l'envoyant là où il aurait fallu envoyer la meilleure d'entre elles. Il n'y avait pas que dans la société civile qu'on se débarrassait de la mauvaise graine.

7

Marie s'était recroquevillée sur le bat-flanc et depuis des jours elle ne bougeait plus, excepté pour la promenade sanitaire quotidienne, quand les hommes étaient au repos. On les laissait alors s'aérer pendant une demi-heure, puis elles redescendaient. Il n'y eut pas d'autre lessive. Deux femmes avaient succombé dans ces conditions éprouvantes, et une dizaine d'autres étaient mal en point. Alors que le commandant s'angoissait pour son propre avenir, Louise avait été mise aux fers. Quand sœur Agnès était descendue après la terrible nuit, Louise l'avait couverte d'insultes et l'avait blessée en lui envoyant un morceau de bois à travers les barreaux. Quatre gardiens étaient intervenus pour la maîtriser et lui avaient passé la camisole de force. Louise s'était débattue, les avait injuriés et mordus.

— Vous avez de la chance, avaient-ils crié quand ils étaient enfin parvenus à la faire sortir de la cage. Quand les hommes désobéissent, on les asperge de vapeur brûlante pour les calmer. Et là on est tranquilles pour un bon moment. S'ils n'en ont pas assez, on les jette aux requins. Mais vous, vous êtes privilégiées. Pas de vapeur, a dit le commandant. Pourtant ça ne vous ferait pas de mal, surtout à celle-là.

Après quoi, ils avaient emporté Louise sans ménagement.

Depuis, Marie n'avait plus de nouvelles. Il se disait dans le petit groupe des femmes qu'on ne la reverrait pas. Mais Marie pensait souvent à elle, à sa force, et elle n'y croyait pas. Puis, un matin, un gardien vint leur annoncer que l'arrivée au bagne de Guyane était prévue pour le lendemain. Il sortit son trousseau de clefs et ouvrit la grille. Les femmes le regardaient, se demandant ce qu'il s'apprêtait à leur faire subir, car il s'amusait avec sa baguette à tapoter à gauche et à droite, soi-disant pour vérifier que tout était en ordre. Et au passage il donnait quelques coups sur la tête ou le dos de l'une ou de l'autre, au hasard. Mais cette fois il s'écarta et Louise apparut. Elle était restée cachée derrière lui. Marie la reconnut immédiatement malgré la pénombre et son visage amaigri. Elle tenait à peine debout. Elle entra dans la cage et se coucha sur son bat-flanc sans dire un mot.

— Ne vous inquiétez pas, précisa le gardien, elle est un peu sonnée parce qu'on ne lui a retiré la camisole que ce matin. C'est qu'elle nous a fichu un sacré bazar et nous a donné du fil à retordre. Mais elle a de la ressource, elle va se remettre. Demain, ça ira mieux.

Dès qu'il fut parti, les femmes s'approchèrent de Louise. Elles n'en revenaient pas de la voir vivante. Elle avait perdu tellement de poids que ses traits étaient méconnaissables. Marie s'approcha et passa une main sur son front.

— Louise, fit-elle d'une voix douce, ça va ?

Louise ne bougeait pas. Ses yeux étaient ouverts mais elle ne donnait aucun signe montrant qu'elle entendait, ou qu'elle comprenait. Marie prit peur, et pensa que Louise avait peut-être été conduite à pire que la mort : à la folie. C'était une façon comme une autre de se débarrasser des gêneurs. Marie l'avait entendu dire et même constaté. Une de ses anciennes patronnes avait envoyé sa belle-mère à l'hospice des fous, prétextant qu'elle « perdait la boule ». Marie savait que la vieille n'était pas folle, mais sa patronne avait réussi à en convaincre son monde en faisant mille misères à sa belle-mère. Cette dernière poussait alors des colères terribles. Et donc pour la calmer, on l'avait embarquée et c'en avait été fini d'elle. Louise avait-elle subi le même sort ? Que lui avait-on donné pour qu'elle soit aussi inerte ? Quel médicament l'avait assommée et rendue à l'état de légume ?

— Louise ! Louise ! fit-elle en la secouant. Tu m'entends ?

— Laisse-la, fit une autre prisonnière, je sens qu'elle va y passer.

— Quoi ?

Louise venait de se soulever brusquement sur son bras à moitié replié.

— Moi, y passer ? Non mais tu ne m'as pas bien vue, toi ! J'ai tenu trois semaines attachée aux fers, à la camisole, ce n'est pas pour crever juste avant d'atteindre au but. C'est demain qu'on arrive, non ? J'ai bien entendu.

La voix était faible mais Louise était bien vivante et elle les regardait avec cet air de malice qu'elle avait toujours eu au coin de l'œil.

— Oui, les filles. Ne faites pas cette tête d'enterrement, demain on est toutes sauvées ! On va débarquer sur notre nouvelle terre ! Pour une nouvelle vie !

C'était reparti. À peine arrivée, Louise parlait et parlait, inlassablement. Elle parla toute la nuit jusqu'à l'aube, et les prisonnières l'écoutèrent avec ferveur. Avec des mots pleins de couleurs, elle qui n'avait jamais vu la terre de Guyane et n'en avait jamais entendu parler jusqu'au jour où l'on était venu la chercher pour l'y emmener, elle décrivait ses cocotiers et ses palétuviers, sa végétation luxuriante, ses oasis pleines de fraîcheur et ses jolies maisons coloniales au bord du fleuve Maroni. Son imagination était sans limites. Elle parla de ces indigènes à la peau de bronze noir qui glissaient silencieusement sur les eaux dans de longues pirogues taillées à même des troncs d'arbres immenses qui poussaient dans la grande forêt.

— Là-bas, disait-elle avec conviction, la nature est riche, on n'aura qu'à se baisser.

Allongée sur son bat-flanc, elle alignait les clichés et répétait des phrases entendues au hasard. On aurait dit un messie venu apporter dans la nuit du navire l'espoir que les prisonnières, anéanties, n'attendaient plus. Bouche bée elles s'étaient rapprochées, même les plus faibles, et s'étaient agglutinées en grappe serrée, noires, impatientes. Elles buvaient les paroles de Louise. Dans l'ombre terrible et la crasse où elles avaient été parquées, ses mots leur faisaient l'effet d'une source fraîche, intarissable. Avec elle c'était la vie qui revenait, et elles ne s'en lassaient pas. Leurs cerveaux épuisés troublaient leur lucidité. Elles auraient été incapables de dire réellement ce qui allait advenir, leurs souvenirs s'étaient brouillés, et même parfois effacés. Bien sûr elles allaient au bagne, bien sûr on leur avait dit que ce n'était pas le paradis et même bien loin de là, sinon pourquoi on les y aurait envoyées pour les punir ? Mais après six longues semaines en mer enfermées dans la nuit, leurs sens étaient altérés. Le réel était devenu flou, insaisissable. Tel un fantôme revenu du néant, Louise leur ouvrait la voie du rêve et elles s'y engouffraient avec avidité. Aussi quand cette dernière, épuisée, s'arrêta un court instant pour reprendre son souffle, elles la secouèrent pour qu'elle continue.

— Et après, insistaient-elles, tu dis qu'on aura des maisons, comment seront-elles ?

— Et de l'eau ? Il y aura de l'eau ? faisait une autre, remplie d'espérance.

— Et du linge ? Tu penses qu'on aura du linge ? Dis, Louise, dis.

— Et aussi un lit, avec un matelas ?

— Et des draps ?

— Et de la vaisselle, avec une vraie table pour manger ?

À chacune Louise apportait une réponse. Bien sûr qu'il y aurait une maison, du linge, des meubles. Il y en aurait même tant qu'elles ne sauraient plus quoi en faire. Il y aurait aussi des terrasses devant les maisons avec des chaises pour prendre le frais le soir tout en dégustant un de ces sirops extraordinaires que les indigènes fabriquent avec les fruits des forêts.

Marie buvait les paroles de Louise. Au fur et à mesure qu'elle l'écoutait, elle aussi, comme les autres, elle revivait. L'enthousiasme la gagnait et le rêve l'emportait sur la réalité.

— Et des fleurs, dit-elle, est-ce qu'on pourra planter des fleurs devant la maison ?

Louise sourit.

— Mais bien sûr qu'on aura des fleurs, répondit-elle. Là-bas elles poussent comme du chiendent. Tu mets un plant en terre, et hop, le matin quand tu te réveilles, tu as la fleur. Parfois le soir même. C'est le climat. Il fait humide et chaud. Tout pousse. Mais pas comme chez nous où tu es obligée de te briser le dos à coups d'arrosoir pour une marguerite qui tient à peine debout sur sa tige. Non, là-bas c'est du sérieux. La tige de la fleur est grosse comme un piquet, solide comme un roc. Du sérieux je vous dis !

Une fleur à la tige solide comme un roc ! Perplexe, Marie imagina d'énormes fleurs sur de grosses tiges. Elle se faisait une autre idée des fleurs. Chez elle, en Béarn, les vieilles femmes du village plantaient dans les jardins de longs cosmos roses dont les tiges fines se courbaient gracieusement aux premiers vents d'Espagne. Il y en avait dans tous les jardins le long des murets de galets gris. Les grands-mères s'échangeaient les graines. Marie se demandait ce qui plaisait tant à ces vieilles femmes aux visages raides et aux dos courbés, tout de noir vêtues sous leurs fichus noués, ce qui les faisait rêver dans ces fleurs si fines et si légères. Leur jeunesse évanouie ? La grâce perdue ? Quand Marie rentrait des prés avec les vaches, elle s'attardait à lorgner par-dessus les haies des jardins, et elle observait les cosmos qui se balançaient sous la brise, émerveillée, éblouie de leur légèreté. Montaient alors dans son imaginaire tout un cortège de grâces plus douces les unes que les autres. Ce n'étaient plus des fleurs qu'elle voyait, mais des jeunes filles et leurs robes qui tournaient, belles, confiantes dans leur jeune printemps. Et Marie rêvait. Un jour, elle aussi aurait une belle robe et elle aussi danserait au vent.

— Ça y est, il fait jour !

Marie quitta ses souvenirs. L'aube s'était levée sans que les prisonnières s'en rendent compte. Aucune n'avait fermé l'œil, elles étaient restées toute la nuit suspendues aux récits de Louise. Aussi, quand sœur Agnès vint les chercher pour les conduire sur le pont, s'attendant à des réactions de peur ou même de panique, elle eut la stupéfaction de trouver des femmes souriantes, balluchon à la main, prêtes à entrer au paradis du bagne.

8

On les installa sur la dunette, pour qu'elles puissent admirer de loin leur nouvelle terre. C'était une faveur du commandant. Il en avait pris l'initiative contre l'avis du responsable pénitentiaire. Ce dernier piaffait et disait qu'il en aviserait ses supérieurs, que ces femmes étaient ses prisonnières, que c'était inadmissible. Mais le commandant avait tenu bon.

— Elles ont le droit de voir leur nouvelle terre. C'est le minimum qu'on puisse faire pour elles.

En mer, c'était lui qui donnait des ordres, ce jeune blanc-bec de l'administration ne pouvait rien contre cela.

Marie avait trouvé une place tout devant, Louise était près d'elle, avec Anne et Rosalie. Le vent venait de face, dégageant leurs visages. Elles scrutaient l'horizon depuis bientôt une heure quand Louise poussa un cri :

— Ça y est, là-bas, la terre, je vois la terre !

Elle embrassa Rosalie et Anne, et Marie. Et toutes, emportées par la joie d'être sorties vivantes du cauchemar de la cale et de se retrouver à l'air pur sous le soleil, elles se mirent à pousser des cris et à s'embrasser. Les récits de Louise les avaient transformées.

Postés sur les hauteurs de la timonerie, le commandant, le représentant de l'administration pénitentiaire et la mère supérieure n'en revenaient pas, tout comme les marins et les gardiens. Et même sœur Agnès. Comment ces femmes, dont beaucoup étaient dans la fleur de l'âge, aux plus beaux jours de leur vie, et qu'on conduisait sur une terre inhospitalière pour les y enfermer à vie, comment ces femmes pouvaient-elles se réjouir ? Cette joie inexplicable et inexpliquée les arrangeait cependant, comment auraient-ils fait face à des cris, des pleurs, de la panique ou, pire, une rébellion ?

— Votre sœur Agnès a bien travaillé, fit remarquer le responsable pénitentiaire. Je ne sais ce qu'elle a pu leur promettre mais on dirait qu'elles sont en route pour le paradis.

— Le paradis ! glapit le commandant. Le retour à la réalité risque d'être violent. Elles ne tarderont pas à comprendre dans quel marigot on les fourgue. (Et, se tournant vers son second il ajouta :) Mets tout en place rapidement avec les hommes. Profitons de la bonne disposition des prisonnières pour débarquer tout ce beau monde au plus vite. Et après, on dégage, ils se débrouilleront. Nous, nous ne reviendrons certainement pas. Le transport des bagnardes, ça n'est plus mon affaire !

Le ton était bas mais la mère supérieure avait l'ouïe fine, surtout quand une conversation ne lui était pas destinée. Elle n'avait rien perdu de l'échange et ne manqua pas de remarquer l'empressement du second à exécuter les ordres. Elle ne souffla mot mais une inquiétude plissa son front. De quoi parlait exactement le commandant ? Pourquoi une telle hâte de repartir ? Elle s'avança vers lui.

— Je vous ai entendu, mon commandant, vous dites que Cayenne est un marigot ?

— Ma mère, nous ne débarquons pas à Cayenne.

— Comment cela ?

— Nous arrivons à Saint-Laurent-du-Maroni.

— Oui, je sais bien. Mais c'est tout comme, non ?

— Ah, mais pas du tout ! Sur une carte peut-être, mais en réalité il y a plus de deux cent soixante kilomètres de distance.

— Bien, bien.

La mère supérieure ne voulait pas laisser paraître qu'elle ne savait pas très exactement où elle allait. Qu'en était-il véritablement de cette terre de Guyane ? Jusqu'alors, curieusement, elle ne s'était pas posé la question dans le détail. Elle s'était contentée de ce qu'on lui en avait dit. Qu'elles allaient en Guyane, au bagne. Et le bagne pour elle, c'était Cayenne, d'ailleurs c'est bien là qu'était le couvent principal des Sœurs de Cluny. Aussi, tout en regardant la terre se rapprocher, elle sentit monter une inquiétude sourde. Aurait-elle été dupée ? S'était-elle montrée naïve en acceptant ce poste et cette mission ? Quand son évêque lui avait fait part de sa décision de l'envoyer en Guyane avec l'accord des Sœurs Saint-Joseph de Cluny, elle avait été soulagée de quitter le couvent gris et froid du Nord où sa famille l'avait exilée, pour ce qu'on lui présentait comme une terre promise.

— Bien sûr, avait ajouté l'évêque d'un ton dont elle réalisait aujourd'hui qu'il était mielleux et condescendant, le pays est magnifique mais je ne vous cache pas la vérité. Votre tâche sera rude, ces femmes sont la lie de la société. Les remettre sur le droit chemin ne sera pas une mince affaire. Cela dit, vous ne serez pas seule. Sœur Agnès a demandé à partir, elle est très motivée et je pense qu'elle vous soulagera de bien des tracas. Vous pouvez compter sur elle.

Partir loin de France, la mère supérieure avait tout d'abord refusé. Quitter une terre qu'elle avait tant aimée du temps où elle était encore une jeune fille heureuse était impossible. Sur cette terre, il y avait Charles auquel elle pensait encore tous les jours et toutes les nuits alors qu'on la croyait plongée dans ses prières. Charles qu'elle aurait dû épouser et qui était si bon, si doux. Ils auraient eu des enfants, ils en voulaient beaucoup. Mais au lieu du mariage, on l'avait jetée au couvent parce que la famille de Charles disposait d'une particule prestigieuse qu'elle ne bradait pas, et sa famille à elle d'une fortune qu'elle ne partageait pas. Pas d'argent en dot, pas de particule et pas de mariage. Mais l'amour pour Charles était resté très profondément ancré dans le cœur de la mère supérieure. Dans son couvent gris, malgré les années passées et l'âge, elle n'oubliait pas.

Le destin voulut que Charles meure d'un accident de chasse l'année même de la proposition de l'évêque. La mère supérieure avait caché à tous l'immense douleur qui avait été la sienne et son cœur s'était durci, plus encore. Rien ni personne ne la retenait désormais en France, elle avait accepté de partir.

Et maintenant, en regardant la terre de Guyane se rapprocher, elle se demandait si elle avait eu raison. Il existait peut-être pire que les couvents glacés du nord de la France et, sous le soleil, certains paradis se révéleraient peut-être pires que l'enfer...

— Ma femme doit me rejoindre avec les enfants d'ici un mois, j'espère qu'on sera bien.

La mère supérieure sortit de ses pensées. Pour la première fois, la voix du jeune responsable de l'administration pénitentiaire, d'ordinaire si péremptoire, était mal assurée. Un instinct très ancien, une vieille méfiance affleurait à sa mémoire. Il regardait droit devant la terre qui s'approchait et la mère supérieure vit naître dans ses yeux une angoisse qu'elle partageait. Avaient-ils tous deux été induits en erreur ? Surpris par le regard de la mère supérieure, le responsable de l'administration pénitentiaire se reprit.

— Allons nous préparer, dit-il énergiquement. On nous attend à terre.

9

Juin 1888

Quand le navire s'engagea dans l'embouchure du Maroni, il quitta dans le même temps les profondeurs bleutées du grand océan. Les eaux du fleuve annonçaient des territoires troubles, elles ne changeaient jamais de couleur. Elles étaient marron, boueuses. À bord, les femmes s'étaient tues et le silence régnait, oppressant, cependant que le navire avançait lentement, laissant se dérouler le long des rives un spectacle, par contraste avec ces eaux troubles, enchanteur. Des hibiscus à la couleur de feu et des palétuviers immobiles se détachaient sur un fond de verts sombres et lumineux. Des villas apparaissaient çà et là, des bungalows au rose délicat, nichés au creux de la forêt.

Les prisonnières retenaient leur souffle. Elles regardaient les maisons avec fascination et leurs mains s'agrippaient plus fort au bastingage contre lequel elles se penchaient dangereusement, cherchant à apercevoir quelque habitant. L'émotion avait mis les larmes aux yeux des plus jeunes, les moins aguerries et les plus prêtes à croire au paradis sur terre. Louise avait dit la vérité, ici, tout était luxuriant, riche. La Guyane était une terre splendide. Pour elles, qui en France étaient si démunies qu'elles n'avaient jamais espéré posséder un jour quoi que ce soit, pas même un gourbi sous les toits, habiter une de ces maisons merveilleuses comme celles qui en France dans les beaux quartiers sont paisiblement entourées de jardins calmes derrière de hauts murs de pierre était un rêve.

— Mon Dieu ! s'exalta l'une. Quand je pense que j'étais horrifiée le jour où on m'a dit que je partais pour la Guyane. Fallait-il être bête. Mais aussi, je n'étais jamais sortie de mon trou !

— Une terrasse, là, regardez, il y a une terrasse !

Rosalie pointait son doigt vers un joli bungalow dont la terrasse avançait du côté du fleuve. Un frisson de plaisir parcourut le petit groupe des prisonnières. Elles se souvenaient des sirops dont avait parlé Louise et qu'on prenait le soir quand la fraîcheur revenait, à l'ombre des palétuviers. Chacune y allait de son mot. Elles s'y voyaient.

Curieusement, la seule qui ne semblait pas prise par l'enchantement, c'était Louise. Marie s'en aperçut et elle s'apprêtait à lui demander ce qu'elle avait quand celle-ci mit un doigt sur ses lèvres.

— Écoute, lui dit-elle à voix basse. Tu entends ?

Marie tendit l'oreille. Le navire avançait sur le fleuve et des cris aigus perçaient au cœur de la forêt qui se refermait au-dessus du navire tant elle était dense. Des remous soudains claquaient, engloutissant dans les eaux boueuses un animal rampant que l'on n'avait pas le temps de reconnaître. C'était un monde sans êtres visibles, ni hommes, ni animaux. C'était beau, mais trop calme. Et de cette étrange beauté naissait une fascination mêlée de peur.

Soudain le fleuve alla s'élargissant, les arbres immenses s'écartèrent sur le ciel et de loin apparurent enfin les rives de Saint-Laurent-du-Maroni. Les femmes écarquillaient les yeux. Au creux de la verdure Saint-Laurent se découvrit, merveilleux, fleuri de roses bougainvilliers, et les premières silhouettes humaines se découpèrent enfin. On devinait des gens comme en villégiature, promeneurs au bord de l'eau. Les prisonnières n'osaient croire ce qu'elles voyaient, elles qui n'avaient imaginé de cet endroit que les barreaux de fer de leur prison. Marie, plus méfiante, remarqua avec stupeur qu'en guise de port et de quai il n'y avait en tout et pour tout que quelques planches de bois mal jointes posées sur pilotis. Elle s'était attendue à trouver des quais comme ceux de Bordeaux, au bord de la Garonne en plein cœur de ville, avec des rues, des maisons et d'autres navires en partance, déchargeant des sacs. Mais Saint-Laurent-du-Maroni ne grouillait que de choses invisibles. Hormis ces quelques personnes regroupées et figées, il n'y avait ni bateaux, ni constructions, ni port. En avançant Marie s'aperçut que certaines silhouettes qui attendaient, alignées sur la terre poussiéreuse au bord de cet embarcadère de bois, étaient vêtues de rose clair et de blanc et coiffées de chapeaux de paille. La présence de ces couleurs gracieuses la surprit d'abord agréablement. Mais plus le navire s'approchait, plus l'heureuse illusion se dissipait pour se transformer en cauchemar. Sous les chapeaux de paille tressés qu'ils ôtèrent à l'arrivée du bateau, Marie découvrit des individus aux crânes chauves et aux visages creusés de bouches édentées. Des hommes vieillis aux corps flottants dans de larges pyjamas rayés rose et blanc, ceux-là mêmes qu'elle avait aperçus de loin, les fixaient avec des rictus qui se voulaient des sourires, et des regards en coin. Marie avala sa salive, sa gorge était sèche, et le sang tout à coup sembla quitter son corps entier. Louise aussi était sous le choc. Qui étaient ces hommes ?

— Attention, mettez-vous en rang, vite ! Le navire commence sa manœuvre, et nous débarquons avant les hommes.

Sœur Agnès s'affairait tout en parlant, et elle allait des unes aux autres.

— ... Le responsable pénitentiaire a averti la mère supérieure, s'il doit y avoir du raffut, il fera intervenir ses hommes. Et croyez-moi, il vaut mieux pas. Ce pays est celui de votre renaissance, vous devez y arriver en femmes de bien. En vous voyant les habitants doivent avoir les meilleures pensées à votre égard.

Tout entière à sa conviction, sœur Agnès en oubliait la réalité. Cette terre était celle du bagne et, dans quelques minutes à peine, ces femmes seraient enfermées au couvent. Un mot qui cachait une réalité plus crue. Tirant, poussant, sœur Agnès redisait pourtant inlassablement la même chose, martelant son discours.

— Vite, vite ! Montrons de la discipline, il nous faut faire une bonne impression, ça compte beaucoup la première image qu'on donne. Soyez calmes, et avancez bien en ordre. On a tout à y gagner.

Elle avait une mission à accomplir. Elle venait en Guyane pour donner à ces femmes malmenées par la vie une seconde chance.

« La France veut régénérer cette mauvaise graine, lui avait dit l'évêque en accueillant favorablement sa demande de volontariat, et l'Église se doit de l'y aider. Votre candidature est la bienvenue. Là-bas ces femmes se marieront et auront des enfants, elles oublieront leur mauvaise vie et aideront à remettre les bagnards sur le droit chemin. La femme a une grande capacité d'abnégation, elle est mère avant tout. Dans l'homme qui a déchu elle sait voir l'enfant plein de promesses qu'il a été. Et forte de son amour elle le sauve. Elle le guide et l'accompagne. L'Église vous confie ces femmes, sœur Agnès, et c'est par elles que des hommes perdus seront sauvés. Nous participerons ainsi à l'élaboration d'un nouveau pays. C'est une splendide mission que Dieu vous envoie, vous pouvez être fière. »

Il fallait réussir. Sœur Agnès y tenait plus que tout au monde. Consciente de l'enjeu, éduquée dans la foi par des parents très croyants, touchée par la misère des hommes, elle avait décidé de vouer sa vie à les secourir. Comme le disait si bien l'évêque, elle se sentait mère, mère de tous les êtres humains sur cette terre. Et elle était heureuse d'appartenir à la confrérie chrétienne qui lui donnait la chance inouïe de pouvoir accomplir une tâche aussi exigeante. Au couvent, sa soif d'aider les autres s'était vue brimée par les contraintes d'organisation, les nombreuses messes et multiples prières. Elle aimait certes parler à Dieu, mais il lui manquait de parler aux hommes. Agenouillée sur la pierre dure pour faire pénitence et sauver les âmes perdues, elle avait bien souvent douté. L'opportunité d'aller en Guyane s'était présentée au bon moment. Là-bas sœur Agnès serait sur le terrain, elle pourrait agir concrètement. Mais le voyage ne s'était pas déroulé comme elle l'avait imaginé, et les six semaines en mer l'avaient durement éprouvée. L'isolement, la saleté, les viols, et l'indifférence des supérieurs qu'elle avait naïvement crus aussi investis qu'elle dans la mission. Elle avait failli craquer certaines fois, car elle était encore novice et n'avait pas souvent été confrontée aux difficultés de la vie, mais au milieu de l'océan à des milliers des côtes il était impossible d'abandonner. Alors elle s'était raisonnée en se disant que le voyage en mer n'était qu'un épisode transitoire et qu'elle devait attendre d'être enfin au couvent de Guyane. Maintenant qu'elle était près d'y aborder, elle se concentrait sur ce qui lui semblait primordial : la première impression. Et pour cela rien de tel à son avis qu'une bonne file bien alignée. L'ordre, le calme rassureraient les autochtones et les autorités locales qui les attendaient et qu'elle reconnaissait sur le quai d'appontement à la blancheur immaculée de leurs uniformes et de leurs casques coloniaux. Convaincue de la bonté des hommes, sœur Agnès appliquait à la lettre les valeurs que ses parents lui avaient enseignées : travail, discipline et bonté. Encadrée par les gardiens de la pénitentiaire, elle débarqua à la tête de sa petite troupe, souriante, le regard confiant.

10

Sœur Agnès avait à peine posé le pied sur le sol de Guyane qu'elle fut interpellée de loin par une sœur qui arrivait vers elle en gesticulant, et qui s'arrêta à quelques pas devant la petite troupe des prisonnières, tout essoufflée.

— Mon Dieu, mon Dieu !!! fit-elle en reprenant sa respiration.

— Que se passe-t-il, ma sœur, demanda sœur Agnès en lui tendant la main amicalement, qu'y a-t-il donc pour vous mettre dans cet état ?

— Mais qui êtes-vous ? fit l'autre avec de gros yeux ronds. D'où venez-vous ?

Sœur Agnès s'était attendue à tout sauf à cette question. Surtout venant d'une sœur de la même congrégation qu'elle et qui était censée les attendre et les accueillir. La douche fut glacée.

— Mais…, fit-elle, stupéfaite et incrédule, je suis sœur Agnès.

— Sœur Agnès ? Mais qui vous envoie ? Et ces femmes, qui sont-elles ? Que viennent-elles faire ici ?

La foudre s'abattait sur sœur Agnès. Elle ne parvenait pas à répondre et restait bouche ouverte, bras ballants.

— Que se passe-t-il ? Pourquoi n'avancez-vous pas, le commandant s'inquiète.

La mère supérieure se présenta à la sœur essoufflée d'un ton autoritaire.

— Je suis votre nouvelle mère supérieure, je suis envoyée pour diriger le pénitencier de Saint-Laurent.

Mais elle n'eut pas le temps d'en dire davantage. L'officier de la pénitentiaire rectifia immédiatement les choses.

— Ah non ! Attention ! Pas diriger !

La mère supérieure se retourna vivement.

— Comment cela ?

— ... Non, non, insista l'officier. Vous n'êtes pas là pour diriger le pénitencier des femmes. Le gouverneur l'a bien spécifié, vous n'êtes que l'auxiliaire du chef du dépôt de notre administration pénitentiaire. Lui seul a les pleins pouvoirs.

Auxiliaire ! C'en était trop. Ce jeune blanc-bec à peine sorti de l'école venait lui donner des leçons et lui expliquer quel était son rôle ! Elle vit rouge et l'envoya promener.

— Qu'est-ce que c'est que cette invention encore ! Et d'où sort-il ceci, votre gouverneur ?

— Mais ça s'est toujours passé ainsi et je...

— Allez, allez, ici c'est moi qui commande, mon jeune ami, occupez-vous de vos affaires et laissez-moi gérer les miennes. Filez à vos bureaux et laissez-nous. Nous avons suffisamment à faire et devons installer les prisonnières.

— Les installer ? Mais où, ma mère, où ? intervint alors la sœur qui était accourue et qui, dans cet imbroglio, commençait elle aussi à entrevoir le pire.

— Comment ça, où ? Au pénitencier, naturellement.

— Mais quel pénitencier ?

— Celui des femmes, parbleu !

— Mais... il n'y en a pas.

La mère supérieure vacilla.

— Comment ? Pas de pénitencier ?

— Non, ma mère. Nous ne savions même pas que vous deviez arriver. Et encore moins avec des détenues. Rien n'est prévu. Nous sommes deux dans un vieux carbet minuscule et insalubre. Il ne contiendrait pas une personne de plus.

Cette fois la mère supérieure sentit le sol se dérober sous ses pieds. Elle n'arrivait pas à croire ce qu'elle venait d'entendre.

— Que dites-vous ? ânonna-t-elle enfin au bout de quelques secondes. Rien n'est prévu ?

— Non, ma mère, non. Rien. Je vous le dis, nous ne savions même pas que vous veniez, on ne nous a rien dit.

Cette fois, la foudre ne s'abattait plus seulement sur sœur Agnès. La mère supérieure était blême. Personne n'était au courant de leur venue alors qu'en France tout avait été mis en œuvre pour les expédier au plus vite ? Comment cela était-il possible ?

— Bon, alors, ça avance ? Il faut faire débarquer les hommes avant de repartir. Qu'attendons-nous ?

Sur le pont, le commandant s'impatientait et se demandait ce que ces femmes fabriquaient à piétiner des heures au lieu d'avancer. Mis au courant de la situation, il déchanta. Hélas pour lui et sa hâte de repartir, le jeune responsable de la pénitentiaire lui annonça qu'il allait devoir patienter.

— Je vais voir ce qu'il en est auprès de ma hiérarchie et je reviens. Attendez-moi. Ne faites rien, je reviens au plus vite.

— Comment ça, attendre ? hurla le commandant, exaspéré par ces lenteurs. Je dois repartir, moi, et les hommes dans les cales, vous croyez que je vais pouvoir les tenir longtemps comme ça ?

— Oui, trancha froidement le jeune représentant qui en avait assez de se faire rabrouer et comptait bien asseoir désormais toute son autorité. Vous attendrez parce que je ne vous donne pas le choix. Cette fois nous sommes à terre et c'est moi qui donne les ordres.

Pris de court par ce ton cinglant, le commandant poussa un énorme soupir qui en disait long sur son bouillonnement intérieur, mais il laissa le jeune homme s'éloigner sans intervenir.

11

Accompagné de l'officier local, sanglé dans son uniforme colonial blanc qui lui donnait un air encore plus altier que celui qu'il affichait déjà, très droit, le jeune responsable de la pénitentiaire avançait d'un pas qui se voulait déterminé mais il ne pouvait s'empêcher de regarder autour de lui avec stupeur. Le long d'une bande de terre poussiéreuse s'alignaient quelques baraques de bois recouvertes de tôles rouillées. Mais où était-il tombé ? Machinalement il jeta un coup d'œil rapide à ses pieds. Il avait à peine fait une dizaine de mètres, et ses chaussures, qu'il avait pris soin de cirer, étaient déjà toutes grises, recouvertes d'une couche de poussière terreuse. Il esquissa une grimace et éprouva pour la deuxième fois une désagréable inquiétude qui vint barrer son front clair.

Louis Dimez avait été élevé à Paris dans la pure discipline d'une famille de militaires et de hauts fonctionnaires, elle-même issue d'un milieu bourgeois de propriétaires terriens de province. Ordre, rigueur et discipline, il avait acquis les qualités que son père jugeait essentielles pour mener, au sein de l'administration pénitentiaire, une vie dévouée au service de la France et de la morale. Marié à une jeune fille de la bonne société, il venait d'être père pour la deuxième fois et, à sa demande, il avait été envoyé à Saint-Laurent-du-Maroni. Louis Dimez souhaitait conforter par l'expérience du terrain une formation qui devait le mener aux plus hautes fonctions de l'administration pénitentiaire. Des supérieurs amis de sa famille avaient bien tenté de le décourager de cette initiative, l'avertissant des difficultés, mais il avait tenu bon, estimant que chacun en ce monde devait accomplir sa part de labeur difficile. Après des études exigeantes, qu'il avait réussies brillamment, des années de sport pratiqué assidûment à un haut niveau, Louis Dimez tenait à finir ce parcours d'excellence en acquérant par la pratique une totale et entière légitimité. Connu pour être l'un des endroits les plus durs et les plus violents psychologiquement, le bagne la lui fournirait.

Aussi en cet instant même, alors qu'il foulait le sol poussiéreux et que mille questions se pressaient déjà dans sa tête, il se retint de toute remarque déplacée sur les défaillances de l'administration et continua à marcher comme si de rien n'était. Une centaine de mètres plus loin, il arriva sur une autre bande de terre tout aussi poussiéreuse que la première mais pompeusement présentée cette fois par le gardien qui le conduisait comme étant la « rue principale ».

— Nous y sommes, dit le gardien en désignant à l'extrémité de la rue un ensemble de bâtiments. Et, ajouta-t-il en se tournant pour désigner l'autre extrémité, voici à l'autre bout de la rue la maison de Dieu.

La mairie, le tribunal, la banque et l'église, rien ne manquait. Louis Dimez, qui s'attendait au pire, fut rassuré. Solidement construite, la mairie, tout comme le palais de justice et la banque, affichait un style à la fois officiel et colonial.

« Un étrange mélange, pensa-t-il. Un peu trop original à mon goût mais élégant. »

Et c'est d'un pas réconforté par la solidité des murs officiels de la bâtisse, qui par de petits détails, bien que très approximatifs, lui rappelait celle de son administration parisienne, qu'il entra dans le bureau du directeur de Saint-Laurent-du-Maroni.

Il se présenta au gros homme qui se tenait assis derrière un énorme bureau aux piétements de bronze. Indifférent à toute civilité d'usage, le directeur ne se leva pas. Apparemment il ne s'embarrassait de rien et Louis Dimez nota qu'au négligé de sa tenue s'ajoutait celui de son langage.

— Oui, oui, on sait, vous êtes arrivés. Nous l'avons noté, expliqua-t-il, et d'ailleurs, comme vous avez pu le constater, un officier était là avec des hommes pour l'encadrement. Nous avons fait notre boulot.

— C'est vrai, acquiesça Louis Dimez, décontenancé par cette réponse qu'il ne pouvait contredire. Mais les sœurs affirment qu'elles n'ont pas été prévenues de l'arrivée des détenues et que rien n'est prévu pour les accueillir. Comment cela est-il possible ?

— C'est leur affaire, pas la nôtre, répliqua le directeur.

— Comment cela ? s'exclama Louis Dimez, stupéfait. Vous n'avez pas prévenu les sœurs ?

— Mon jeune ami, au cas où vous ne l'auriez pas remarqué, je ne suis pas un homme d'Église. Je suis au service de la République, payé par elle. Les prières publiques parlementaires, c'est fini, et les prières publiques judiciaires et les messes rouges aussi, c'est terminé. Ça fait trois ans que notre cher ministre de la Justice Martin-Feuillée les a rendues non obligatoires. Vous ne vous en étiez pas aperçu ?

— Mais le rite des prières publiques n'a rien à voir avec nos pratiques communes instaurées depuis longtemps. Nous travaillons avec les sœurs.

— Et alors ? Ça, ça ne change pas. Mais je n'ai aucun ordre à donner aux sœurs. Et je n'ai rien à leur annoncer. C'est à leur hiérarchie de s'en préoccuper. On ne va quand même pas faire le travail à leur place, non ? Leur chef, ce n'est pas moi.

Louis Dimez en fut soufflé. Ainsi, un sous-fifre avait bien noté l'arrivée du convoi des détenues, mais personne ne s'en était soucié. Pourtant le directeur n'avait pas tort, les hommes d'Église en haut lieu étaient eux aussi responsables de ce qui arrivait. Dans le flou plutôt conflictuel entre les deux mondes, religieux et civil, des deux côtés, des hommes responsables avaient laissé arriver ce contingent de détenues dans la plus totale impréparation et la plus grande indifférence quant à leur sort. Cette conversation ne déboucherait sur rien. C'était un dialogue de sourds dont Louis Dimez avait saisi l'essentiel : personne n'était ni ne serait responsable. Et ceux qui auraient dû en rendre compte étaient à des milliers de kilomètres. Restaient les femmes épuisées, et les sœurs abandonnées à leur sort face à ces détenues dont personne ne voulait ni ne se souciait. Louis Dimez regarda le directeur de Saint-Laurent avec des yeux graves qui en disaient long sur ce qu'il pensait de son attitude mais il ravala les mots cinglants qui montaient à ses lèvres et, pragmatique, passa froidement à la question suivante.

— Bien. Parons au plus urgent. Que fait-on de ces détenues ? Où les installe-t-on ?

— Les sœurs n'ont qu'à les installer où elles veulent. Ça n'est pas notre problème.

Cette fois la coupe était pleine. Louis Dimez, qui n'en pouvait plus de se contenir face à tant d'indifférence, haussa le ton.

— Bien sûr que si, nous sommes responsables des bâtiments et devons fournir toutes commodités et gardiennage.

— Des commodités ! Ah, là, là, c'est la meilleure, celle-là. Mais de quoi parlez-vous ? Quelles commodités ? s'énerva alors le directeur, contrarié par son ton. Vous m'avez l'air bien renseigné, mais pas sur tout apparemment. D'où tenez-vous vos sources ? Des textes officiels ? Des conversations en haut lieu ? Ils ne disent pas tout. Et surtout ils ne savent rien ! Alors écoutez bien ce que je vais vous apprendre, moi qui connais la pénitentiaire de Saint-Laurent bien mieux que vous : Sarda-Garriga le premier en 1852, Bonard en 1854,

Baudin en 1856, Montravel en 1859, tous les gouverneurs qui sont passés à Saint-Laurent ont tiré des plans sur la comète. Ils avaient tous leur idée pour en faire un pénitencier exemplaire. Hélas, tous ces beaux projets sont restés à l'état d'ébauche. Même l'architecte Mélinon qui, en 1858, découvrit l'emplacement idéal au bord du Maroni où nous sommes n'a rien pu construire. Rien du tout ! À part les bâtiments pour enfermer les hommes, rien de rien. Et pourtant il en avait prévu, des choses, Mélinon ! Salle de travail, salles de repos, salles d'étude, piscine, il y en avait, des « commodités », comme vous dites ! Sur le papier, mais sur le terrain, rien de rien pour ces dames. Pas même les cellules.

— À quoi bon parler d'hier, s'énerva Louis Dimez que ce charabia incommodait au plus haut point. Je vous parle d'aujourd'hui. Il y a urgence. Les femmes sont là, elles ont passé des semaines en mer à fond de cale, elles n'ont rien dans le ventre et elles attendent de manger et de savoir où elles vont dormir. Le temps presse. Je répète ma question, que fait-on ?

Le directeur de Saint-Laurent-du-Maroni ne s'émut en aucune façon de la demande de Louis Dimez. La France était loin et le monde de ceux qui auraient pu le sanctionner aussi. Depuis le temps qu'il faisait ce qu'il voulait. Même le gouverneur de Guyane n'avait pas son nez à mettre dans ses affaires. Il était le seul élu de l'unique commune pénitentiaire du monde puisque Saint-Laurent était né pour cette fonction sur des terres vierges de toute construction. Il y avait bien quelques autochtones, des Noirs..., mais on ne leur avait pas demandé leur avis pour s'installer et déverser chez eux les exclus dont la France ne voulait plus. Désormais, donc, le directeur était le maire tout-puissant de l'endroit, désigné par des autorités pénitentiaires qui se trouvaient à Paris et se fichaient pas mal de ce qui se passait à des milliers de kilomètres. La preuve, ils avaient envoyé ces femmes sans se soucier du moindre détail de leur arrivée, comme on envoie le linge sale dont on veut se débarrasser. Il se leva donc tranquillement de derrière son bureau et s'approcha de Louis Dimez qu'il prit familièrement par l'épaule pour lui livrer une dernière confidence.

— Vous me demandez où on loge ces femmes ?

— Bien sûr, insista Dimez, le temps presse je vous ai dit. Où les met-on ?

— Vous savez ce qu'a répondu mon prédécesseur, Montravel, quand on lui demandait où loger les femmes et où en étaient les travaux ? « L'état encore provisoire de ce pénitencier n'a pas permis que les détenues fussent logées aussi convenablement qu'elles le seront bientôt. » Formule prononcée en 1859. Et moi, trente ans plus tard, je ne peux que vous répéter la même chose. Bientôt, elles seront peut-être logées, mais pour l'heure le seul endroit construit est ce même premier pénitencier dont parle Montravel. Un vieux bâtiment, petit, toujours provisoire, qui loge les deux sœurs. Pour les vôtres, je n'ai rien.

Louis retint sa fureur. Il avait mieux à faire que s'énerver et n'avait pas pour habitude de laisser traîner les choses. Il tourna les talons. Son grade lui permettait de prendre des décisions, il en prendrait. La première était qu'il fallait débarquer les hommes puis faire remonter les femmes sur le navire jusqu'au lendemain avec les sœurs qui les accompagnaient. Le commandant attendrait un jour de plus pour repartir, ça occasionnerait des frais supplémentaires pour la pénitentiaire mais il en prenait la responsabilité. Pas question de laisser les sœurs et les détenues dormir à même le sol dans la rue. D'ici au lendemain, il aurait trouvé une solution, il le fallait.

12

Pendant que se tenait cette conversation entre Louis Dimez et le directeur, la pluie s'était mise à tomber et sur le quai la pagaille était à son comble. Les gardiens ne savaient plus comment contenir les femmes, et les rangs bien ordonnés de sœur Agnès s'étaient transformés en un groupe trempé, anarchique et braillant. Louise avait retrouvé toute sa verve.

— On ne nous attendait pas, les filles ! C'est la meilleure, celle-là ! Et maintenant voilà que la pluie s'amène. Nous, on croyait qu'ici il faisait toujours beau ! On s'est gourées, mais ce n'est pas grave, on rembarque et on repart. Pas vrai, commandant ? Vous nous ramenez ? Pas vrai ?

— Faites-la taire ou je lui en colle une ! hurla le commandant à sœur Agnès.

Surpris par la pluie, il gesticulait, très en colère. On perdait du temps, et il fallait faire débarquer les hommes rapidement, sans quoi il ne pourrait plus repartir. Il s'en prit à la mère supérieure.

— ... Putain de pays ! Il pleut tout le temps ! Je commence à en avoir assez de ce bazar qui va dégénérer. On n'est plus au couvent là, on est au bagne, bon sang ! Réveillez-vous ! Il n'y a que des fous ici, et s'il leur prenait l'envie de nous foutre à l'eau ils y arriveraient sans aucun mal. Cette pagaille est dangereuse, elle risque de réveiller l'insoumission des bagnards. Ce sera l'enfer ! Deux mille dingues prêts à massacrer les pauvres péquenots que nous sommes, perdus ici et que personne ne viendra sauver. Calmez ces filles au plus vite !

— Mais comment ? paniqua la mère supérieure, perdue entre les trombes d'eau, les cris des femmes, et les menaces du commandant. On les tient en groupe mais on ne peut pas plus, elles sont au bord de la crise.

Soudain elle s'interrompit. Derrière le rideau de pluie elle venait d'apercevoir Louis Dimez qui revenait en courant, son uniforme blanc éclaboussé de la boue qui collait à ses chaussures. La pluie tombait de plus en plus fort, comme si quelqu'un là-haut avait ouvert des vannes qui ruisselaient en trombes lourdes sur Saint-Laurent et les arrivants.

— Ah ! hurla le commandant. Enfin ! On va peut-être savoir ce qu'il en est. C'est pas trop tôt.

— Rembarquez les femmes ! ordonna Louis.

— Comment ça ? Elles rembarquent ?

— Vous, commandant, vous restez à quai jusqu'à demain. D'ici là on aura une solution. Pour l'instant il n'y en a pas.

— Quoi ?

Le commandant avait enlevé sa casquette, il ne cherchait même plus à se protéger de la pluie et vociférait en s'essuyant les yeux puis en passant sa main dans ses cheveux ruisselants pour les rejeter en arrière...

— Mais vous n'êtes pas un peu cinglés ? Pas question ! Moi j'ai fait mon boulot, j'en veux plus, débrouillez-vous à terre, je repars.

Les pieds dans l'eau, ses chaussures enfoncées dans le sol boueux, Louis Dimez se tenait droit, autoritaire. Il venait de vivre de très pénibles moments et cette pluie n'arrangeait rien. Malgré son jeune âge il se posta face au commandant, révélant sa redoutable et intransigeante nature de donneur d'ordres.

— Vous ferez ce qu'on vous dit ! tonna-t-il. Vous êtes employé par l'administration sous contrat et, si vous ne vous pliez pas à ses ordres, vous êtes passible de désobéissance au même titre qu'un de nos officiers. Ça coûte cher et je ne vous raterai pas !

— C'est à vous que ça va coûter cher, se rebiffa le commandant, surpris par la soudaineté de la charge. Une journée de plus ça va chiffrer, et à Paris ils vont sauter au plafond quand ils vont voir ma note.

— J'y compte bien.

— Mais vous êtes malade, vous voulez vous faire virer ou quoi ?

— Non, mais le directeur de Saint-Laurent devra rendre des comptes. À Paris, comme vous dites, on se moque peut-être de ce qui se passe ici pour les pauvres fous qui y viennent, mais sur les dépenses inutiles, en revanche, on ne transige pas.

Et sur ce, sans attendre l'avis du commandant, Louis Dimez donna lui-même aux hommes l'ordre de faire réembarquer les détenues. Les gardiens et les marins s'exécutèrent. Exaspéré, le commandant ne put que suivre le mouvement.

Les femmes ne bougeaient plus. Même Louise ne disait plus rien et Marie regardait cette agitation autour d'elles, hébétée. Prises dans la tourmente, les détenues ne retenaient qu'une chose. On ne voulait d'elles ni sur terre ni sur le navire. On ne voulait d'elles nulle part. La violence des échanges qui venaient d'avoir lieu les avait glacées et elles remontaient les unes derrière les autres, trempées, dociles maintenant. Les semaines en mer les avaient laissées au bord de l'épuisement physique et moral, et cette arrivée ratée achevait de les anéantir.

La nuit n'allait leur apporter aucun repos. Au contraire. Elle fut tourmentée, chaude, humide et interminable. Des brumes montaient de partout, de la forêt et des eaux du Maroni, étouffantes, s'immisçant partout. Pas le moindre souffle, la chaleur était telle que la terre et le fleuve, gavés par l'orage, rejetaient maintenant dans les airs l'eau qu'ils avaient reçue. Les femmes suaient et cherchaient à respirer en vain quand au cœur de la nuit un froid glacial vint les saisir. Les détenues et les sœurs étaient perdues, ces températures extrêmes, ce climat incompréhensible… Elles grelottaient et leur moral était au plus bas. Toutes avaient vu leurs espoirs d'une vie meilleure engloutis dans ce déchaînement des eaux et des colères humaines. Quant à la mère supérieure, elle prenait conscience que sa hiérarchie avait peut-être voulu se débarrasser d'elle. Sœur Agnès, elle aussi, tombait de très haut.

Entre la chaleur de la nuit et le froid glacial, Louis Dimez faisait connaissance avec la dure loi du terrain, bien différente du discours des écoles. Dans son uniforme mouillé, dans ses chaussures qui à chacun de ses pas ramenaient sous les semelles des paquets de boue, il arpentait Saint-Laurent dans le moindre recoin de ses baraquements afin de dénicher un logement de secours.

Ses découvertes se révélèrent ahurissantes. En dehors du camp de la transportation dont le haut mur se dressait à quelques centaines de mètres de l'embarcadère, du petit carré des bâtiments officiels et de commerce, il ne trouva rien. Que des hangars épars. Des carbets affreux et sans aucune commodité, tous remplis de bagnards en fin de peine qui s'entassaient dans une promiscuité malsaine et crasse. À part la puanteur infecte qui régnait partout, rien de rien, pas le moindre abri pour les femmes. Le directeur avait dit vrai. Pourtant il fallait trouver. Impossible de garder les détenues sur le navire. La seule solution était l'école des garçons qui serait purement et simplement libérée de ses occupants. On y installerait les prisonnières en attendant.

Le lendemain, la mère supérieure, épuisée de sa nuit mais rassérénée par cette nouvelle que lui donna Louis Dimez, l'apprit au commandant.

— Ça y est. On peut débarquer, Louis Dimez nous a trouvé un pénitencier.

— Un pénitencier ? Quel pénitencier ? questionna le commandant, méfiant.

— L'école des garçons.

— L'école des garçons ! Mais… c'est tout petit, ça ne peut être que du provisoire ! Et après ?

— Eh bien… on verra.

— Je connais, s'exclama le commandant. Pas besoin de me faire un dessin. Vous échouerez dans un vieux carbet qui a servi à tout et à rien. Méfiez-vous, ma mère, ça sent mauvais. Je connais ces carbets de Saint-Laurent, ils sont bas de plafond, ils puent l'humidité et la pourriture. Je vous donne un an pour être décimées.

Exaspérée par ces menaces, la mère supérieure lui tourna le dos. En elle, la fierté de Mlle Adrienne de Gerde ressurgissait. Pour qui la prenait-on ? Elle ne se laisserait pas faire, ils apprendraient à la connaître.

13

Le commandant s'épongeait le front. Le soleil tapait fort dès le matin et il regardait avec satisfaction s'éloigner les rives de Saint-Laurent. Il venait de passer la bouée des Hollandais qui, de l'autre côté du fleuve Maroni sur la rive opposée, avaient implanté une colonie remarquable dont le monde entier faisait l'éloge. Son cœur se serra. Le commandant aimait son pays, il était profondément républicain, et il savait l'atroce réputation que traînait la France à cause de ce bagne. Les derniers événements la confirmaient malheureusement. Mise au ban des nations, la République envoyait sciemment mourir les siens dans d'atroces conditions. Des hommes et, pire, ces pauvres filles déjà condamnées par le destin à vivre dans la misère et coupables de peu de chose. Il n'avait pu trouver le sommeil et il avait passé la nuit avec le vieux marin, sur le pont, à écouter les plaintes des bagnards monter dans la nuit de Saint-Laurent-du-Maroni. Des cris poignants qui déchiraient le cœur, des appels qui montaient dans le ciel… Il s'était alors senti misérable, responsable en partie du sort de ces hommes qu'il avait pour la plupart lui-même conduits dans cet enfer. Toute la nuit le commandant avait broyé du noir. Mais ce matin, en ce moment même, alors que le navire avait enfin repris le large, que ses vêtements étaient secs et le ciel lumineux, le courage lui était revenu. Ce voyage serait le dernier. Il avait accepté trop de transportations pour faire tourner son navire, pouvoir payer ses hommes, et se payer lui-même. Il trouverait un autre travail, qui ne le minerait plus. Mais il ne laisserait pas tomber ses marins, et il recaserait le vieux chez un confrère. Ce serait peut-être difficile mais cette fois il ne transigerait pas et il y arriverait. La vision de ces pauvres femmes abandonnées à leur sort dans la boue de Saint-Laurent avait brisé ses dernières résistances. Il avait hâte de retrouver la France. Il inspira une grande bouffée de vent frais et leva la tête. Ils seraient bientôt en haute mer. De petits cumulus blancs, compacts, éclairaient un azur incroyablement bleu. L'immensité silencieuse du ciel intriguait le commandant, et un mal-être persistait tout au fond de lui. Y avait-il, au-delà des nuages, un Dieu, comme le croyaient les sœurs ? Et s'il existait là-haut, alors à quoi servait-il ? Et surtout, à qui ?

14

— Ça y est, cette fois on y est.

Sœur Agnès conduisait seule les détenues, déterminée à oublier la très mauvaise impression de la veille. Louis Dimez leur avait trouvé un lieu où dormir et la mère supérieure l'avait accompagné, à sa demande, dans le bureau du directeur pour se présenter. Il devait bien prendre conscience qu'elles étaient là. Les deux sœurs qui étaient déjà sur place s'activaient du mieux qu'elles pouvaient, préparant les trousseaux qu'il avait fallu débarquer et trier pendant une bonne partie de la nuit. Ce matin le ciel était clair, et l'esprit de sœur Agnès aussi. Son père lui avait appris qu'il ne fallait jamais s'attarder sur les mauvaises choses, et avancer. Toujours. Elle appliquait à la lettre les prescriptions familiales.

Louise aussi avait retrouvé le sourire.

— Tu te souviens de ces belles maisons le long des rives, et de ces fleurs rouges, et de ces arbres superbes, tu te souviens, hein, Marie ? Tu te souviens ?

Marie se souvenait surtout de l'arrivée catastrophique de la veille. La boue avait séché, le soleil brillait, mais elle ne pouvait pas ignorer ce qui les entourait, ces hommes errants, maigres et affreux, qu'elles avaient croisés sur le chemin, et ces hangars de tôle et de bois épars le long de cette rue poussiéreuse. Hier, dans la pagaille, elle ne s'était rendu compte de rien, elle n'avait rien pu voir. Mais aujourd'hui… C'était donc ça, la Guyane ? C'était donc ça, Saint-Laurent-du-Maroni ? Où était la ville ? Et ces hommes en pyjama, qui étaient-ils ?

— Ce sont des bagnards.

— Des bagnards ?

Marie n'en croyait pas ses oreilles. On les avait conduites dans un local pour leur distribuer un trousseau et, tout en prenant celui que la sœur lui remettait, elle essayait de comprendre :

— Mais… fit-elle, ils ne sont pas enfermés ?

— Pas ceux-là, précisa encore la sœur. Ils ont purgé leur peine et sont libres. Mais ils n'ont pas les moyens de payer le billet de retour. Alors ils restent là.

— Mais pourquoi ils ne peuvent…

— Ne commencez pas à poser des questions, la rabroua la sœur, énervée. On est au trente-sixième dessous avec votre arrivée. Alors occupez-vous de signer mon registre et de vérifier si le compte du trousseau y est. Allez, on récapitule :

3 chemises de coton
4 mouchoirs de poche
1 camisole de flanelle blanche
1 jupon de laine molleton
2 jupons en coton calicot

2 fichus carrés en indienne
2 pointes fichus
2 tabliers coton
1 chapeau de paille
3 paires de bas coton cachou
2 paires de souliers lacés
1 peigne chignon en corne
1 démêloir

Tout en citant le nom des pièces qu'elle donnait à Marie, sœur Odile cochait chaque case et remplissait rigoureusement sa fiche. Marie regarda les chemises et le jupon. Les tissus étaient raides et les vêtements taillés grossièrement. On était bien loin du gracieux chemisier de Bordeaux... Mais on lui donnait des vêtements, des chapeaux et de quoi se chausser. Et elle en était stupéfaite. On ne lui avait jamais rien offert dans sa vie, et après ce qu'elle avait vécu la veille, la remise de ce trousseau lui causa une vraie émotion. Finalement on ne les avait pas tout à fait oubliées, puisqu'on avait pensé à les habiller. Tout n'était donc pas perdu. Si on ne les attendait pas ce ne pouvait être qu'une erreur. Elle-même en faisait, ça n'était certainement pas si grave. Madame à Bordeaux le lui reprochait tout le temps. Émue à la pensée qu'elle avait mal jugé la veille, Marie remercia sœur Odile avec tellement de conviction que celle-ci lui jeta un coup d'œil soupçonneux :

— Attention, ne vous méprenez pas, crut bon de préciser celle-ci. Vos effets ont des fonctions réglementaires. Pas question de faire ce que vous voulez avec, et encore moins de les intervertir pour cacher une perte ou une usure. Si vous portez la robe à la place du tablier et de la chemise, c'est quatre jours de pain sec. Tout ce qu'on vous donne est propriété de l'État, rien ne vous appartient en propre. Vous devez utiliser les effets de ce trousseau non pas comme bon vous semble, mais comme on vous dit. La moindre perte est sanctionnée et vous devrez la rembourser jusqu'au dernier centime. Lisez là, en bas, la valeur du trousseau est de cent vingt francs...

À cet instant sœur Odile dut chausser ses lunettes. Elle n'arrivait pas à lire les chiffres écrits en minuscules, or elle tenait à préciser les choses. Cette prisonnière semblait ne pas comprendre où elle se trouvait ; elle remerciait comme si on lui offrait quelque chose. Il fallait qu'elle ait bien conscience que rien n'était à elle et que rien n'échappait à l'œil vigilant de l'administration. La pénitentiaire notait absolument tout. La sœur en savait quelque chose, puisqu'elle-même qui n'avait presque rien devait rendre des comptes jusqu'au moindre centime.

— Je disais donc cent vingt francs et dix centimes. J'oubliais les centimes. Et surtout gardez bien ce formulaire, tout est inscrit dessus. Allez, à la suivante ! On ne traîne pas sinon on n'y arrivera jamais.

Marie remercia encore, et rejoignit au-dehors la file de celles qui avaient déjà reçu leur trousseau. Elle avait presque repris espoir et s'apprêtait à partager sa joie avec Louise, mais celle-ci avait le regard sombre et le nez plongé sur la fiche descriptive des pièces qu'on venait de lui confier.

— Tout est écrit sur la feuille, qu'elle t'a dit ? fit-elle à Marie. Qu'est-ce qu'on en a à faire puisque rien n'est à nous ? Tiens, voilà ce que j'en fais de son papier !

Et devant les yeux écarquillés de Marie et de ses compagnes, au nez et à la barbe des sœurs et des gardiens, Louise froissa la feuille en boule et la jeta au sol.

— Pourquoi tu fais ça ? Tu es folle ou quoi ? s'exclama Marie, paniquée par ce geste.

Déjà un gardien s'avançait, la mine mauvaise.

— Qu'est-ce que t'as jeté ?

— Rien, fit Louise sans la moindre hésitation en le toisant du regard.

— Tu te fiches de moi ? hurla le gardien, menaçant, fouet à la main prêt à servir. Si tu crois que tu peux te fiche de moi comme ça, tu te goures, qu'est-ce que t'as jeté ?

— Ce n'est rien, ce n'est rien, intervint précipitamment sœur Agnès en ramassant la boule froissée, ne vous énervez pas. C'est juste un papier, je l'ai et je m'en occupe, ne vous inquiétez pas.

Elle tenait le papier à la main et, tout en le défroissant, le montrait au gardien. Elle était déterminée à neutraliser jusqu'au moindre incident, même si, tout au fond, elle bouillait de colère contre Louise qui créait sans cesse des problèmes. Comme s'il n'y en avait pas déjà assez ! L'incident aurait pu être clos. Hélas, un autre témoin avait assisté à la scène, et il aurait mieux valu que celui-là ne croise jamais la route de Louise. Il s'avança. De corpulence moyenne mais tout en muscles, le surveillant en chef chargé de superviser l'encadrement des détenues présentait un visage émacié d'une dureté inquiétante. Sans un regard pour sœur Agnès, il désigna Louise aux gardiens :

— Fourrez-la au cachot. Quatre jours, et au pain sec !

— Au cachot ? s'interposa sœur Agnès, consternée. Mais on vient juste d'arriver et…

— Qui êtes-vous ?

Il y avait dans sa voix une telle brutalité que sœur Agnès en fut déstabilisée.

— Je m'occupe des prisonnières. Celle-ci est faible, elle a passé des jours enfermée et n'a presque rien mangé. Le pain sec la tuera.

— Le pain sec n'a jamais tué personne. Si elle doit mourir, elle mourra. Ici ces prisonnières n'ont qu'une seule chose à faire : se soumettre. Je suis là pour y veiller et je ferai le travail, croyez-moi.

Effrayée, sœur Agnès ne savait plus à quoi s'en tenir. La veille, l'administration pénitentiaire les avait négligées, les renvoyant aux autres sœurs en disant que c'était l'affaire de l'Église, et aujourd'hui celui-là disait que le chef, c'était lui.

— Je vous en prie, un peu de clémence, supplia-t-elle.

— De la clémence ? C'est quoi, ça, la clémence ? fit l'homme en mettant sa main en cornet sur son oreille comme s'il n'avait pas bien compris.

Et il partit d'un rire nerveux qu'il stoppa aussi brusquement qu'il l'avait commencé. Cet homme était le plus terrifiant que sœur Agnès eût jamais l'occasion de rencontrer sur cette terre. Il y avait une telle tension dans sa façon de parler, une telle violence, qu'elle changea de figure.

— L'ordre et la loi ici, c'est moi, reprit-il en se penchant vers elle, moi et la pénitentiaire. Et votre avis, c'est zéro ! Gardez vos forces pour vos prières.

À ces derniers mots il pivota sur ses talons et donna un ordre à ses hommes, terrible dans sa brièveté.

— Allez-y !

Ils s'approchèrent de Louise. Elle n'avait pas entendu l'échange entre le surveillant et sœur Agnès, mais elle avait assez d'intuition pour comprendre que cet homme au visage dur serait son véritable bourreau. Louise avait rarement eu peur dans sa vie. Son physique solide et son tempérament énergique lui avaient permis de passer au travers de bien des choses, mais face au regard de cet homme, elle vacilla. Elle pressentait le pire comme un animal pressent la mort prochaine. Une main prit alors la sienne.

— N'aie pas peur, Louise, je suis là. On est là.

Ce fut tout ce que Marie eut le temps de dire, c'était déjà trop tard. Les méthodes des hommes de la pénitentiaire de Guyane étaient radicales. Leur brutalité fut immédiate et sans mesure. Ils attrapèrent Louise et repoussèrent Marie qu'ils envoyèrent valser quelques mètres plus loin. Et ils cognèrent. Sans prévenir. Louise s'affaissa sous la violence inimaginable du premier coup. Ils la traînèrent ensuite au sol dans la poussière, sans le moindre égard ni la moindre émotion, comme on traîne le cadavre d'un chien dont on veut se débarrasser. Dans l'invraisemblable violence de cette scène une évidence sautait aux yeux : ces hommes régnaient ici en maîtres, ils étaient assurés d'impunité. Personne ne pourrait agir sinon d'une façon aussi meurtrière au vu et au su de tous. La barbarie, ici, était admise. Quand Marie se releva, horrifiée, elle découvrit la traînée de sang qui s'allongeait sur la terre poussiéreuse de la rue au fur et à mesure qu'ils emportaient Louise. Bientôt ils disparurent derrière un bâtiment.

Sœur Agnès était pétrifiée. La mère supérieure avait assisté à la scène de loin, sans bien en comprendre le sens. Au tout début, au vu des gesticulations, elle avait pensé que le surveillant en chef rabrouait sœur Agnès, et elle n'avait pas été mécontente de voir que celle-ci se faisait remettre à sa place par une autre autorité que la sienne. Bien que très déstabilisée par les derniers événements, elle n'en oubliait pas pour autant ses rancœurs contre la jeune sœur. Mais quand le coup fut porté à Louise et qu'elle la vit s'effondrer, elle en perdit la respiration. Même à la distance à laquelle elle se trouvait elle avait ressenti l'incroyable violence du gardien et il fallut d'interminables secondes pour que l'air revienne à nouveau dans ses poumons et qu'elle puisse rejoindre sœur Agnès.

— Seigneur ! s'écria-t-elle, essoufflée, en accourant. Mais qu'y a-t-il ? Que s'est-il passé ?

— Rien qui vous regarde, la coupa le surveillant en chef. Occupez-vous des autres et rentrez-les au plus vite.

Quand la mère supérieure comprit que cet ordre lui était adressé, elle releva la tête. Un visage arrogant apparut dans l'ovale de sa cornette blanche, et elle en décela immédiatement toute la férocité. Pourtant elle s'avança sans la moindre peur ni la moindre hésitation. Pour ces dernières heures, elle avait eu son compte de désillusions et de mépris. Le directeur de Saint-Laurent venait de lui faire faux bond et, malgré l'épuisement qui la fragilisait aussi, Mlle Adrienne de Gerde avait encore suffisamment de ressources pour ne plus laisser la moindre place à la violence de qui que ce fût. Fût-il l'homme le plus dangereux.

— Regardez au-dessus de vous, mon fils, dit-elle de cette voix sifflante qu'elle prenait quand elle venait de subir une grande contrariété.

— Oui, fit-il, cynique, en levant la tête. Je regarde. Et alors ?

— Là-haut, Dieu voit tout. Et où que vous soyez, Il sera toujours au-dessus de vous. Ici je Le représente et donc tout me regarde. Entendez bien ce que je vous dis, tout, absolument tout.

Le surveillant en chef ne répondit pas, mais la mère supérieure vit un sourire carnassier fendre le bas de son visage maigre. Et elle comprit qu'elle était face à un véritable prédateur. Un des plus monstrueux qui puissent exister sur cette terre. Un fou.

— Sachez aussi, ajouta-t-elle comme galvanisée par le danger, que ce Dieu demande des comptes à tous ses enfants. Vous Lui en rendrez donc, mon fils !

Et sur ces derniers mots, les femmes ayant terminé de prendre leurs trousseaux, elle leur donna l'ordre de se diriger vers le carbet qu'on leur avait assigné et s'éloigna, entraînant sœur Agnès.

Le surveillant en chef n'avait pas bougé et il affichait toujours le même sourire inquiétant.

— Encore une coriace qui se prend pour le bon Dieu, dit-il en s'adressant au bagnard qui se tenait près de lui. Ça m'étonnerait qu'elle continue à me donner longtemps du « mon fils ». Elle mettra du temps à se briser mais elle se brisera comme les autres. Je ferai craquer ses os. Un à un.

— Et à chacun d'eux, ajouta avec un mauvais rictus l'homme en habit de bagnard, elle souffrira le martyre.

— Ce qu'il y a de bien, vois-tu, ajouta alors le surveillant en chef, c'est que de la chair fraîche on nous en envoie régulièrement, et qu'elle ne repart jamais pour se plaindre. Alors si comme dit l'autre cinglée le bon Dieu voit tout, pour l'instant il n'a encore rien raconté à personne. Ça ne doit pas être un bavard.

Sur ce bon mot il éclata de son étrange rire et le bagnard à ses côtés leva vers lui des yeux au regard sale, pleins d'une concupiscente complicité.

15

La Rochelle

Le médecin-chef Henri Mayeux jeta rageusement sur le bureau la lettre qu'il venait de recevoir :

— Louis va devenir fou, il ne tiendra pas. Il m'écrit que le dernier convoi vient de lui livrer deux mortes, et il a même constaté des viols ! Les femmes étaient dans un état épouvantable. Mais une fois encore, il ne faut rien dire. Ça nuirait au recrutement ! Le gouverneur Montravel a bien joué, pendant des années il a fait une propagande du diable, vanté les beaux mariages de la Guyane et les pauvres filles y ont cru. Tu parles ! Si elles savaient ! Un convoi remplace l'autre et rien ne change. Elles partent au casse-pipe, ça ne finira jamais.

Romain Gilot regardait son supérieur, stupéfait.

— Comment ça, au casse-pipe ? fit-il. Et qu'est-ce que c'est que cette histoire de viols ?

Le jeune homme avait terminé ses études et souhaité intégrer le corps militaire des médecins coloniaux. Fervent lecteur de grands récits d'aventures, Romain rêvait de voyages. Il s'était fait une idée très romanesque des pays lointains et avait demandé à partir. Ça tombait bien, la médecine pénitentiaire avait besoin de jeunes recrues. On l'avait affecté à ce poste où durant quelque temps il se préparait à son futur métier de médecin du bagne aux côtés d'un ancien des colonies. Son supérieur, le docteur Mayeux, avait entre autres travaillé en Guyane et, plus précisément, au bagne. Parti en même temps que son ami Pierre Villeneuve, il en était revenu au plus vite. On disait qu'il avait failli devenir fou et on le tenait pour fragile. Pierre Villeneuve, lui, était encore en poste à Saint-Laurent-du-Maroni et les deux hommes s'écrivaient souvent. Pierre avait besoin de confier par écrit ce qu'il ne pouvait déclarer officiellement.

— Ce qui se passe ? hurla Mayeux en faisant les cent pas autour de la table où Romain se trouvait assis. Devinez ! Qu'est-ce qu'ils croient, au ministère ? Qu'on peut faire un voyage pareil sans dégâts ? Qu'on peut faire passer six semaines en mer à des femmes à fond de cale dans des conditions d'hygiène déplorables ? Tout ça sans incident devant des hommes qui les savent à leur portée ? Tous ne sont pas des anges, loin de là. Il est marrant, notre cher ministre de la Marine, le Rigault de Genouilly avec ses notices sur la transportation ! Facile de parler depuis un bureau ! À part ses officiers qui sortent de Navale le doigt sur la couture du pantalon, il ne s'est jamais donné la peine de se renseigner sur le recrutement des hommes d'équipage et n'a jamais mis les pieds ne serait-ce que sur les quais d'embarquement. Mais il faut faire comme si ces convois étaient des voyages d'agrément avec tout le confort. Tu parles d'un confort ! L'administration militaire et celle de la marine se renvoient la patate chaude. Mais cette fois, manque de bol pour ceux qui croyaient pouvoir étouffer l'affaire, une prisonnière est enceinte. Louis fera un rapport. C'est ce qu'il vient de m'écrire, la fille est mineure.

— Enceinte ? Une mineure ?

— Oui, mon jeune ami. Ne faites pas cette tête, il suffit d'une fois, vous savez. Surtout quand on est jeune, en pleine santé et qu'on n'a jamais eu d'homme dans sa vie.

Romain en resta sans voix. Henri Mayeux cessa de tourner en rond et vint se placer près de lui.

— Et vous savez ce qu'il va advenir de cet enfant ? Comme par hasard la jeune fille aura un accident. Elle tombera malencontreusement, ou un bagnard lui fichera une torgnole sans qu'on puisse l'en empêcher, et le petit sera mort-né. Mais là, on ne parlera pas d'infanticide, ce sera juste pas de chance, juste le destin. Et de toute façon il vaut mieux que ce gosse ne voie jamais le jour.

— Ce que vous dites est très grave, avez-vous des preuves de ce que vous avancez ? demanda le jeune homme, déboussolé.

— Je ne cherche à vous convaincre de rien, mon jeune ami, je me parle à moi-même, ça me fait du bien. Ça libère. J'en ai trop vu.

Le soir tombait. Henri Mayeux enfonça ses poings dans les poches de sa blouse blanche et alla se camper devant l'unique fenêtre du petit bureau. De là, on voyait les vagues fouetter les digues de pierre. Il attendait pour quitter le bureau que s'allument les premières lampes du phare. Depuis qu'il était rentré en France, sa vie se résumait à des choses très simples et très répétitives comme celle-ci. Ça le rassurait.

Romain le salua et prit ses affaires sans chercher à en savoir davantage. D'ordinaire, il retournait directement à sa chambre, rêvant au jour du départ. Mais ce soir, il avait le cœur lourd. Il se dirigea vers le quai d'embarquement. L'océan faisait contre la pierre du ponton un bruit de clapotis léger. Le ciel était clair et le vent de la veille était tombé. Romain resta là un long moment, sa serviette à la main pendant au bout de son bras inerte. Il repensait aux paroles de son supérieur. On l'avait prévenu que ce dernier était un peu « touché », qu'il ne fallait pas trop écouter tout ce qu'il disait à propos du bagne, qu'il était fragile, et ce depuis l'enfance, qu'on n'aurait jamais dû l'envoyer là-bas, et que l'administration pénitentiaire le gardait à ce poste par charité. Mais Romain doutait de ce qu'on lui avait dit. Il pressentait au contraire en Mayeux un homme moralement fiable. D'ailleurs, en temps normal, celui-ci parlait très peu du bagne, il partageait plus volontiers les souvenirs positifs avec Romain, il l'encourageait même. Seulement, quand il recevait des nouvelles de son ami Pierre, il entrait dans de drôles d'états et racontait des choses qu'il n'évoquait pas en temps normal. Plus que jamais Romain avait hâte de se confronter à l'expérience et de se rendre lui-même à Saint-Laurent-du-Maroni. Mais il lui faudrait patienter encore, les changements de poste ne se faisaient pas si facilement. L'administration avait des délais, et ils étaient interminables. Romain apprenait la patience.

La lumière du phare venait de commencer sa ronde pour une longue nuit. Il était tard, Romain devait rentrer s'il ne voulait pas manquer la soupe de sa logeuse. Elle avait horreur des retards. Il se mit en route mais, au premier pas qu'il fit trop précipitamment, il s'étala de tout son long. Le lacet d'une de ses chaussures était défait et il avait marché dessus. Il se releva en pestant. Sa belle serviette en cuir noir avait valsé d'un côté et sa chaussure était restée de l'autre. Il la remit en maugréant, la laça bien serrée, et alla récupérer sa serviette. C'est en se penchant pour la ramasser qu'il vit briller au sol un bouton de nacre. C'était un joli bouton blanc, rond et lisse comme un bouton de bottine avec une fleur gravée en son centre. Il le prit et le regarda attentivement. À part cette fleur minuscule peinte d'un rose délicat, ce petit bouton n'avait rien d'exceptionnel. Mais il était de belle qualité et le jeune médecin pensa que celle qui l'avait perdu devait être une femme élégante. Ce joli bouton devait manquer à son corsage. L'image le fit sourire. Machinalement, il le glissa dans la poche de son pantalon et, tenant toujours au bout de son bras la précieuse serviette de cuir noir grainé que lui avait offerte sa mère à l'obtention de son diplôme, il quitta le quai pour regagner la ville.

Tout en marchant il réfléchissait. Il revoyait en pensée l'embarquement des bagnardes auquel il avait tenu à assister les jours précédents. Les directives du ministère à leur sujet l'avaient choqué. En un mot, il s'agissait de choisir de préférence des filles de la campagne, jeunes et en bonne santé. Comment pouvait-on mettre en prison sur de pareils critères ? Romain avait cru qu'on n'envoyait au bagne que les criminelles irrécupérables. Des femmes coupables de meurtres. Pour avoir étudié l'histoire des prisons, Romain savait qu'il y avait très peu de femmes criminelles. Et celles-ci n'étaient pas obligatoirement de la campagne, jeunes et en bonne santé. Alors, s'il lisait bien entre les lignes de la circulaire, on allait donc chercher des voleuses de poules. Celles qui n'ont pas de famille et vont sur les chemins louer leurs bras d'une ferme à l'autre. Ou celles qui pour ne pas crever de faim et de solitude se font engager comme domestiques dans les grandes villes.

Les convois de femmes étaient rares et Romain avait hésité à se rendre à l'embarquement. Il ne voulait pas avoir l'air d'un voyeur, comme cette foule qui venait de loin et dont les raisons d'assister au départ des bannies de la République n'étaient pas toujours nobles… Mais au dernier moment, il y avait couru. Ce départ serait le seul auquel il pourrait assister avant le sien. Il voulait, à sa façon, accompagner ces femmes en étant là. Il avait encore en mémoire le mal-être qui l'avait gagné et il se sentait plus investi encore dans son futur métier, de taille à affronter la terrible « pénitentiaire » dont le docteur Mayeux disait qu'elle avait pour mission « non de sauver les hommes, mais de les exterminer ». Et pour les femmes, se demandait Romain, qu'a-t-elle prévu la « pénitentiaire » ? La mort ? Ou pire que la mort ? Il n'eut pas le loisir de pousser plus loin sa réflexion, il venait d'arriver devant la maison de sa logeuse et il tourna la clef dans la porte avec la hâte de celui qui sait qu'il va manger un bon repas et retrouver la douce chaleur d'une chambre.

Il dîna tout en bavardant avec son hôtesse de choses et d'autres, puis monta se coucher. Ce n'est qu'au moment de fermer ses volets, face à la nuit étoilée, qu'il repensa au bouton de nacre. Il plongea la main dans la poche de son pantalon et sourit. Le petit bouton était toujours là. Romain le sortit et le regarda avec attention. La fleur était peinte plus minutieusement qu'il ne l'avait cru au premier regard, on discernait même un minuscule feuillage vert sur le côté. Il hésita, à quoi bon le garder ? Il faillit le lancer dans la nuit, mais finalement il le remit dans sa poche et ferma les volets, apaisé un instant par la finesse de sa jolie trouvaille.

16

— Louise est morte.

Marie n'eut pas de réaction. Ou plutôt quelque chose en elle se bloqua quand elle entendit ces mots, et cela fit qu'elle parut inerte. Parce que accepter ce que venait de leur annoncer la sœur, accepter que Louise puisse mourir comme ça, si vite, dès le premier jour, c'était tout simplement impossible. Parmi toutes ces femmes, Louise était la plus forte, la plus vivante. Celle qui pouvait tout affronter. Qu'elle puisse mourir sous les premiers coups, ça ne pouvait pas être vrai. Voilà pourquoi Marie ne pouvait entendre ces mots, et voilà pourquoi quelque chose en elle ne les entendit pas. Louise était son soutien, celle avec laquelle elle allait faire face au destin. Avec Louise, Marie était sûre de pouvoir tenir et vivre. Parce qu'elle était la force, parce que plus qu'aucune autre elle avait la volonté de tout surmonter, contre tous s'il le fallait, et quoi qu'il se passe. Accepter qu'elle meure, c'était accepter de mourir soi-même. Accepter que la vie de Louise puisse être anéantie, c'était plonger avec elle dans le néant. Voilà pourquoi Marie n'entendit pas l'annonce de sœur Agnès, voilà pourquoi elle n'entendit pas les cris des détenues autour d'elle qui s'effondrèrent à la nouvelle. Voilà pourquoi elle resta de longs jours et d'interminables heures prostrée, sans dire un mot, sans même s'alimenter.

On la crut perdue. C'est un médecin qui la sauva. Alerté par les sœurs, il accourut à son chevet. Il rentrait tout juste d'un camp de bagnards où il avait été envoyé en mission à quelques kilomètres dans la jungle. Le terrible camp de Charvein. Là-bas, il avait vu des hommes travailler entièrement nus, il les avait découverts tirant de lourdes charges de bois dans la boue sous la pluie tropicale, et la minute d'après le visage brûlé par les feux du soleil. Il les avait vus s'arracher la peau aux écorces mal taillées, s'écraser les membres lors d'un transfert de bois mal ajusté. Il avait découvert que leurs plaies s'enfonçaient dans cette boue et dans les souillures de leurs excréments qu'ils faisaient à même le sol, les blessures irréversibles de l'anguillule qui pénètre dans la peau et passe par les poumons jusqu'aux intestins, il avait reconnu les chancres qui remontaient dans leurs jambes. Il avait vu enfin les amibes les dévorer, le spirochète, et tous ces parasites redoutables qui stagnent dans l'humidité et la profondeur des marais et de la mangrove. Et il avait pu découvrir de ses propres yeux l'effroyable travail de mort de l'horrible mouche dague. La fameuse mouche *Lucilia Homini Vore* dont parlaient avec terreur tous ses confrères de la coloniale. La *Lucilia*, d'apparence inoffensive, sans dard ni venin. On n'avait aucune raison de s'en méfier. Pourtant c'était elle la pire d'entre toutes et la mort qu'elle promettait était l'une des plus atroces qui soit. Sans qu'ils y prennent garde, quand les bagnards s'effondraient épuisés après des heures de labeur, elle s'introduisait dans le nez ou dans les oreilles, elle y pondait ses œufs et les y abandonnait. Tout cela en un temps si bref qu'on ne s'apercevait de rien. Puis les œufs se développaient et les dédales des sinus du nez et du tympan devenaient des ruches protégées où les larves se métamorphosaient bien à l'abri. Des milliers de larves remontaient et grouillaient jusqu'aux abords du cerveau, rongeant et provoquant une méningocéphalite qui emportait le malade en quelques jours dans des souffrances abominables. Deux bagnards en étaient atteints. On les avait mis à l'écart au pied d'un arbre et ils se tordaient de douleur, la tête dans les mains. Le médecin n'avait rien pu faire, pas même les soulager. Il ne disposait de toute façon que de quelques cachets inefficaces pour une pareille douleur, et de quelques pansements. Face à ces milliers de bacilles, de crachats, de matières fécales, de parasites et insectes microscopiques qui attaquaient les corps de toutes parts, lui, le médecin, ne pouvait rien. Il n'avait que son savoir consciencieusement acquis à l'école de Santé navale de Rochefort. Celle qui formait les médecins de la coloniale militaire. Hélas, si ce savoir lui permettait de déceler l'origine des maladies, il ne lui permettait pas de les soigner. Encore moins de les guérir. Alors, lui qui avait tant cru dans le pouvoir de la médecine, il s'était senti inutile, misérable. Il avait fait les pansements, donné les cachets, mais devant ces hommes qui pourrissaient littéralement sur place et qu'il aurait fallu avoir le courage de tuer pour alléger leurs souffrances, il avait pleuré. De lourdes larmes d'impuissance. Puis il était rentré, anéanti. Il avait couru à la villa du directeur, avait dénoncé les abominables conditions des bagnards du camp de Charvein, et il avait compris une chose : son témoignage ne changerait rien. Le directeur savait déjà. En fait, tout le monde savait. Même Pierre Villeneuve, le médecin-chef. Mais, contrairement à l'indifférence de tous les autres, lui seul partagea sa souffrance et son désarroi.

— Je comprends, lui avait-il dit. Quand on arrive ici, on pense avoir à lutter contre de redoutables adversaires tapis dans la jungle qu'on éliminerait d'un coup de fusil, mais on se trompe. Les pires ennemis sont ces milliers d'insectes invisibles. Une marée d'insectes puissants qu'on ne connaît pas et contre les piqûres desquels on n'a aucun remède. Quand la pénitentiaire envoie volontairement les hommes dans la jungle, on sait tous ici qu'ils ne reviendront pas.

— Mais comment ça ? Alors on les envoie à la mort ? Sciemment ? Mais ils ne sont pas condamnés à mort ! Comment pouvez-vous…

— On ne s'y fait jamais. Mais on reste parce qu'on sauve ceux qu'on peut sauver. On est l'espoir, le seul avec l'évasion dont ils rêvent tous. C'est toujours ça. Et puis parfois on y arrive, on les sauve. Il y a toujours des choses à faire.

Le médecin essuya ses larmes d'un revers de manche.

— Je me demande bien quoi...

Le docteur Villeneuve savait que la seule façon de tenir, c'était de ne pas s'attarder. Il avait un long séjour derrière lui. Les autres restaient en poste deux ans, trois parfois, mais rarement plus. Or ici plus qu'ailleurs, et même s'ils parvenaient rarement à guérir les malades, leur présence était capitale. Il fallait redonner du courage à son jeune confrère, et ça tombait bien, une sœur était venue lui demander de l'aide pour une détenue :

— Écoute, dit-il, tu n'as pas pu soigner les bagnards de Charvein, mais tu peux encore sauver une vie. File au carbet des sœurs, elles t'expliqueront.

Sœur Agnès accueillit le jeune médecin et lui raconta tout. Les conditions du voyage, les viols, la mort de Louise. En voyant Marie, blême, prostrée, amaigrie, le médecin décida qu'il la sauverait. Il n'avait rien pu faire pour les deux bagnards et les avait lâchement abandonnés au pied de l'arbre, mais celle-ci, il n'accepterait pas qu'elle meure. Il était arrivé au bout de ce qu'il pouvait supporter. Si cette détenue mourait, le médecin en lui mourrait avec elle. Il focalisa sur Marie sa volonté de l'emporter contre le sort, contre la jungle, contre la violence des hommes, contre la mort. Elle devint pour lui le symbole de la vie, de la réussite de la médecine et de la volonté des hommes contre le mal. Il lui consacra tout son temps, toutes ses forces. Il oublia tout le reste. Il s'acharna.

Et Marie revint à la vie, doucement, jour après jour. Avec toute son humanité et toute sa patience, il la tira de la nuit dans laquelle elle s'était enfoncée peu à peu. Et un mois plus tard, quand enfin il la sentit revivre, il en pleura de joie.

— Bordeaux !

Il n'en crut pas ses oreilles. Ce furent les premiers mots de Marie quand elle retrouva l'usage de la parole :

— Bordeaux ? Vous avez parlé ? Et vous avez dit Bordeaux ?

— Oui, dit-elle faiblement en regardant tout autour d'elle, affolée, je dois aller chez Madame. Où suis-je ?

Il ne répondit pas à sa question. Il s'accrochait à ce mot qu'elle venait de prononcer et auquel en un pareil moment il ne s'attendait pas.

— Je viens de Bordeaux, dit-il avec une joie fébrile, presque enfantine. Ma famille est là-bas, nous habitons place des Quinconces. Vous connaissez Bordeaux ?

— Je suis à Bordeaux ?

Elle insistait et c'est à ce moment précis qu'il réalisa ce qu'il venait de faire. Il avait redonné la vie à cette femme, il en était au comble du bonheur, rassuré sur la force de la médecine, de ses études et de son propre travail. Mais il n'avait pas pensé à elle, ni à ce qu'elle allait subir après qu'il l'eut ressuscitée. Elle se croyait à Bordeaux, elle avait rayé de sa mémoire l'enfer du bagne. Et il allait l'abandonner sur cette terre de mort. Car lui, il avait prévu de repartir. Il était en poste à Saint-Laurent depuis un an, et l'illusion de servir avait été de courte durée. Le camp de Charvein avait achevé de lui faire comprendre qu'à part Pierre Villeneuve personne ne tenait à guérir qui que ce soit. Il fallait que « la bête » meure. Et lui avait tout fait pour qu'elle vive. Sa joie d'avoir sauvé Marie fit alors place à une grande culpabilité. Il la regardait. Un sourire éclairait son visage. Marie se croyait de retour à Bordeaux, avec cet homme qui lui parlait avec l'accent de chez elle. Mais l'illusion ne dura que quelques merveilleuses secondes. Le rideau de toile qui isolait la paillasse du reste du carbet s'écarta, la mère supérieure entra et Marie retrouva la mémoire. Elle était au bagne, à des milliers de kilomètres de la France.

— Louise ! cria-t-elle, affolée, en se souvenant tout à coup du sort de sa compagne. Où est Louise ?

— C'est une autre prisonnière, dit la mère supérieure en s'adressant au médecin sans répondre à Marie et sans même tenir compte de sa présence. Mais Louise est morte, elle a été tuée à notre arrivée par un fou.

— Un fou ? s'étonna le médecin.

— Oui, un surveillant si fou et si furieux que j'ai porté plainte.

— Porté plainte ? répéta le médecin. Et... auprès de qui ?

— J'ai fait passer une lettre au directeur de Saint-Laurent.

— Que vous a-t-il répondu ?

— Eh bien... pour l'instant...

— Il ne répondra pas et ne fera rien. Des fous, il en voit toute la journée.

La mère supérieure se crispa. Depuis qu'elle était arrivée, rien ne se passait comme prévu et les découvertes étaient de pire en pire. Le comble était que l'administration, qui avait montré combien elle se fichait d'elle et des détenues, se révélait très tatillonne sur les détails et lui réclamait déjà par courrier officiel de rendre des comptes à propos de tout. Mais dans le même temps, elle laissait s'accomplir de graves forfaits sans bouger. La mère supérieure en savait quelque chose ; dès les premiers jours le compte des rations de nourriture n'était jamais le bon, et ce malgré ses nombreuses récriminations. En revanche, elle devait rendre des comptes sur ces rations de nourriture qu'elle avait signalées défaillantes. Un comble ! Et voilà maintenant que ce médecin lui affirmait que sa plainte ne servirait à rien. Comment les règles qui régissent toute société digne de ce nom pouvaient-elles n'avoir ici aucune valeur ? Il y avait pourtant des bâtiments administratifs, une mairie, un palais de justice, un directeur, des surveillants, des hommes de loi. Toute une hiérarchie de représentants de l'ordre. Il allait falloir qu'ils fassent leur travail. Elle n'abdiquerait pas.

— Ma plainte ne servira à rien, dites-vous ? Ça m'étonnerait. Si le directeur ne veut pas se montrer responsable vis-à-vis des hommes, il le sera de toute façon aux yeux de Dieu. Et Lui ne pardonnera pas. Il l'enverra en enfer !

Le médecin n'en revenait pas d'entendre pareil discours… Dieu ! Sa justice. Son pardon.

Il se demanda si la mère supérieure parlait sérieusement.

— En enfer ? répondit-il, l'air désolé. Mais vous savez, ma sœur, le gouverneur y est déjà. Et nous aussi.

Elle se redressa. Comment ce médecin osait-il comparer le misérable monde terrestre avec les forces divines ?

— L'enfer sur terre n'a rien à voir avec le châtiment du ciel, mon fils. Quoi que décide le directeur, je vous dis que cet Isidore paiera.

En entendant prononcer ce nom, le médecin fronça les sourcils.

— Isidore ?

— Oui, c'est lui qui est venu encadrer les détenues. Vous le connaissez ?

— Décidément, soupira le médecin, les hommes de la pénitentiaire sont les plus vicieux que j'aie jamais connus.

— Pourquoi dites-vous cela ?

— Parce que, pour débarquer vos prisonnières, ils vous ont envoyé le Chacal.

— Le Chacal ?

— Oui. Isidore Hespel, dit le Chacal. Un ancien bagnard libéré qui sert de surveillant et est aussi à l'occasion le bourreau du bagne. Le plus meurtrier. Chacun fait sa loi à Saint-Laurent-du-Maroni, mais de tous ces hommes, le pire et le plus dangereux, c'est lui. Le Chacal ne tue pas. Il assassine.

Marie écoutait cet étonnant dialogue, pétrifiée. Quel était ce monde où on l'avait envoyée, et pourquoi ? Qu'avait-elle fait de si terrible ? Pourquoi ? Pourquoi elle ? Qu'allait-elle devenir ? Malgré tout, la présence de ce médecin la rassurait quelque peu. Il l'avait guérie, il était bon. Il les protégerait.

Marie se trompait. Le jeune médecin quitta Saint-Laurent-du-Maroni à la fin du mois suivant. Il l'avait sauvée mais voulait en finir avec l'enfer de Guyane. Il décida de partir sur cette réussite avant de ne pouvoir oublier le reste, avant que quelque chose l'atteigne au plus profond. Malgré tout ce qu'il avait vécu et vu en si peu de temps, il se sentait encore capable de croire en l'humanité. Il était jeune, de retour en France il se marierait, aurait des enfants. Et il voulait pouvoir leur dire sans mentir combien la vie sur terre peut être belle. Il voulait continuer de croire en la médecine. Le docteur Villeneuve comprit sa demande et l'accepta. Il y avait à La Rochelle un autre jeune médecin en attente et qui, au dire de son ami Mayeux, piaffait d'impatience de partir. La relève était là, mais pour combien de temps encore ? À l'âge où l'on regarde les jeunes filles plus que jamais, quel autre jeune homme serait assez inconscient pour venir dans cet enfer soigner des bagnards, et risquer d'y laisser sa peau ?

17

Juillet 1889, un an plus tard

Quand elle entendit résonner au loin la corne du navire qui emportait son sauveur, Marie leva la tête et posa la veste qu'elle cousait sur ses genoux. Un effroyable sentiment de solitude l'envahit comme chaque fois que le navire arrivait ou repartait. Ce navire était le seul lien de Saint-Laurent avec l'autre monde. Celui d'avant le bagne, quand elle pouvait aller librement où bon lui semblait. Les mois étaient passés et la vie de Marie devenait chaque jour plus rude. Elle qui n'avait pourtant jamais été gâtée n'aurait pas pu imaginer l'existence d'un tel enfer. Enfermée avec les autres du soir au matin dans le carbet, un hangar de bois et de tôles nauséabond et insalubre, qui était désormais leur unique lieu de vie, et leur servait à la fois de dortoir, de salle de travail et de salle de repos, elle s'arrachait la peau des mains à coudre des uniformes de bagnards en grosse toile et se torturait pour essayer de comprendre ce qui lui était arrivé. Pourquoi était-elle là ? Et jusqu'à quand ?

Sœur Agnès lui avait dit et répété que c'était pour toujours, mais elle ne pouvait y croire, elle n'y parvenait pas. Un immense sentiment de solitude était entré en elle. Au fil des heures, des jours, des semaines et des mois, il allait grandissant. Il la dévorait. Dès les premiers jours, Marie avait perdu les deux personnes auxquelles elle s'était instinctivement raccrochée, Louise et le médecin. Abandonnée par son père et sa mère, Marie était en réalité seule depuis toujours, mais jamais jusqu'alors elle n'y avait pensé. Rapide, impérieuse, la vie l'avait emportée d'une famille à une autre, d'un lieu à un autre, l'obligeant à survivre. Il avait toujours fallu se débrouiller, et ça prenait du temps. Grappiller du travail, manger, trouver où dormir. Elle n'avait eu ni le loisir ni l'idée de penser à ce qu'était sa vie. Elle la vivait, c'est tout. Et elle n'était pas malheureuse, du moins elle n'avait jamais réfléchi aux choses de cette façon-là. La vie était dure pour elle, plus que pour d'autres, mais elle allait et venait et elle avait des joies parfois. Simples comme un lever de soleil ou un éclat de rire avec d'autres filles ou des garçons de ferme. Ceux croisés au travail des champs. Le seul souvenir douloureux de son monde d'avant était ce moment où il lui avait fallu quitter sa terre natale, ses Pyrénées lumineuses, son Béarn si doux et sa ville d'Oloron. Catherine, une fille de ferme, comme elle, lui avait dit un jour qu'à Bordeaux on vivait mieux. Qu'elle pourrait travailler chez des gens riches et qu'elle serait mieux payée, qu'elle aurait même un chez-elle. Elle avait pris le train et l'y avait suivie. Mais ça n'avait pas été aussi facile ni aussi rose que prévu. Personne ne les attendait. La vie avait vraiment changé. Il avait fallu dormir à gauche à droite et ne pas être trop regardante sur les hommes qui les accueillaient pour la nuit ou un peu plus. Marie avait eu du mal à s'en sortir, elle avait donné des coups de main, volé un peu de nourriture sur les étals des marchés, et s'était fait prendre la main dans le sac plusieurs fois. Et puis enfin, un jour, à force de chercher et de demander, elle avait fini par trouver un travail dans une maison des quartiers riches. Elle venait même de s'installer dans une petite chambre sous les toits et elle se croyait tirée d'affaire, quand on était venu la chercher. Un matin, sans ménagement, elle avait vu arriver les gendarmes.

— Vous vous appelez bien Marie Bartête ?

— Oui.

— Vous venez bien de la campagne ?

— Euh… oui, je viens du Béarn, d'Oloron.

— Vous avez volé à l'étalage quatre fois, et on vous a ramassée deux fois dans la rue. Vous vous êtes rendue coupable de plus de quatre délits en moins de dix années.

— Mais… c'était avant, et j'ai été en prison pour ça. Je travaille maintenant.

— Peut-être, mais vous devez encore des comptes. Selon la loi de notre Troisième République en date du 27 mai de l'an 1885, vous êtes considérée comme une récidiviste et, à ce titre, passible d'être envoyée au bagne de Cayenne en tant que reléguée.

Marie était tombée des nues. Elle avait écouté ce discours officiel sans comprendre, et elle avait retenu ce mot qui l'avait glacée.

— Le bagne !

Le préposé avait coupé court.

— Pour l'instant on vous conduit à la prison. Là-bas, on vous expliquera.

Marie n'avait pas l'expérience de la rébellion. Dans les campagnes où elle avait passé sa vie, la révolution n'avait pas laissé les mêmes traces que dans les grandes villes où Louise avait vécu. Dans les quartiers populaires on se croise en nombre et on débat de tout et de rien. On se sent fort ensemble et on apprend à se défendre. Marie était, comme on dit, une fille de la campagne, isolée et élevée bien loin des grands foyers d'insoumission. Toute sa vie n'avait été qu'obéissance à plus grand et à plus fort qu'elle. Aussi, fidèle à son habitude, elle avait obéi aux gendarmes et elle n'avait pas compris ce qui lui arrivait. Ils lui avaient laissé le temps de rassembler trois frusques et l'avaient conduite devant un homme en uniforme derrière un bureau. Il avait regardé ses listes, l'avait fait signer face à son nom et lui avait confirmé qu'elle partait pour le bagne. Deux jours après, elle allait à La Rochelle. Là, elle avait rencontré toutes celles qui avaient été « recrutées » dans tous les coins des campagnes de France pour être expédiées, comme elle, à la relégation. Partout les représentants de la pénitentiaire avaient obtempéré. Et du jour au lendemain, de citoyenne française Marie était devenue une « reléguée ». La deuxième fois, elle avait demandé au fonctionnaire de police qui l'inscrivait sur ses nouveaux papiers ce que cela voulait dire. Il lui avait répondu que cela signifiait purement et simplement que son pays ne voulait plus d'elle.

Marie avait à peine plus de vingt ans, aucune famille, pas même une connaissance tant soit peu avertie pour l'aider à comprendre ce qui se passait. Elle ne fréquentait que des filles et des garçons de ferme, placés à gauche à droite, démunis et incultes comme elle. Alors elle avait suivi les gendarmes et fait ce qu'on lui avait dit. Maintenant, elle était au bagne. Impossible de faire marche arrière.

L'air était moite et lourd. La pluie tombait. Comme toujours. Elle inondait le sol qui ruisselait en permanence de filets d'eaux boueuses, elle dégoulinait des arbres de la forêt, elle faisait un bruit incessant, usant comme une torture.

Marie n'en pouvait plus de l'entendre, elle avait le sentiment que cette pluie la pénétrait et qu'elle emportait ses forces et sa vie comme elle emportait dans son ruissellement tout le sel de la terre. Une corne de brume se fit entendre. Marie tourna la tête dans la direction du fleuve. Elle pensa que le navire qui allait accoster et dont elle entendait mugir la corne grave allait débarquer un nouvel arrivage de bagnards. De fait, elle n'en savait rien mais elle l'imaginait juste parce que c'était logique. Personne ne débarquait à Saint-Laurent pour le plaisir… Ici on respirait un air étouffant sur une bande de terre humide et brûlante, boueuse et poussiéreuse, entre une jungle envahissante et un fleuve marron. À part le bagne et les bagnards, et du peu qu'elle en avait vu lors de leur arrivée, il n'y avait rien de plus dans ce coin de Guyane.

En une année elle n'en avait pas appris davantage. De cinq heures du matin, heure du lever, à six heures du soir, heure du coucher, sa vie se réduisait à l'espace humide et infect du carbet. De la Guyane elle ne voyait qu'une bande de ciel et la cime verte d'une forêt au loin par-delà l'enceinte paillassée qui entourait le carbet. Les seuls échos qu'elle avait du monde extérieur venaient de ce qu'en disaient les sœurs qui, comme elles, vivaient et dormaient là, et n'en sortaient que pour régler les affaires courantes. Elles s'étaient fait un espace jouxtant celui des détenues dans le carbet et elles l'avaient délimité par une simple cloison de paille qui laissait passer la moindre de leurs conversations. Marie, comme les autres, savait tout de leurs inquiétudes, de leurs colères et même de leur désarroi quand elles chuchotaient, pensant ne pas être entendues.

Mais ces échos sur le monde extérieur n'étaient que des bribes. Il était surtout question de changer de lieu, de trouver un bâtiment. Il y avait eu plusieurs espoirs, toujours déçus, et d'après ce qu'en comprenait Marie, cela semblait bien compromis. La mère supérieure entrait dans de grosses colères, elle harcelait le directeur de Saint-Laurent et écrivait sans cesse des lettres à sa hiérarchie en France. Mais rien ne changeait.

— Aucun courrier pour moi ? demandait-elle à sœur Agnès après chaque passage du navire.

— Aucun, ma mère, répondait inlassablement sœur Agnès.

Alors la mère supérieure éclatait de rage. Puis, par la force des choses, n'ayant aucun interlocuteur, elle se calmait. Sœur Agnès et elle parlaient alors d'autre chose. D'approvisionnement, de difficultés à obtenir les matières pour le travail, des machines à coudre qui ne venaient pas, des denrées qui disparaissaient et aussi de cette pluie qui tombait sans cesse, de cette humidité de l'air, des chaleurs. Elles étouffaient.

Même les sœurs étaient isolées, oubliées, livrées à elles-mêmes et elles devaient se battre pour obtenir la moindre chose. Elles n'avaient jamais la quantité de nourriture qu'on leur promettait et on les soupçonnait d'en détourner. Marie les entendait qui faisaient et refaisaient des calculs pour prouver leur bonne foi. Pour le reste des habitants de Saint-Laurent, Marie n'en savait pas plus. Accaparées par les soucis du quotidien, les sœurs ne parlaient jamais de rien. Marie savait seulement que les bâtiments des bagnards étaient à côté de leur carbet parce que la mère supérieure venait de refuser qu'elles changent pour un autre carbet soi-disant mieux que le leur. Louis Dimez, qui lui avait assuré de faire tout ce qui était en son pouvoir pour leur trouver un meilleur endroit s'était acharné à tenir sa promesse et, satisfait, il était venu la chercher pour le lui montrer. Mais elle était revenue découragée.

— J'ai vu ce carbet, avait-elle raconté à sœur Agnès. Nous n'irons pas, il est bien plus grand que le nôtre, mais il y a des rats et des insectes partout, et il est d'une saleté repoussante. Après l'école, on a eu assez de mal à rendre le nôtre viable, on ne va pas recommencer et s'installer près de la forêt. Eux, ça les arrangerait bien de nous éloigner, pour mieux nous oublier. On ne tiendrait pas.

— Vous êtes sûre, ma mère ? Ici, c'est pire que tout. On peut à peine tenir debout et la promiscuité devient invivable. Ça fait un an, on ne peut pas aller plus loin. Je crains le pire avec les chaleurs qui arrivent et cette humidité. J'ai mal et je sens mes os qui commencent à me tourmenter. Ça n'est pas normal, je n'avais rien avant. Si une épidémie se déclare, on va toutes y passer, on n'a pas de médicaments, rien !

— Ce serait pire là-bas. Ici nous sommes à côté des bâtiments des hommes et, surtout, de l'église. Dieu nous protège. Il vaut mieux rester, croyez-moi. D'ailleurs M. Dimez a reconnu que le danger de nous isoler près de la forêt était réel. Il traîne de tout dans ces contrées, des orpailleurs en guenilles qui viennent d'Albina, de l'autre côté du fleuve, des bagnards libérés en manque de tout, et des bêtes aussi. Bien plus offensives en lisière de forêt. Alors pas question de déménager. Louis Dimez fait ce qu'il peut. Heureusement que nous l'avons. Au moins, tant qu'il est là, on peut espérer avoir de vrais locaux un jour.

— Pourquoi « tant qu'il est là » ? Il ne doit pas rester ?

— Je crois avoir compris qu'il a repoussé la venue de sa famille. Ça ne présage rien de bon.

Sœur Agnès avait soupiré. Louis Dimez leur était d'un réel soutien et, sans lui, elles se retrouveraient seules. C'était un homme fiable, le seul peut-être de ceux qu'elles avaient rencontrés ici, avec le docteur Villeneuve. Il allait leur trouver mieux. Il suffisait d'être patientes.

Marie, qui n'avait rien manqué de la conversation, désespérait aussi du départ de Louis Dimez. Lui aussi il s'en allait, après le médecin ! Ils en avaient de la chance de pouvoir décider de prendre le navire ! Et les sœurs ? Marie frissonna. Si elles aussi partaient, qui resterait alors ? Que se passerait-il si on les laissait toutes là, dans ce carbet humide et puant, à la merci de ces vagabonds, de ces bagnards, et des bêtes dont elles avaient parlé. Enfermée dans un espace étouffant, soumise à une promiscuité atroce, Marie se recroquevillait le soir sur sa couche, priant le Ciel que plus rien ne bouge, qu'on les laisse là et que la nourriture arrive, que le toit de tôle tienne au vent et à la pluie et que les sœurs restent avec elles.

18

— Quand va-t-on pouvoir sortir les détenues, ma mère ?

— Ah, ne recommencez pas avec ça, sœur Agnès, ça ne vous a pas suffi les viols sur le navire ? Qu'est-ce que vous voulez, une émeute avec les bagnards ? Il faut attendre les nouveaux locaux, et là on avisera.

Le viol sur le navire, qui était pourtant loin d'être le premier, avait décidé les responsables de la pénitentiaire à garder les femmes enfermées jusqu'à ce qu'on les installe dans des bâtiments sûrs. Les bagnards étaient tout près. Marie ne les voyait pas, elle ne savait rien de ces hommes, mais à cause du danger qu'ils représentaient, elle et les autres femmes devaient rester enfermées au carbet.

— C'est un comble, s'énervait sœur Agnès. Les bagnards circulent librement dans Saint-Laurent, même les criminels les plus odieux, et nos pauvres détenues, qui ne sont que reléguées, sont enfermées dans les pires conditions.

— C'est vrai, avait fini par reconnaître la mère supérieure, pour enchaîner aussitôt par un : Heureusement, Dieu est là !

Dieu ! pensait sœur Agnès. Il était bien loin décidément. Quand ferait-il enfin une véritable apparition ? Quand d'un doigt désignerait-il les méchants et les fourbes qui sévissent partout, impunis et glorieux ? Quand les enverrait-il en enfer ? Quand rendrait-il le monde aux meilleurs comme on l'annonçait depuis si longtemps ? Sœur Agnès commençait à trouver le temps long. Elle avait beau se raisonner, elle ne trouvait rien à répondre aux injonctions permanentes de la mère supérieure qui, elle, continuait en dépit de tout à se raccrocher à Dieu avec une ferveur de plus en plus mystique.

Pour Marie, Dieu ou les autres, ça ne changeait rien. L'enfermement seul était réel. Elles étaient coupées de tout. Sauf du bruit. Car la seule chose que ni l'administration ni personne ne pouvait empêcher, c'était la libre circulation des bruits. Et ils étaient nombreux. Dans les ténèbres mentales où elle se trouvait, démunie de tout et surtout de l'espoir d'en sortir un jour, affamée en permanence comme ses compagnes, affaiblie à l'extrême par les privations, par l'impossibilité de respirer autre chose que cet air vicié du carbet, et par l'impossibilité de marcher plus de quelques pas, recroquevillée dans ses peurs, Marie s'était raccrochée à ces seuls échos du monde des vivants qui parvenaient jusqu'à elle. Et son imagination s'évadait. Elle avait fini par reconnaître certains sons, selon le moment où ils apparaissaient. Il y avait ceux du matin. Des roulements de charrettes ou d'autres véhicules dont elle tentait de reconnaître l'origine en se remémorant les sons qu'elle avait connus auparavant. Elle était sûre des charrettes, à cause du bruit si particulier des roues de bois cerclées de fer qu'elle avait entendues souvent sur les chemins caillouteux de sa campagne du Béarn. D'autres, plus complexes, ne lui évoquaient rien, aucune image. Et elle cherchait, cherchait... un bruit en particulier, régulier, passait tout près et ressemblait au roulement d'une machine sur des rails. Mais de ce qu'elle savait il n'y avait pas de train à Saint-Laurent, pas de gare, donc pas de rails. Et puis, si cela avait été un train, Marie en aurait entendu le moteur. Or il n'y avait que ce roulement régulier qui se rapprochait puis s'éloignait. Marie avait deviné qu'il allait s'évanouir dans la forêt, mais elle avait beau se creuser la tête, elle ne voyait pas de quoi il pouvait s'agir. Un autre bruit encore l'intriguait particulièrement. C'était un frottement sourd qui s'arrêtait à intervalles réguliers, avant qu'on entende couler comme de l'eau. Ces sons étaient tout proches. Mais il y en avait d'autres, plus lointains, diffus. Des appels, des cloches, des cris. Parfois l'esprit fatigué de Marie imaginait une situation, une histoire. Mais aucun de ces sons ne ressemblait à ceux d'une ville habituelle, et ils n'étaient pas non plus ceux de la campagne. Marie ne parvenait pas à les rassembler pour se faire une idée de la vie qu'ils représentaient. Trop divers et pas assez précis. Sauf la nuit. Là, ils prenaient toute leur dimension.

Marie comme ses compagnes voyait le soir venir avec terreur. À cause des cris. Tout près, juste de l'autre côté des murs, dans cette zone inconnue où étaient enfermés les bagnards, les cris commençaient dès la nuit tombée et duraient jusqu'à l'aube. Des cris affreux, lancinants, qui débutaient comme des hurlements et finissaient comme des pleurs. Quand la nuit avançait, ils ressemblaient à des braillements de fous, des appels d'une angoisse telle qu'ils prenaient aux tripes et provoquaient chez Marie et ses compagnes de terrifiantes peurs. Ces plaintes gémissantes se muaient en des appels perçants qui s'évanouissaient et revenaient brutalement sans prévenir. Sur leurs paillasses, les détenues, glacées d'effroi, restaient hébétées, attendant, une fois qu'ils avaient cessé, qu'ils reprennent, ou que quelque autre signe se fasse entendre. Les premières fois, elles en avaient beaucoup parlé entre elles, mais les jours et les semaines puis les mois passant, elles avaient épuisé tout ce qu'elles pouvaient en dire. À quoi bon. Maintenant elles aussi étaient au bord d'un gouffre qui leur donnait envie de hurler à la mort, et la plupart tombaient le soir venu sur leur paillasse pour s'endormir immédiatement, terrassées. Marie, elle, n'y arrivait pas. Chaque nuit qui revenait la laissait dans un état d'épuisement de plus en plus grand. Ses forces diminuaient au point qu'elle s'était mise à délirer. Et dans ses moments de lucidité, elle cherchait encore à comprendre. Qui pouvait crier ainsi et de façon aussi atroce ? Des bagnards ? C'était ce qu'elle avait pensé au début, et puis elle avait cru reconnaître dans ces plaintes des cris de bête. Après tout, la jungle regorgeait d'animaux de toutes sortes. La pensée que ces hurlements n'étaient pas humains l'avait apaisée. Elle avait tenté de se conforter dans cette idée et s'était souvenue d'avoir confondu, enfant, le hululement d'une chouette, et même son pas dans un grenier, avec celui d'un homme. Mais ces plaintes ? Ça ne pouvait pas n'être que des chouettes ? Alors elle replongeait dans ses angoisses et elle avait beau tout tenter pour ne pas y penser, ces plaintes affreuses la poursuivaient. Même quand le jour était revenu, elle les percevait encore. Elles ne disparaissaient que lentement, après des heures et des heures.

Au tout début, après les premières nuits, Marie et les autres avaient tenté d'interroger les sœurs. En vain. Il ne fallait pas poser de questions. Il fallait seulement se lever à la cloche de cinq heures, prier et accomplir les tâches du matin jusqu'au soir. Les sœurs ne parlaient que du quotidien et du travail. Malgré les conditions abominables de leurs vies, elles avaient organisé un emploi du temps d'une minutie maniaque sous l'impulsion autoritaire de la mère supérieure. Ménage, cuisine, jardinage, couture. Aucun moment pour penser. Pas le moindre interstice.

Marie avait appris peu de chose sur ses compagnes, et pour cause. Une dangereuse mélancolie dépressive avait rapidement gagné la plupart d'entre elles. Il n'y avait pas eu de colère à la vue du carbet sordide, pas la moindre révolte comme le craignait l'administration. Au contraire, les femmes avaient fait preuve d'une totale docilité. Le voyage en mer avait épuisé leurs forces et leurs confidences. Aucune n'avait plus l'envie de livrer quoi que ce soit aux autres. Ni de rien connaître d'elles. De toute façon, c'est ici que finissait le voyage. Elles n'étaient même pas à Cayenne, certainement une plus grande ville, une vraie ville. Elles étaient reléguées à l'annexe, à Saint-Laurent, dans ce coin perdu. Et il n'était même plus question de les marier. Le vide était total.

Marie avait bien essayé d'échanger quelques mots les premiers jours, mais elle avait dû porter, en plus des siennes, les angoisses des unes et des autres, et le ciel était devenu plus lourd et plus noir encore qu'il ne l'était déjà. Alors elle avait fait comme les autres. Elle était rentrée dans sa coquille. Un sentiment d'isolement total. Rien de sa vie d'avant, de ses rires, de son envie de vivre, n'avait résisté à la dure réalité du couvent-bagne. Louise n'était plus là pour lui communiquer quelque force ou quelque espoir. Même insensé. L'espoir d'une vie meilleure, de fonder une famille et d'habiter un jour une de ces maisons coloniales aux rives enchantées entrevues le long du fleuve. Tout cela avait été emporté par la violente réalité. Ces maisons qui leur avaient arraché des cris de joie le jour de leur arrivée ne seraient jamais pour elles. Quelle illusion ! Comment avaient-elles pu espérer une chose pareille ? Des villas qui se comptaient sur les doigts d'une seule main et qui avaient été construites pour les dirigeants de la pénitentiaire. Sœur Agnès l'avait expliqué à celles qui se voyaient déjà sous les palétuviers, prêtes à y installer la famille de leurs rêves.

Quant aux hommes, leurs futurs maris ? Ceux qu'elles devaient pouvoir épouser ? Elles n'en avaient pas vu un seul. Le dirigeant de la pénitentiaire qui supervisait le travail des sœurs avait décidé avec l'accord de la mère supérieure de repousser les épousailles. Ce n'était pas le moment. Il fallait d'abord travailler. Et produire.

— Allons, allons, Marie, au travail ! Vous n'avancez pas, ça fait un moment que je vous observe et vous ne faites rien.

Sœur Agnès était chargée des ateliers couture. Elle distribuait les tâches tous les matins et relevait les vêtements en fin de journée. Il fallait respecter un quota très précis :

Draps d'agent ourlé : 5 par jour
Draps d'officier : 3 par jour
Oreillers : 2 par jour
Matelas : 1 en cinq jours
Chemise d'homme ou de femme : 1 et demie par jour
Pantalon de toile : 1 et demi par jour
Robe : 1 en un jour et demi
Vareuse de toile : 1 et demie par jour

Elle réprimandait fermement, mais en douceur.

— Le directeur de Saint-Laurent s'est plaint qu'on ne parvienne pas à livrer plus d'une chemise par jour et par détenue. Il dit que le rendement n'est pas suffisant. Essayez de faire mieux, votre paye sera meilleure.

La paye ! Au début elles ne devaient rien recevoir, et puis, pour les encourager à produire, l'administration décida qu'elle allait les rémunérer trente centimes par jour. Hélas, tant que le quota n'était pas atteint, elles ne recevaient rien et, quand elles y arrivaient, on leur retenait dix centimes sur les trente, pour constituer un pécule en vue de leur éventuel mariage. Et si elles voulaient un café le matin, elles devaient aussi le payer dix centimes. Car tout se monnayait au bagne, et au carbet des femmes aussi. Autrement dit, elles avaient souvent le ventre vide. L'exhortation de sœur Agnès sortit Marie de ses pensées qui suivaient le cours d'un labyrinthe interminable où elle-même se perdait, et elle reprit son travail. L'aiguille perçait difficilement la toile dure et il fallait appuyer avec le pouce pour bien l'enfoncer. Ici on ne connaissait pas le dé à coudre. Sœur Agnès en avait emporté de France, mais pas assez. Depuis des semaines qu'elle cousait des vestes et des pantalons de bagnards, le pouce droit de Marie était passé par toutes les étapes. Blessé par le chas des aiguilles, il avait longtemps saigné, puis, à force, il s'était endurci. Maintenant il était aussi dur que la corne des talons de ses pieds qui avaient d'ailleurs terriblement enflé. Une vraie carapace. Mais ce sont les forces du corps qui manquaient le plus. Marie regarda ses bras et ses jambes. Elle avait terriblement maigri et voyait ses os poindre aux coudes et aux genoux. Elle tâta ses joues. Là non plus il ne restait pas grand-chose. Depuis qu'elle s'en était aperçue, Marie se tâtait tous les jours, et tous les jours il lui semblait qu'il lui restait moins de chair que le jour précédent. Elle ne pouvait pas se voir, il n'y avait aucun miroir, mais elle voyait le visage des autres. Leurs cheveux étaient ternes et pauvres. Elle remarquait que les siens aussi tombaient. Mais elle ne s'en alarmait pas. Bien des choses n'avaient plus d'importance. Marie songeait plutôt au repas, et elle compta les heures qu'il lui faudrait attendre. Elles n'auraient qu'une soupe liquide et une tranche de pain, avec au mieux un morceau de viande dure. Marie n'avait rien dans le ventre depuis le brouet de la veille, et son estomac se tordait, faisant entendre des bruits de colère. Comme tous les jours et toutes les nuits, il réclamait. Au début ça avait été très dur, mais maintenant Marie vivait en permanence avec ce manque. Les jours passant, elle avait moins envie de manger. Il lui semblait même que si on lui donnait un bon plat, elle ne pourrait rien avaler.

Elle regarda la bande de ciel au-dessus de la palissade. Vu la lumière, elle se dit qu'il devait être près de neuf heures du matin. L'heure à laquelle elles devaient toutes réciter le chapelet. Pour le repas, il faudrait attendre. La cloche sonnerait pour la prière d'une seconde à l'autre. Marie connaissait déjà tout des minutes et même des secondes qui s'égrenaient dans le carbet où elles cousaient, assises sur de petites caisses sans dossiers. On leur avait donné cette petite caisse en leur spécifiant qu'elle leur était seulement prêtée, et qu'elle serait leur seul meuble. La caisse avait un couvercle qui se refermait et devait contenir tous leurs effets. Elle était à la fois leur armoire, leur buffet et leur siège. Les détenues en étaient responsables. Marie était assise sur la sienne. Les premiers jours, le mal de dos avait été terrible. Il fallait coudre toute la journée. Impossible de s'appuyer quelque part. Marie se tournait dans tous les sens. Elle se penchait d'un côté pour atténuer le mal de la position, puis au bout de quelques minutes se penchait de l'autre côté. Jamais elle ne trouvait une position qui la soulage. Le mal était d'autant plus horrible que ses os devenus saillants étaient directement en contact avec le siège qui la blessait. Alors, pour ne plus penser à la douleur et ainsi tenter de la diminuer, Marie s'était inventé des repères. Elle décida par exemple qu'elle allait passer trois fois l'aiguille dans le tissu et qu'à la quatrième, la cloche sonnerait. Et si la cloche sonnait au quatrième passage de l'aiguille, ce serait le signe d'une bonne nouvelle. Elle n'allait pas jusqu'à donner une forme précise à cette « bonne nouvelle », mais son esprit ainsi nourrissait des espoirs. Elle passa l'aiguille une fois, puis deux, puis trois et, à la quatrième, elle hésita, et ralentit son geste. La cloche n'avait toujours pas retenti. Une angoisse l'étreignit et accapara toute son attention. L'aiguille ressortit de la toile et elle la tira le plus lentement possible, pensant avoir perdu son pari, quand la cloche sonna. Son angoisse disparut instantanément et elle respira largement, procurant à son corps un bref instant de bien-être. Maintenant, elle allait pouvoir se lever et faire la prière avec les autres, debout. Elle posa son ouvrage à terre, sur le côté de son siège, et se déplia doucement. Tout son corps la faisait souffrir. Les muscles des jambes, d'abord, qui étaient tout raides, puis les os, et le dos qui se coinçait et qu'elle déroulait le plus lentement possible. Enfin les vertèbres de son cou, brisé à force de tenir la tête dans la même position sans bouger. Marie profitait du moment de la prière pour laisser sa tête aller vers l'avant, le menton contre sa poitrine, et elle massait consciencieusement les cervicales une à une. Le mal semblait s'apaiser alors au contact de sa main. Elle tentait de remettre un peu de circulation dans ce corps douloureux. Elle frottait aussi ses membres les uns après les autres, prenant garde qu'on ne la voie pas, car, pour les sœurs par ailleurs compatissantes, l'heure de la prière était sacrée. On ne devait rien sacrifier du temps donné à Dieu.

— Marie ! Cessez de gesticuler dans tous les sens et pensez à notre Père qui vous observe de là-haut. Priez qu'Il vous aide et vous apporte Son soutien. Pensez à sauver votre âme. Concentrez-vous, Il vous demande si peu de temps, accordez-le-Lui !

Prise en flagrant délit, Marie se redressa difficilement et se mit à réciter la prière avec les autres. Du moins avec celles qui en avaient encore la force. Les mots venaient de plus en plus difficilement. Elle en avait oublié certains ou elle les intervertissait. Privée de nourriture, sa mémoire la lâchait. Marie sombrait de toutes parts.

19

Sœur Agnès s'était démenée auprès des autorités pour réclamer de l'aide, de la nourriture et des médicaments. Beaucoup d'énergie et de larmes… pour rien. On ne la recevait jamais au même endroit, elle ne trouvait jamais le même surveillant, gardien, ou autre personne dont elle ne connaissait même pas la fonction à qui elle aurait pu s'adresser. On la baladait comme on baladait la mère supérieure, et ce qu'elle redoutait venait d'arriver. Deux détenues avaient contracté une fièvre l'avant-veille, et maintenant dix autres étaient contaminées. La contagion gagnait à une vitesse fulgurante. Dès qu'elle s'en était aperçue, consciente du danger, sœur Agnès avait couru au bureau des médecins à l'hôpital. Cinq fois. En vain. Avec le médecin-chef, ils n'étaient plus que quatre pour tout le territoire de la pénitentiaire et pour les hôpitaux de Cayenne, de l'île Royale et de Saint-Laurent. Autrement dit, en attraper un au passage relevait du miracle.

— Mais il n'y a jamais personne dans ces bureaux ! rageait-elle.

— Qu'est-ce que vous croyez, lui avait lancé un bagnard hargneux qui traînait dans le coin, qu'ils ont que ça à faire ? Vous attendre ? Ils courent, ils courent !

Elle lui avait jeté un mauvais regard et lui avait conseillé de s'occuper de ses affaires. Le bagne et son atmosphère délétère finissaient par déteindre sur elle. Que faire pourtant, à part attendre encore les médecins ? Opérations, urgences, plaies terribles suite aux bagarres à mort qui sévissaient en permanence, dans ce milieu dépourvu de toute hygiène, les maladies communes et endémiques les atteignaient tous sans distinction, et les trois pauvres médecins servaient à tout et à tout le monde. Bagnards, administratifs, familles en poste. Ne sachant plus que faire, sœur Agnès s'était adressée à un autre bagnard, ancien infirmier qui aidait les médecins du bagne. Il tenait un poste de secours près de la forêt, et avait conseillé à sœur Agnès de laisser un message sur le bureau du docteur Villeneuve.

— Un message ! Vous voulez rire ? S'ils ne sont jamais là ils ne le verront jamais et ce mot ne restera pas sur leur table plus d'une heure. N'importe qui entre et sort dans ces bureaux. Ils sont vides tout le temps, de vrais courants d'air.

— Faites ce que je vous dis, avait-il insisté. Je vous promets qu'ils l'auront.

Ce qu'elle avait fini par faire sans y croire. Et, à sa grande surprise, le soir même un médecin arriva au carbet, la mine et les traits tirés. Il avait dû vivre de mauvaises heures.

— Pardon, ma sœur, l'infirmier m'a attrapé au vol. Je vous ai fait attendre, mais, croyez-moi, c'était bien involontaire…

— Ce n'est rien, fit-elle, conciliante. Vous êtes là, c'est le principal.

— Alors, que se passe-t-il chez vous ?

Elle lui expliqua la situation et il parut effrayé.

— Douze malades ! Elles délirent et ont de fortes fièvres ! Pourvu que ce ne soit pas une épidémie !

Il y a deux jours, ce médecin avait été appelé d'urgence dans un camp forestier. Des arbres étaient tombés du mauvais côté. Trois bagnards avaient été écrasés et, pour ceux qui étaient vivants, il avait dû improviser et amputer sur place deux jambes et un bras. Après quoi il était rentré à pied, parce que le chariot poussé par les bagnards et qui servait de liaison ne l'avait pas attendu. À peine arrivé à l'hôpital, il était tombé sur le message de sœur Agnès que le bagnard infirmier lui avait mis sous le nez, et il était reparti sans attendre. Sans même prendre le temps ni de se changer ni de manger. Une épidémie, c'était ce qui pouvait arriver de plus grave à la communauté tout entière. Bagnardes, bagnards, administratifs, agents, tout le monde était concerné. Avec les chaleurs et l'insalubrité qui régnait partout, les maladies se propageaient à une vitesse impressionnante. Il fallait enrayer celle-ci immédiatement. D'une bagnarde à l'autre, il constata la fièvre, les nausées, les sueurs, l'état de choc et de prostration et, au fur et à mesure, il changea de figure.

— Je suppose que c'est vous qui videz les urines, ma sœur ?

— Oui.

— Avez-vous remarqué un changement ?

— Oui. Je les trouve de plus en plus sombres.

Il cessa d'ausculter, lança un juron, et quand sœur Agnès lui demanda son verdict, il n'y alla pas par quatre chemins.

— Attendez-vous à une hécatombe, ma sœur. Elles ont une fièvre bilieuse, aucune ne s'en sortira.

— Mon Dieu ! s'écria sœur Agnès, bouleversée. Mais qu'est-ce que c'est ?

— Une complication rarissime du paludisme. Vos femmes sont trop faibles. Elles attrapent tout et ça dégénère très vite. Les globules rouges éclatent et on n'a aucun moyen de traiter. Leur avez-vous donné de la quinine ?

— Oui, pourquoi ?

— On n'en est pas encore certain, mais on pense que la quinine n'est pas bonne pour ça.

— Mais on nous en distribué en nous recommandant d'en prendre le plus régulièrement possible.

— Je sais. Mais ce qui est bon pour le paludisme n'est pas bon pour la fièvre bilieuse. Du moins c'est ce que l'on commence à comprendre.

— Mon Dieu, quelle horreur ! Mais que peut-on faire ?

— Rien.

— Mais c'est de la folie !

— Il faudrait que je leur fasse à chacune une transfusion. Avec quel sang ? Celui des bagnards ? Ils n'en ont presque plus et le peu qu'il leur reste est encore plus anémié et infesté. De toute façon je n'ai pas les moyens de faire des transfusions en pareille quantité. C'est impossible. Dans l'urgence, pour limiter les dégâts et protéger celles qui restent, il faudrait les prendre une à une, les sortir de ce hangar pourri et les mettre dans un endroit sain et dans de bons lits propres et secs. Vous avez ça sous la main, vous ?

Sœur Agnès ne put rien répondre. Des lits ailleurs qu'au carbet, ce n'était même pas la peine d'y penser. Quant à des lits secs, ça n'existait pas. L'humidité pénétrait partout, et les germes pullulaient.

— Docteur, si j'ai bien compris, ces détenues vont mourir, et les autres risquent le pire parce qu'on ne peut pas les faire sortir d'ici ?

— Oui. Je ne dis pas qu'elles guériraient dans d'autres conditions, mais on limiterait la propagation.

— Alors, par pitié, aidez-nous. Prenez-les dans vos hôpitaux. Il y a de la place dans celui de Saint-Laurent et on pourrait en envoyer par bateau à Cayenne. Nous sommes enfermées ici et nous n'avons aucun espace ailleurs. On nous promet mieux mais on nous retient ici depuis bientôt deux ans. Même nous, la mère supérieure et moi, vivons là et nous avons tout essayé pour en sortir. Nous sommes à bout.

— Je sais. Hélas, nous, les médecins, nous ne pouvons que donner notre avis. C'est l'administration seule qui décide, et encore… on finit par ne plus savoir.

— Parlez-en au directeur, expliquez-lui la gravité de la situation pour toute la communauté de Saint-Laurent si la maladie se propage. Ils seront obligés de réagir. Faites-le, je vous en supplie !

Le médecin venait de passer trois journées et deux nuits sans dormir et à peine manger. La découverte de la gravité de la situation et la supplication de sœur Agnès achevèrent ses dernières forces. Il s'effondra sur le lit de Marie et prit sa tête entre ses mains.

— Seigneur ! s'exclama sœur Agnès, effrayée, qu'avez-vous ? Qu'avez-vous ?

Il releva la tête lentement. On pouvait lire sur ses traits l'immense lassitude. Il aurait pu dire à sœur Agnès des mots de réconfort, comme « Je vais voir ce que je peux faire », ou lui donner des cachets qui ne servaient à rien, juste pour calmer son esprit, mais il n'avait plus envie de mentir. Fût-ce pour donner de l'espoir et du courage. Il voulait juste faire son métier : soigner et guérir. Or depuis qu'il était en poste au bagne, il soignait rarement et il ne guérissait jamais. Ou si peu que c'en était dérisoire. Ils ne s'en sortaient déjà pas avec les hommes, et maintenant qu'on leur envoyait des femmes dans des conditions aussi dures, ça devenait intenable moralement.

— Tenez, docteur, buvez cette eau, elle est sucrée. Et mangez ce pain, vous êtes épuisé.

Sœur Agnès avait été lui chercher de quoi se remettre et donnait ce qu'elle pouvait. Il but le verre d'eau, dévora le pain, et se reprit. Il fallait venir en aide à cette sœur, l'apaiser sinon elle aussi allait y passer. Elle était bien maigre et bien pâle, elle ne devait pas peser plus de quarante-cinq kilos et, pour sa taille, c'était presque un miracle qu'elle tienne encore debout. Elle était là pourtant, elle se battait pour ses détenues et même pour lui. Il trouva l'énergie de sourire.

— Merci, ma sœur, pour vos malades on va faire au mieux. Il faut les séparer, sécher et aérer tous les lits. Les détenues encore valides doivent être mises à l'écart. Je vais en parler au médecin-chef qui ira voir le directeur. On va trouver une solution, je ferai tout pour ça. Je vous le promets.

Elle le remercia avec chaleur. Il lui rendit le verre vide, se leva, prit sa serviette et repartit d'un pas lourd, les épaules basses. Il mesurait l'immensité de la tâche et il savait que rien ne changerait. Ces femmes resteraient enfermées dans l'humidité du carbet et elles seraient décimées. Tant que la maladie ne sortait pas de leur périmètre, l'administration s'en moquerait complètement. D'ailleurs, le directeur disait vrai, il n'avait aucun bâtiment à disposition et, surtout, il n'avait aucune envie de se battre pour en avoir. Il attendait sa mutation. Tout le monde désertait Saint-Laurent, à part les bagnards, les sœurs et le docteur Villeneuve qui tenait le coup et motivait ses troupes. Deux ans de service au bagne, c'était la moyenne. La première année on pensait changer les choses, et la deuxième on préparait le départ.

Il fit pourtant ce qu'il avait promis à sœur Agnès, soigna, se démena, mais ce qu'il redoutait arriva. Rien ne bougea et l'hécatombe fut colossale. Sur les quarante détenues, il n'en resta que quinze. Et elles ne furent pas les seules victimes. Comme il l'avait prévu, la maladie emporta aussi sœur Agnès. Elle s'était si bien occupée des malades, elle avait pris si peu de précautions, elle était si fatiguée qu'elle succomba aussi. Ce Dieu qu'elle avait tant prié au couvent et qu'elle servait à travers les plus démunies avec tant de courage et de générosité ne l'épargna pas.

20

— Sœur Agnès est morte, monsieur le directeur.

Jamais personne n'avait osé entrer ainsi dans son bureau sans frapper. Stupéfié autant par la nouvelle à laquelle il ne s'attendait pas, que par cette intrusion, le directeur regardait la mère supérieure se tenir face à lui, menaçante sous sa cornette blanche.

— Notre Seigneur l'a rappelée à Lui. Désormais, poursuivit-elle sur le même ton et sans attendre, c'est moi qui prendrai les décisions concernant la communauté des détenues et je viens vous annoncer que je me passe de votre assentiment. Vous nous avez abandonnées et laissées pourrir depuis près de deux ans dans ce carbet infect où nous ne devions rester que provisoirement. Vous nous avez fait assez de mal comme ça ! Je vous informe donc d'ores et déjà que nos femmes sortiront tous les jours dans l'enceinte du carbet, et le dimanche elles feront une promenade de plusieurs heures à l'extérieur. À vous de prévenir les problèmes. Vous êtes payé pour ça et vous avez suffisamment d'hommes autour de vous pour vous y aider. Si vous aviez fait ce qu'il faut, ce drame n'aurait pas eu lieu.

Le directeur n'avait pas eu la possibilité de dire un seul mot, elle tournait déjà les talons. À la porte, pourtant, elle ajouta :

— J'ai écrit deux longues lettres durant la nuit et les ai envoyées ce matin par le navire qui vient de repartir. L'une est pour ma hiérarchie, l'autre pour votre ministre.

Il aurait voulu lui demander ce que contenaient ces lettres, mais elle venait de claquer la porte.

La confirmation de ce qu'il craignait ne se fit pas attendre. Elle lui arriva par le courrier du navire suivant. Une lettre de son ministère de tutelle lui apprit sa mutation plus tôt qu'il ne l'avait prévue. Mais sa joie à l'annonce de cette mutation qu'il souhaitait fut de courte durée. Le courrier de la mère supérieure avait atteint son but. On lui avait donné un blâme pour ne pas avoir protégé la vie des détenues, un autre pour les avoir gardées enfermées alors qu'une épidémie courait, et enfin un dernier pour avoir ainsi provoqué le décès de plus d'une vingtaine d'entre elles, fait obstacle à la politique de mariage décidée par le gouvernement et surtout gaspillé de ce fait l'argent du contribuable. On lui annonça donc qu'au retour en France il serait affecté à un poste inférieur. On l'envoyait croupir en province dans une petite ville isolée au cœur du pays. Une cuvette grise où la pluie tombait en permanence. Il s'effondra, tempêta, jura de se défendre et clama que ça ne se passerait pas comme ça. Mais les interlocuteurs concernés ne l'entendirent pas. Ils étaient si loin. Alors il mesura à son tour l'ingratitude de l'administration qu'il avait largement couverte pour ses multiples manquements, et il s'en alla en les maudissant, et en maudissant Dieu et ces religieuses qui font des prières par-devant et le mal par-derrière, et qui en veulent aux hommes parce que aucun n'a voulu d'elles. Le directeur de la pénitentiaire avait des idées toutes faites sur tout. Sur le bien, sur le mal, et aussi sur les religieuses. Il allait désormais avoir le temps d'avoir un avis sur lui-même, et sur ce qu'il avait fait de sa vie.

21

— Ils repartent tous. Et ils repartent vite.

Le docteur Villeneuve comptait ses troupes de soignants qui se réduisaient comme peau de chagrin. En temps d'opulence, il était arrivé qu'ils soient jusqu'à douze pour couvrir tout le territoire. Mais c'était encore bien insuffisant, et ça n'avait pas duré longtemps. Ils s'étaient vite retrouvés à neuf puis à six et, là, ils n'étaient plus que quatre. Son jeune collègue venait de les quitter en embarquant précipitamment le dernier navire. Saint-Laurent était une plaque tournante, personne ne restait. Un vrai repoussoir à bonnes volontés. Le médecin-chef en avait le tournis. Et maintenant il faudrait attendre le navire suivant pour accueillir ce jeune médecin dont on lui avait parlé. Celui qui piaffait d'impatience à La Rochelle chez son ami Mayeux. Il rassura la mère supérieure qui était venue aux nouvelles et sollicitait de sa part une présence régulière au carbet pour prévenir les maladies qui s'y déclaraient presque chaque jour.

— Le prochain médecin sera bientôt là, et je vous l'enverrai une fois par semaine. Je ferai ce que je peux. Ne vous inquiétez pas.

— Encore un qui fera courant d'air. Vos jeunes médecins ne restent pas. Nous avons à peine le temps de les connaître qu'ils disparaissent. Comment faire du bon travail dans ces conditions ?

— Il ne faut pas trop penser ici, ma mère, ce n'est pas un bon endroit pour les états d'âme. Il faut agir, c'est tout.

— Agir ! Mais sœur Agnès a agi. Voyez le résultat : elle est morte.

— On ne maîtrise pas tout.

— On ne maîtrise rien, vous voulez dire. Ni vous, l'homme de science, ni moi. Seul Dieu sait ce qu'Il fait.

— Il sait ? Vous croyez vraiment que Dieu sait ce qui se passe ici ?

Elle perçut dans le ton de sa voix l'agacement qu'elle avait provoqué et s'en étonna. Était-ce Dieu qui le contrariait à ce point ou le fait qu'elle ait émis l'idée qu'Il dominait tout, y compris la science ?

— Croyez-vous en Dieu ? demanda-t-elle à brûle-pourpoint.

— Bien sûr, s'entendit-il répondre, regrettant cette affirmation à peine l'avait-il prononcée.

— Ah bon, fit-elle, apaisée.

Elle n'aurait jamais imaginé que ce médecin qu'elle côtoyait et dont elle appréciait la compassion et la valeur pût être un mécréant. Elle n'aurait pas aimé le savoir hors du troupeau et avoir à l'y ramener. Elle avait déjà assez à faire avec les détenues dont elle découvrait le tempérament irresponsable, ce que sœur Agnès lui avait bien caché. Pour les protéger de sa colère, sans doute.

— Pourquoi avez-vous choisi ce poste, ma sœur ?

Elle hésita. Quelle question ! Que voulait-il dire par là ?

— Parce que ma place est ici, précisa-t-elle, soucieuse.

Il eut un vague sourire qui éclaira son visage marqué par les années de veille et de soucis.

— Votre place ? Celle que vous désiriez ou celle où on vous a mise ?

Que lui prenait-il ? Relevant sa cornette, la mère supérieure le regarda droit dans les yeux. Voulait-il la rabaisser ? Avec ses sous-entendus, il semblait la prendre pour tout ce que la demoiselle de Gerde en elle ne voulait surtout pas être : une victime qui se laissait balader.

— Je ne sais quoi penser de votre question, docteur. Douteriez-vous de ma foi ?

Il haussa les épaules.

Quelqu'un lui avait-il dit quelque chose à propos de son histoire personnelle ? C'était impossible, et quand bien même. Aujourd'hui, elle était au service de Dieu et si le médecin-chef voulait savoir il allait être servi. Elle était à Saint-Laurent la seule femme à occuper un poste à responsabilité, et bien qu'on ait pris soin de lui faire comprendre qu'elle était aux ordres de tous, de l'administration, sous l'autorité de son représentant légal, le directeur du pénitencier, et sous l'autorité du moindre surveillant qui la prenait de haut et lui donnait des ordres, elle avait réussi à remettre les choses à leur place, à s'imposer et à faire renvoyer ce directeur incompétent et dangereux. Le docteur Villeneuve n'appartenait pas, et de loin, à ce type d'homme, mais il fallait qu'il cesse ses sous-entendus. Elle devait préserver sa crédibilité et lui faire bien entendre à lui aussi qu'au-dessus de sa science il y avait la volonté de Dieu et que son représentant ici, c'était elle.

— Ma place est auprès des âmes que Dieu me confie, dit-elle en choisissant ses mots avec soin. Je me tiens auprès d'elles pour les garder à Lui. Celles des détenues, certes, mais la vôtre aussi, mon fils, et celles de tous les autres.

Pierre Villeneuve hésita à poursuivre et faillit rétorquer qu'il était déjà le fils de sa propre mère et que cela était bien suffisant. Elle l'agaçait avec ses sermons. En référer à Dieu pour tout et n'importe quoi, parler des âmes plutôt que des êtres humains, ça n'était pas fait pour le rassurer. Il y avait chez ces vieilles familles de chrétiens un goût prononcé pour la mortification auquel lui, qui était pourtant issu de ces mêmes familles, n'avait jamais pu adhérer. Et s'il avait choisi le chemin des études scientifiques, ce n'était pas sans raison. Le médecin-chef aimait la recherche et le savoir, il préférait comprendre plutôt que croire. La médecine l'avait sauvé de la foi et des prières interminables que prononçaient sa grand-mère et sa mère, qui en appelaient constamment à Dieu. Il se reprit. À quoi bon égratigner cette sœur ? Au moins, ici, elle ne faisait pas de mal, et il devait se rendre à l'évidence. Au bagne, les sœurs étaient les seules qui se préoccupaient vraiment du sort des détenues et qui travaillaient sur le terrain. Quand il avait appris la mort de sœur Agnès, il avait été plus touché qu'il ne l'aurait cru. Elle respirait la joie de vivre. Elle se donnait à ce qu'elle faisait, elle cherchait des solutions, prenait les problèmes à bras-le-corps. En la perdant, les détenues avaient perdu leur meilleur soutien et lui un contact stimulant. Cette mère supérieure était trop plongée dans ses prières. Quelles rancœurs dissimulait-elle ? Certes, elle s'était montrée courageuse et avait osé affronter le Chacal et le directeur, mais c'était davantage pour affronter le mal que pour faire le bien. De ce qu'il comprenait, elle se consacrait à sauver les âmes des détenues et à les garder au sein de l'Église, plus qu'à les aider au quotidien. Et le docteur Villeneuve doutait de sa capacité à faire évoluer les choses dans le bon sens.

Pourtant, le dimanche suivant, quand il croisa la file des prisonnières qui allaient en promenade, il fut, à sa grande surprise, contraint de revenir sur son jugement. La mère supérieure avait réussi là où, jusqu'à présent, ils avaient tous échoué. De sa propre autorité, elle avait libéré les prisonnières.

22

Quand la mère supérieure leur annonça qu'elles iraient en promenade le dimanche et qu'elles seraient présentées sous peu à des bagnards pour un éventuel mariage, les détenues se déchaînèrent. Elles poussèrent des cris de joie, se bousculèrent. Marie elle-même, qui se tenait toujours un peu à l'écart, éprouva un sentiment qu'elle croyait définitivement perdu : elle se mit à espérer.

Elle ne formulait rien de cet espoir. Elle n'imaginait rien de précis quant à ces promenades et à ces rencontres avec des bagnards. Surtout pas l'idée de l'amour, bien loin de ses préoccupations. C'était autre chose. L'espace. Elle allait enfin pouvoir respirer largement et regarder la ligne d'horizon à l'infini. Bouger et marcher longtemps, avancer sans buter sur l'enceinte, sans limites.

Marie pensait recouvrer la liberté, ou du moins davantage de liberté, elle allait vite déchanter.

À Bordeaux, quand on lui avait annoncé qu'elle partait pour le bagne, elle avait imaginé des choses terribles. L'enfermement, la cellule, les privations, la faim. Mais jamais elle n'avait pensé qu'un jour l'ennemi serait plus proche et plus agressif encore que ne l'étaient les geôliers. Et cet ennemi oppressant allait lui être révélé au cours de ces promenades. Pour la première qu'elle fit, quitter le carbet dans lequel elle avait été parquée durant de longs mois, se déplacer davantage que de quelques pas seulement fut une immense libération comme elle l'avait espéré. Mais moins cependant qu'elle ne l'avait cru. La limite du parcours avait été vite atteinte, et chaque dimanche les mêmes pas étaient revenus se poser au même endroit, dans le même sillage. Il y avait quelque chose de mécanique dans la promenade elle-même, et cette répétition systématique empêchait son esprit de se défaire de l'étreinte de la prison. La rue principale, les bâtiments officiels, les autres carbets, tout ce qui faisait la curiosité des lieux avait été vite comblé car il n'y avait rien à voir. Elles n'allaient nulle part, et elles revenaient plus vite qu'elles n'étaient parties, presque plus frustrées que quand elles ne sortaient pas du tout. À la première impression d'espace retrouvé avait succédé celle de sa limite. Certes, leurs regards avaient accès à l'horizon du ciel et ne butaient plus sur la palissade, elles pouvaient voir sur les eaux du fleuve les pirogues glisser et s'éloigner vers un ailleurs, mais elles, elles ne faisaient qu'arpenter les deux rues poussiéreuses de Saint-Laurent où elles ne croisaient que des groupes de bagnards plus squelettiques et avachis les uns que les autres. Après quoi il fallait rentrer. Si cette promenade soulageait les jambes engourdies de Marie, elle n'eut pas le même effet sur son moral, déjà fragilisé. Marie respirait la liberté une fois par semaine, mais elle n'y accédait jamais. Les envies les plus simples, comme s'asseoir sur une pierre, étaient interdites. Chacun de ses pas devait s'inscrire dans ceux de la détenue qui la précédait et elles se déplaçaient en rang serré pour ne pas faire une colonne trop longue.

— Attention, il y a du relâchement ! Restez alignées. Où vous croyez-vous, en balade ? Vous êtes en sortie hygiénique, c'est tout.

Contrariés de cette charge supplémentaire, les surveillants accéléraient le pas. Marie finissait par ne plus voir que les pieds, le tissu de la robe et la nuque de sa codétenue. Celle qui était devant elle et qui devenait terriblement envahissante, lui cachant toute vue. Elle avait fini par ne plus la supporter, reportant sur elle toute la faute. Ce curieux symptôme était arrivé assez vite, dès la troisième de ces promenades étriquées, et il avait fait naître chez Marie une furieuse envie d'indépendance, plus complexe que l'envie de liberté. Désormais la promiscuité du groupe la révulsait. Les autres détenues lui étaient devenues haïssables. Elles mangeaient son espace, elles étaient les seules responsables de la saleté. L'enfer, dans l'espace étroit du carbet, c'était devenu les autres. Leurs odeurs, le bruit qu'elles faisaient en se tournant la nuit dans leurs couches, leurs incessants reniflements, leurs figures enlaidies, leurs airs abattus, leur façon de se traîner et de traîner avec elles toute leur crasse et leurs souillures, leurs désespoirs, leurs disputes incessantes, la ruée sur la nourriture et les vols. Dans ce cloaque où aucun être humain digne de ce nom n'eût osé éprouver une parcelle de joie, même leurs crises de fous rires incontrôlés étaient devenues insupportables. Marie n'en pouvait plus de voir et d'entendre ces lambeaux d'humanité. Après quelques promenades, ce n'est plus au bagne qu'elle voulait échapper, c'est aux autres. Elle rêvait de la forêt toute proche qui l'aurait dissimulée à leurs regards, à leurs cris. Les fuir était devenu son obsession. Elle avait focalisé la possibilité de réaliser ce rêve sur une allée de bambous qui dégageait un léger mystère dans lequel son imaginaire s'était engouffré.

L'allée des bambous, tel était son nom, était très longue et bordée de hautes tiges au feuillage vert tendre qui retombaient gracieusement en son centre, faisant comme une interminable tonnelle sous laquelle on découvrait deux rails parallèles. Une voie ferrée des plus inattendues courait sous cet écrin de verdure légère qui laissait entrevoir, dans le fond de sa perspective lointaine, une trouée de lumière. Où allaient ces rails sur lesquels Marie imaginait des trains qu'on ne voyait jamais ? Qui passait entre ces rails où il n'y avait jamais âme qui vive ? Elle s'était construit une histoire. Après avoir tourné et retourné les choses dans sa tête, envisagé de multiples solutions, elle en avait conclu qu'on leur avait menti. Saint-Laurent n'était pas une ville perdue dans la jungle et isolée par le fleuve infesté de crocodiles et par l'océan. Ces rails, ce devait être une voie ferrée qui servait au temps où l'on avait construit les bâtiments officiels, et, tout au bout de cette allée, il devait se passer quelque chose, y avoir du monde et de l'activité. Pourquoi pas une vraie ville avec un vrai port ? Puisque à Saint-Laurent il n'y avait que la terre poussiéreuse et les arbres, on avait dû y transporter les matériaux des constructions solides, comme la mairie, la banque, le tribunal et l'église. Et elle imaginait au bout de ces rails un port vivant et grouillant par lequel les premiers fonctionnaires avaient dû arriver avec leurs familles et toutes leurs affaires. Cette explication la soulagea, elle comprenait ainsi comment le bagne avait pu naître sur ce territoire perdu où elle se trouvait. Saint-Laurent n'était donc pas si isolé et seulement peuplé de bagnards comme on le leur avait dit, sans doute pour leur faire peur et les dissuader de fuir, mais au contraire une ville dans un coin du pays auparavant relié à d'autres villes par différents accès. Dont ces rails. Et elle se confortait dans l'idée que ces accès leur étaient cachés et que, si les rails ne servaient plus aujourd'hui et si elle n'y voyait jamais personne, c'était parce qu'il y avait maintenant ce nouveau quai qui permettait d'arriver directement à Saint-Laurent. Sa trouvaille et la logique qu'elle dégageait de ce raisonnement l'avaient incroyablement apaisée. Mais elle gardait ses déductions pour elle-même et ne les partageait avec personne. Louise n'était plus là et les autres étaient toujours à se surveiller, à s'insulter, à se chaparder des bribes de nourriture, abruties de travail, épuisées par les maladies. La prison et l'entassement les rendaient plus seules et paranoïaques que jamais. Elles se soupçonnaient les unes les autres au moindre problème. Contrairement aux apparences puisqu'elles étaient toujours en groupe, l'isolement de chacune était immense. Marie avait appris à se passer de tout échange avec qui que ce soit, et cette allée de bambous était devenue la matérialisation de sa liberté, loin des miasmes du carbet et de la laideur des autres. Elle avait fini par se persuader que si un jour elle pouvait suivre les rails, elle serait sauvée. Elle atteindrait la lumière tout au bout, minuscule trouée fascinante qui était la porte par laquelle elle s'enfuirait. Elle ne verrait plus les autres et elle n'entendrait plus leurs sales bruits. Elle ne sentirait plus leurs atroces odeurs. Chaque dimanche, quand elle passait devant l'allée, elle regardait la clarté de lumière qui scintillait à l'horizon et elle se souvenait alors de celle, aussi éblouissante, que faisait le soleil sur les herbes sauvages près du lavoir de pierre grise dans son village du Béarn. Quelque chose de la fluidité des bambous lui rappelait la souplesse de ces longues herbes folles qui balayaient la lande et qui, à l'extrémité de leurs tiges, portaient des filaments blancs. Graminées élégantes que le soleil embellissait en les éclairant et que le moindre souffle de vent faisait onduler comme une mer. Fascinante prairie mouvante que la toute jeune Marie, oubliant les draps lourds qu'elle était en train de savonner dans l'eau froide du lavoir, fixait pendant de longues minutes, émerveillée.

« Comme c'était beau, comme j'étais heureuse ! » pensait Marie réfugiée dans ses souvenirs. Elle oubliait alors de ce temps de l'enfance les heures difficiles. Quand les paysans n'étaient pas toujours tendres ni pour eux-mêmes ni pour elle, et que les mains se crevassaient dans l'eau glacée des lavoirs de l'hiver. Elle oubliait la peur quand on l'envoyait au pré entre chien et loup compter et recompter les bêtes pour vérifier qu'elles étaient bien toutes rentrées. Elle oubliait ses terreurs quand, à la nuit tombée elle devait quitter le feu du soir après avoir rangé et nettoyé la table du souper, sortir de la maison pour traverser la cour noire et dormir seule sur la paille ou le foin de la grange. Les orphelins en ce temps-là n'étaient que des bâtards, pas tout à fait des animaux, mais pas tout à fait des humains non plus. Maintenant qu'elle était si loin, de l'autre côté des océans, elle ne gardait en mémoire que le bonheur qui était alors le sien de voir les étoiles à travers la lucarne ouverte de la grange, avec le chien de la ferme venu se mettre en boule pour dormir à ses pieds. Comme elle regrettait ce compagnon silencieux qui lui tenait chaud ! L'odeur de la paille et du foin séché était si bonne. La solitude ne lui était pas difficile alors, Marie la connaissait et l'aimait. Elle l'avait apprivoisée. Et aujourd'hui, de ce bagne et de cet exil qu'elle subissait, alors que la faim la tenaillait, que les plaies de ses pieds et de ses mains saignaient à force de marcher la plupart du temps sans chaussures et de coudre sans dé, que son visage creusé avait perdu toute sa fraîcheur et toute la beauté de sa jeunesse, et que ses dents commençaient à se déchausser, la plus grande violence qu'elle subissait était cette promiscuité qui dévorait sa vie. La faiblesse gagnait. De jour en jour plus intense, anéantissant petit à petit toute sa volonté. Mais l'être humain est ainsi fait que, dans les pires heures, les choses apparemment les plus dérisoires sont celles auxquelles on se raccroche. Marie n'échappait pas à la règle. Curieusement, alors que sa vie était en sursis, qu'elle souffrait le martyre dans tout son corps et ne mangeait jamais à sa faim, sa libre solitude d'enfant lavant les draps dans la lumière du Sud-Ouest et regardant la courbe des herbes sous le vent était ce qui lui manquait le plus. Ne plus pouvoir courir sur sa terre du Béarn vers un lavoir de pierre grise !

23

— Nous allons vous présenter à ceux qui seront vos futurs maris. Ils viendront vous voir et désigneront les heureuses élues, celles qu'ils choisiront. Bien sûr, vous n'êtes pas obligées de les épouser, à vous d'accepter ou non leur proposition. Mais vous auriez tort de faire les difficiles. Cette opportunité de retrouver la liberté ne se représentera peut-être jamais et vous savez qu'en plus de cette chance qui vous est offerte, notre République ajoute dans la corbeille un cadeau aux mariés.

De la chance ? Un cadeau ? Dans la corbeille ! Tout cela avait une de ces allures ! Les détenues écoutaient le nouveau représentant de la pénitentiaire qui avait remplacé Louis Dimez dévider le contenu de ces privilèges un à un, bouche bée. Dans son impeccable costume blanc au double rang de boutons dorés, bottines lacées, casque colonial enfoncé sur le crâne, il se dandinait d'un pied sur l'autre, soucieux de convaincre et de bien s'exprimer. On lui avait rappelé l'importance de la mission décidée par le gouvernement. Marier ces femmes et faire en sorte que la Guyane se repeuple. En réalité, il ne croyait pas vraiment à cette mission, mais il agissait en tout point comme s'il y croyait, et ainsi il se sentait en règle. Mais qu'aurait-il pu faire ? Dire à ces femmes qu'aucun de ces mariages n'avait jamais rien donné et que les concessions étaient des lopins de terres perdues dans la jungle et impossibles à travailler ? Qu'une fois mariées on les enverrait là-bas, chacune seule avec son bagnard, et qu'il faudrait tout bâtir de ses propres mains ? Que ces terres étaient choisies au hasard puisque personne ne savait rien de cette jungle, mis à part qu'elle était infestée des pires prédateurs microscopiques qui soient sur cette terre ? Le nouveau représentant de la pénitentiaire n'était pas pire qu'un autre, mais pas meilleur. Il se donnait deux ans de présence à Saint-Laurent pour être dans la moyenne et comptait fuir autant que possible les problèmes. Il fallait tenir jusqu'à la fin sans ennuis et, si possible, en montrant qu'il était efficace.

— Et ce cadeau, poursuivit-il avec le ton convaincu d'un bateleur vendant sur un marché un produit dangereux à des ménagères sceptiques, ce n'est pas n'importe quoi. C'est une concession. Nous vous cédons gracieusement une parcelle de terre sur laquelle vous pourrez bâtir votre maison, et fonder votre famille. N'est-ce pas votre rêve le plus cher ? Maintenant ce rêve est à votre portée. Après les heures difficiles que vous avez vécues, une vie heureuse vous attend. Vous la méritez.

Le représentant de la pénitentiaire s'était pris au jeu de son propre discours et, en prononçant ces derniers mots, des larmes affleuraient à ses yeux. Oui, la France reconnaissait la dureté de la peine, mais elle offrait à ces femmes une nouvelle vie. Marie l'observait, tour à tour menaçant ou gentil. Mesurant l'émotion dans sa voix devenue chevrotante, elle ne savait plus quoi penser.

Attendre d'être choisie ? Elle n'avait jamais été choisie par quiconque. Elle resterait sur le banc comme lors des fêtes de campagne où les fils des fermiers allaient vers les filles qui avaient du bien et délaissaient les filles de ferme qui n'avaient aucun héritage. Sa beauté n'était pas telle qu'ils passent sur ce gros inconvénient. Alors ici non plus aucun bagnard ne la désignerait. Mais elle ne ressentirait pas la peine qu'elle avait pu éprouver au temps de sa libre jeunesse quand un de ces garçons qu'elle avait remarqué au bal lui avait adressé un sourire trompeur et en invitait une autre. Au contraire. Depuis qu'au cours des promenades dominicales elle avait croisé le regard de ces hommes qu'on leur destinait, elle avait été sérieusement refroidie à l'idée de se retrouver seule avec l'un d'entre eux, et, finalement, après le discours de cet homme en costume blanc, elle n'avait plus du tout envie de se marier. Cette méfiance était chez elle de l'ordre de l'instinct. Cet homme se donnait beaucoup trop de mal pour les convaincre avec ses yeux humides et sa voix vibrante. Que cherchait-il à cacher ? En l'écoutant parler, elle revoyait les futurs maris qu'il leur promettait, ces hommes avec leurs vêtements rayés qui traînaient près du marché Étienne où ils dormaient la nuit et qu'ils libéraient au matin, quand les indigènes arrivaient pour vendre les fruits qu'ils arrachaient à la forêt, ou les poissons aux yeux lourds qu'ils pêchaient dans les eaux boueuses du Maroni. Ces bagnards aux airs avachis sentaient l'alcool à des dizaines de mètres et les regardaient passer avec des regards torves et des sourires en coin. Marie n'avait qu'une envie ; ne plus les croiser, ne jamais les revoir. Personne n'avait appris à Marie les codes de la vie, ni la prudence, ni la vertu, ni la morale, ni le bien ni le mal. Mais l'instinct parlait, et elle savait reconnaître ce genre de regards.

— Ne vous fiez pas à vos premières impressions, continuait l'imperturbable fonctionnaire de la pénitentiaire qui, tel un prêtre en chaire s'octroyait le pouvoir de racheter les âmes perdues, confortant par cette ultime générosité qui ne lui coûtait rien la valeur de sa propre mission. Ces hommes ont un passé chargé de fautes comme vous, mais ils ont payé. Maintenant ils sont libres. À vous de leur redonner confiance, vous seules pouvez quelque chose pour eux. Et en retour, j'en suis sûr, ils vous donneront le meilleur d'eux-mêmes.

Sur ces derniers mots prononcés d'une voix lyrique, il tourna les talons.

Elles seraient heureuses, disait cet homme. Marie n'imaginait même pas ce que cela pouvait vouloir dire… Ella avait non seulement appris à se méfier des prêches, mais elle ne s'était jamais fait du mariage une idée romanesque comme en ont les jeunes filles bien nourries et protégées du mal. Sa condition de petite bonne à tout faire dans des maisons où les femmes servaient debout et portaient en rentrant du marché les plus lourdes charges pour se voir bien trop souvent agonir d'injures et même de coups lui avait donné de l'union de deux êtres une vision peu tentante. Elle ne se souvenait pas d'avoir surpris un seul baiser d'amour, ou un geste de tendresse. Dans les campagnes, la vie était rude, et, pour le chef de famille, seule comptait la terre. Les champs, les vignes, les troupeaux. À aucun moment dans cet homme qui prônait les vertus salvatrices du mariage Marie ne sentit s'éveiller en elle le moindre soupçon de révélation. La violente réalité des choses de ce monde l'avait atteinte bien trop tôt pour qu'elle puisse croire au « bonheur ». Comment, dans ce carbet rempli de femmes enlaidies par les fièvres et les manques, comment, devant ces corps déjà rongés par le mal, aurait-il été possible d'entendre ces mots qui parlaient d'union et de félicité ? Tout en Marie n'était occupé que par une seule et unique obsession : fuir. Loin. Aller jusqu'à cette ville où mènent les rails de l'allée des bambous. Arriver jusqu'à sa lumière. Ce n'était pas une idée d'évasion, de se « faire la belle », mais plutôt un terrible besoin de retrouver la solitude et, ainsi, la paix. À ce moment où la pression au carbet était devenue insoutenable, ce désir lui donnait la force de continuer à vivre, à se nourrir même de peu alors que son estomac se refermait de plus en plus et qu'il devenait très douloureux d'avaler la moindre bouchée. Cet espoir lui permettait aussi de mieux supporter les autres, et d'aller en promenade malgré les souffrances du corps tout entier. Car au moment où elle passait devant l'allée, la faim, la fatigue, les douleurs incessantes, l'horrible promiscuité, tout disparaissait, et elle mesurait combien sa volonté d'en sortir était encore puissante.

24

Les rencontres des détenues avec les bagnards, leurs futurs maris, devaient avoir lieu le jeudi. Quand ce jour arriva, Marie vit dans sa convocation au kiosque par la mère supérieure l'occasion rêvée pour s'enfuir. Elle était prête à prendre tous les risques.

— Et tu comptes y aller comme ça ?

Éberluée, Marie regarda la détenue qui lui posait cette étonnante question. Celle-ci avait poudré son front et ses joues à l'aide d'une sorte de farine qu'elle avait dû chaparder en cuisine et peint ses lèvres avec un affreux rouge pâteux à l'origine douteuse. Visiblement elle avait cherché à se mettre sur son trente et un pour la visite des bagnards. Le résultat était ignoble. Anne était une détenue assez agitée, elle ne cessait de répéter qu'elle avait deux enfants en France qui n'avaient qu'elle et qu'elle devait les retrouver, qu'on avait dû se tromper en les lui enlevant.

— Écoute, Marie, insista-t-elle avec conviction, tu dois t'arranger un peu mieux, sinon tu n'attireras aucun homme.

Le visage creusé et la peau jaunâtre, elle avait relevé sa maigre chevelure sur le côté et, dans un sursaut d'audace, se souvenant sans doute de gestes féminins qu'elle accomplissait autrefois, elle y avait planté une fleur d'hibiscus au rouge incendiaire qui soulignait toute l'horreur de sa décrépitude. Elle souriait de sa bouche édentée et faisait des mines, se préparant au mieux pour la grande rencontre. On aurait dit un cadavre déguisé.

— Tu m'entends ? C'est le moment ou jamais pour attraper un homme.

Attraper un homme ! Quel effrayant propos !

— Je n'en veux pas.

Marie avait répondu sans réfléchir, un cri qui lui était sorti de la gorge.

— Comment ?

— Je vais au kiosque, mais je ne veux pas me marier.

— Mais tu ne veux pas devenir libre ?

— Si.

— Et comment vas-tu faire ? Tu ne seras libérée que si tu te maries. Moi, ce n'est pas que je veux un homme, c'est que je veux retrouver mes enfants. Une fois mariée, je l'expliquerai à mon mari et il m'aidera à les faire venir ici.

Elle lui fit pitié avec ses illusions et sa figure affreuse.

— Faire venir tes enfants ? Et comment ?

— On aura une concession. D'autres ont réussi il paraît, pourquoi pas nous ? On gagnera de l'argent et on pourra leur payer le voyage. Ça ne se fera pas tout de suite mais au bout de quelque temps, un an peut-être. C'est long, mais je suis prête à attendre.

Elle disait « nous » comme si elle était déjà mariée. Elle ne doutait à aucun moment que les choses puissent ne pas arriver comme elle se l'était arrangé dans sa tête malade. En la voyant ainsi, affreuse dans son déguisement qui la rendait si repoussante, Marie voulut la mettre en garde.

— Ces hommes, tu les as vus aux promenades ?

— Oui, et alors ?

— Ils ont un mauvais regard. Tu n'en trouveras aucun pour faire ce que tu veux. Ils ne font rien de la journée, tu as vu comme ils se traînent, comment tu veux qu'ils arrivent un jour à gagner assez d'argent pour payer un tel voyage ?

— On aura une maison, je te dis, et je vais revoir mes petits.

Elle n'en démordait pas. Mieux valait ne plus la contrarier. Marie ne put cependant se résoudre à la laisser croire à quelque chose qui ne se réaliserait pas.

— Tu as vu leurs figures tordues ? Ils sont mauvais, il ne faut pas y aller.

— Tais-toi ! Tu ne sais dire que des méchancetés. Tu restes dans ton coin et tu ne parles à personne ! Tu crois que je ne t'ai pas vue ? Pour qui tu te prends ? Tu es de la merde comme nous, et tu ne veux pas le voir. Mais tu es laide comme nous, et sale, et personne ne voudra de toi parce que en plus tu es une garce. Tu dis que ces hommes sont mauvais ? Mais qui tu es, toi, pour dire ça ?...

Une flamme l'avait gagnée, elle était transformée. Elle toisait Marie. Son corps vibrait de colère et son visage rayonnait.

— ... Moi je sais que je vais le trouver, mon homme, et même s'il a été mauvais avant, il pourra devenir meilleur. On se comprendra. Et je reverrai mes enfants parce qu'il m'aidera à les faire venir ici. On aura une concession, on la cultivera et on réussira. Toi, tu ne crois en rien et tu ne veux jamais rien ! Reste dans ton coin, et crève !

Marie en resta bouche bée. Elle avait bien connu les cris et les insultes ; elle avait l'habitude de laisser passer l'orage et de ne pas répondre. Cela aussi, elle l'avait appris très tôt, les filles comme elle se faisaient toujours accuser de tout et n'importe quoi. Mais ce « crève », envoyé si violemment par une fille aussi misérable qu'elle, l'ébranla.

— Pourquoi se méfier de tout ?

Marie se retourna. Rose s'était approchée. Marie vit qu'elle aussi avait fait des efforts de présentation. Elle ne s'était pas enfarinée comme Anne, mais elle avait noué un ruban, sorti d'on ne sait où, dans ses cheveux, et elle avait arrangé la robe de coton avec le tablier noué par-dessus de façon agréable.

— Que tu ne parles plus à personne au carbet, je peux le comprendre. Avec les crises permanentes et le foutoir que c'est devenu on est toutes sur nos gardes. Mais que tu refuses même de parler à des hommes que tu ne connais pas en les jugeant tous mauvais, là je ne te suis plus. Tu veux quoi, Marie ? Crever ici, comme dit Anne ?

Marie ne sut quoi répondre. Rose était celle qui, dans ce cloaque de pauvres filles élevées de rien, avait le plus de tenue. Elle ne braillait pas, n'insultait jamais, ne racontait pas d'histoires de sexe ou de vices tordus qui faisaient rire aux éclats tout le carbet. Marie aurait aimé se rapprocher d'elle, mais leurs paillasses étaient éloignées et sœur Agnès avait réquisitionné Rose au service de la cuisine et du ménage. Elles ne se croisaient pas de la journée. Le soir, entassées au carbet, toutes deux s'effondraient de fatigue. Marie devinait chez Rose une éducation que les autres n'avaient pas. Ce n'était pas difficile de remarquer sa différence. Marie ne comprenait pas qu'elle aussi s'apprête pour ces hommes. Avait-elle l'intention, comme Anne, d'en épouser un ? Les avait-elle bien regardés ?

— Tu vas te marier ? lui demanda-t-elle de but en blanc.

— Euh… peut être.

— Mais… avec n'importe lequel de ces hommes ?

— Non. Mais j'espère en trouver un avec qui je sentirai que ce sera possible. Je ne suis pas comme toi, je ne ferme aucune porte. Elles sont déjà toutes fermées, tu n'as pas remarqué ? On les a toutes fermées pour moi, alors si je peux en rouvrir une, je le ferai sans hésiter une seule seconde.

— Quitte à suivre un de ces soûlards misérables qui traînent toute la journée ?

— Qu'est-ce que tu en sais s'ils boivent tous ? Tu ne connais pas tous les bagnards de Saint-Laurent, que je sache ?

— Non, mais j'ai compris que ceux qu'ils nous présenteront sont ceux qu'on voit près du marché Étienne. Et ceux-là, il ne faut pas les regarder cent sept ans pour imaginer qui ils sont.

— Tu n'as pas les moyens d'être aussi dure et de juger les autres, Marie. Regarde ce que nous sommes devenues en peu de temps : des femmes épuisées, laides. Qui voudrait de nous ?

— Personne peut être, et alors ? Que veux-tu, toi, Rose ?

— Sortir d'ici.

— La liberté et le mariage, ce n'est pas pareil.

— Si, ici c'est la même chose, se marier, c'est le seul moyen d'en finir avec le carbet.

— Pour aller où ? Dans une cabane avec quelqu'un que tu ne connais pas ?

— Je ferai connaissance.

La conversation prenait un tour conflictuel que Marie n'aimait pas, d'autant que d'autres détenues attirées par cet échange inhabituel s'étaient rapprochées. À quoi bon perdre du temps à dire des choses inutiles ? Si Anne et Rose pensaient s'en sortir comme ça, elle n'avait pas à s'en mêler. Tant pis pour elles. Ou peut-être tant mieux.

— Oui, c'est vrai, concéda-t-elle, peut-être que tu trouveras un compagnon, un vrai. Qui sait ?

— Qui sait ? hurla une détenue. Mais moi, je sais qu'on va en trouver un, toutes ici. Et pourquoi on n'en trouverait pas, on n'a pas la gale ! On est encore en état.

— De bon fonctionnement, oui ! ajouta une autre en éclatant d'un rire qui résonnait d'une souffrance d'autant plus atroce qu'elle cherchait à donner le change, comme si l'humour pouvait aider à conjurer le sort.

Son rire ne trouva aucun écho. Au contraire, il y eut un malaise, lourd. Et le silence s'installa. Elles avaient toutes trop vécu pour ne pas savoir ce qu'est la vie, et aucune d'entre elles ne croyait vraiment qu'elles allaient vers un paradis à deux. Elles espéraient pourtant. Comme Rose. Une porte s'entrouvrait, elles s'y engouffraient. Elles voulaient vivre.

Elles entouraient maintenant Marie qui était restée assise sur sa caisse et qui voyait de près leurs faces graves penchées au-dessus d'elle. La farine et la pâte de rouge avaient fait des ravages. Même celles qui en avaient peu usé étaient défigurées. D'autres avaient déchiré des tissus en bandelettes étroites et les avaient arrangés dans leurs cheveux pour les retenir dans une improbable coiffure. Marie fixait ce chapelet de figures décorées comme pour Carnaval avec des yeux pleins de terreur. Elles étaient toutes rongées d'une vieillesse précoce qui faisait son inexorable ravage, et il était impossible de retrouver dans ces faces éteintes et couvertes de mauvais fards les visages des jeunes filles qui, un an plus tôt, avaient embarqué sous le soleil de France.

En les regardant, Marie ne voyait que des crânes nus, des orbites vides. Elle voyait la mort. Au hurlement qu'elle poussa, elles reculèrent toutes ensemble, effrayées, et se mirent à la couvrir d'injures. Qu'est-ce qui lui prenait ? Pourquoi voyait-elle le mal partout ? Anne avait raison, elle crèverait, oui, elle crèverait et personne ne la plaindrait.

Elles laissèrent Marie seule dans son coin, tremblante. La vision d'horreur de ces visages dont elle n'avait jusqu'alors pas mesuré la dégradation venait d'avoir sur elle un effet tragique. Ses compagnes ressemblaient aux bagnards qu'elles avaient croisés dans les rues et au marché Étienne. Ces bagnards qui n'étaient plus des hommes, qui faisaient si peur. Et qui étaient si laids ! En si peu de temps, elles étaient devenues comme eux. « Mais alors ! comprit Marie, je suis comme ça, moi aussi ? » Elle passa sa main sur sa figure et sentit l'ossature de son visage, très nette sous la peau, elle passa sa langue sur le pourtour de ses dents et les sentit bouger. Une, déjà, était tombée au fond. Les autres suivraient-elles ? Comment était-ce possible ? Elle savait qu'elle perdait aussi des cheveux mais elle n'avait pas réalisé à quel point. Maintenant qu'elle avait vu les chevelures des autres, elle prenait conscience. Quelque chose d'inexplicable accélérait les années. Le temps ici n'était pas le même qu'avant. Son corps avait vécu en une seule année plus de vingt, ou trente années. Mais alors, d'ici peu, l'année prochaine, peut-être, elle serait vieille ?

Une angoisse l'étreignit. Plus que la mort, plus que la maladie, réaliser qu'elle serait vieille à vingt ans à peine passés, fut pour Marie un choc sans aucune commune mesure avec les souffrances qu'elle avait endurées jusqu'alors. Comment lutter contre le temps qui s'accélère et qu'on ne voit pas ? Comment remonter ce temps et redevenir un jour celle qu'on a été, pleine de force et de vie ? Pleine de beauté. La beauté ! Marie n'avait jamais appartenu à ce genre de filles élues dont on disait, admiratif, qu'elles étaient belles. Mais aujourd'hui, elle comprenait qu'elle l'avait été. Que toute jeunesse est belle. Que les peaux sont lisses et les cheveux soyeux, que le corps bouge et court et que le souffle suit. Que rien n'arrête les corps jeunes, qu'ils sont la puissance et la vie.

Déjà ce temps serait derrière elle ?

De lourdes larmes, que rien jusqu'alors n'avait pu faire couler, glissèrent de ses paupières et tombèrent une à une sur ses mains jointes. Elle avait vieilli.

Anne et Rose se marièrent le mois suivant. La cérémonie eut lieu à l'extérieur et aucune détenue ne fut conviée. Juste après, les jeunes mariées vinrent rassembler quelques effets et quittèrent le carbet. Les adieux furent brefs, elles avaient hâte et ne traînèrent pas. Marie avait vite abandonné son projet d'évasion. La surveillance était extrême ; si elle avait fait seulement quelques pas en dehors du périmètre prévu, elle aurait été rattrapée en quelques secondes. Elle avait dû se prêter au jeu, avec les autres, alignées comme des étals de viande pour cette cohorte de bagnards. Pour Marie, tout s'était déroulé comme elle l'avait prévu. Aucun d'entre eux ne l'avait sollicitée et elle n'en avait éprouvé aucune peine. Ils étaient tous plus sordides et plus louches les uns que les autres et, quand ils étaient passés devant elle, en file indienne comme au marché pour faire leur choix, elle n'avait pu retenir une grimace de dégoût. L'un d'eux s'était alors penché vers elle :

— Dis, la belle, « faute de grives on mange des merles », tu ne le savais pas ?

Il lui avait susurré cela au creux de l'oreille avec une étrange voix suave qui l'avait remuée jusqu'aux entrailles. Elle avait relevé la tête. Il était laid et repoussant comme les autres. Un visage maigre à la peau terne, et des cheveux plaqués vers l'arrière. Mais il avait au fond des yeux une étincelle qui brillait, joueuse, et bien malgré elle elle s'était sentie rougir. Il eut un sourire de contentement et passa sans rien ajouter. Jamais aucune voix d'homme ne s'était approchée d'elle pour lui parler sur un ton aussi troublant. Ce n'est pas tant les mots qu'il avait prononcés et qui n'avaient pas d'importance, que la vibration de cette voix qui l'avait remuée. Il lui avait parlé à elle seule, comme en confidence. Et il avait posé sa main sur son épaule en exerçant une douce pression. Marie avait connu des hommes, elle avait même vécu avec certains quelque temps. Mais elle n'avait jamais connu d'histoire comme on en raconte, avec des chuchotements, des approches, des séductions gentilles.

Elle repensa à la voix de cet homme et à ce qu'elle avait éprouvé au creux de son oreille et de son ventre.

— Ma mère, demanda-t-elle un jour, quand aura lieu le prochain parloir ?

— Pourquoi, Marie, vous voulez y revenir ?

— Oui.

— C'est que votre tour est passé et... je croyais que vous ne teniez pas encore à vous marier. Du moins c'est ce qu'on m'a dit.

Marie sursauta. Comment la mère supérieure avait-elle su ? La délation sévissait en permanence, l'air au carbet était plus vicié que jamais. Décidément, il fallait sortir de ce marécage à n'importe quel prix. Quand elle avait été désignée pour la première visite aux bagnards, Marie avait accepté pour cela, pour sortir du carbet, échapper à la vigilance des gardiens et fuir par l'allée des bambous. Hélas, cela n'avait pas été possible. Depuis, elle avait réfléchi, et maintenant elle en était certaine, Anne et Rose avaient raison. La seule solution pour sortir de ce carbet où elle allait « crever », c'était se marier. Combien de mortes y avait-il eu déjà ? Marie ne les comptait plus. Elles y passaient les unes après les autres. Il fallait faire vite. Oui, Marie voulait revenir à la séance du jeudi et trouver son mari. Il lui fallait impérativement rassurer la mère supérieure sur ses intentions et faire en sorte d'être désignée.

— On vous a trompée, ma mère, s'empressa-t-elle. C'est vrai que j'étais inquiète la première fois. Ces hommes ont l'air si... fatigués.

Elle avait failli se trahir et manquer le mot juste pour parler des bagnards. La mère supérieure l'observa, intriguée, ne sachant quoi penser de cette détenue dont on lui avait souvent dénoncé l'isolement. La voir déguerpir serait sans doute une bonne chose. Il fallait éviter les problèmes.

— Eh bien, vous irez, puisque vous le voulez. Mais... attention, si un bagnard vous demande en mariage, il ne sera pas question de refuser.

Il y avait comme une menace dans les paroles de la mère supérieure. Marie réfléchissait aussi vite qu'elle le pouvait. La fatigue et l'état de délabrement de son corps ne l'aidaient pas... Tout se confondait dans son esprit et elle ne savait plus très bien si elle désirait se marier, tenter de fuir à nouveau, ou simplement revoir le bagnard qui lui avait parlé, entendre à nouveau sa voix. Ressentir à nouveau ce trouble. En y repensant elle se dit qu'il serait peut-être là. Elle ne chercha pas à comprendre cette envie, elle pensait toujours à fuir, mais une chose était sûre dans sa tête. Elle voulait aller au parloir le jeudi suivant.

— Bien sûr, ma mère, répondit-elle alors avec fermeté. J'accepterai de me marier si on me le demande.

— Bon, eh bien, je vous mettrai sur la liste. Mais... attention, faites bien comme je vous ai dit.

— Oui.

La mère supérieure entendit avec circonspection ce « oui » tomber de la bouche de Marie. Cette détenue semblait bien sûre d'elle, il fallait se méfier. Cette capacité à rester aux aguets lui permettait de sentir si on lui cachait quelque chose. Mais elle avait accepté, donc cette détenue irait au parloir. Simplement elle aurait l'œil.

25

Romain Gilot débarqua à Saint-Laurent-du-Maroni avec des yeux émerveillés. Il s'était préparé à découvrir un autre monde, il fut servi. Tout était si différent ici. Les grands arbres de la sombre forêt qui enserrait les villas ravissantes et les baraques, les eaux boueuses du Maroni, l'immense fleuve qui charriait lentement des morceaux de troncs d'arbres arrachés à la jungle, les caïmans qui glissaient sous les eaux et ces milliers d'oiseaux au-dessus de la jungle qui poussaient des cris perçants et volaient en bandes. Même de loin, on devinait les couleurs fluorescentes de leurs plumages somptueux.

Romain avait tant rêvé de voyages ! Il avait lu tant de récits et imaginé tant de grands paysages, tant de mystères aussi. L'étrange ville qu'était Saint-Laurent avec ses habitants hagards et ses coloniaux en costumes blancs, prisonniers de ce cloaque au cœur de la somptueuse jungle amazonienne ne pouvait que lui plaire. La poussière des rues blanchissait les chaussures et une odeur de pourriture suivait chacun de ses pas. Il serait difficile ici d'être réglementaire. Romain le comprit dès les premiers instants. Il se sentit à sa place, là où il y avait des choses à faire.

— Alors comme ça, vous êtes le nouveau ? C'est vous désormais qui ferez les visites ?

— Oui, ma mère, répondit-il avec le sourire.

Elle nota qu'il l'avait appelée « ma mère » sans difficulté, et qu'il souriait avec une insouciance dont elle avait perdu l'habitude. Pareille légèreté sentait le nouvel arrivant. Elle lui dit combien elle était heureuse de savoir qu'ainsi les détenues seraient auscultées plus régulièrement et que des médicaments seraient donnés dès les premières alertes d'épidémies. Elle expliqua que sa jeunesse l'enchantait et qu'elle espérait que lui aussi se trouverait bien à Saint-Laurent, qu'il resterait longtemps, et qu'il ne les abandonnerait pas au premier navire venu. Elle demanda aussi s'il était bien installé, s'il avait de la famille et s'il ne lui manquait rien. Elle parla d'une traite, sans s'arrêter, avec une fébrilité qui la surprit elle-même. Lui la regardait avec étonnement et gentillesse, intrigué de cette longue tirade. Mais il ne fit aucune remarque et répondit à toutes ses interrogations comme si cela eût été la chose la plus naturelle que d'expliquer à une inconnue, fût-elle la mère supérieure de la prison dont il aurait la charge, le détail de sa situation personnelle.

Il n'y avait chez Romain Gilot aucune méfiance, aucune arrière-pensée. Elle le sentit. Il arrivait avec une mission et un idéal, et il portait sur sa jeune figure la clarté de ceux qui n'ont jamais trahi. Elle s'attacha à lui immédiatement, à la première rencontre. Il aurait pu être l'enfant de Charles qu'elle aurait tant rêvé d'avoir. Elle se contrôla pourtant, se reprit aussi vite qu'elle s'était enthousiasmée, et lui fit visiter les lieux. Le tour fut rapide. Il vit les détenues une à une, et soigna du mieux qu'il put celles qui en avaient besoin. Au moment de partir, il lui confia ses appréhensions et ses espoirs :

— Je n'en reviens pas, ma mère, qu'on vous laisse dans un endroit pareil. Personne ne peut rester en bonne santé dans ce hangar pourri. C'est infesté de microbes et de champignons. Je ne suis pas surpris qu'il y ait eu tant de décès, et ça ne s'arrêtera pas tout seul. J'en parlerai, ma mère, je vous promets de le signaler, par écrit c'est plus sûr, et je suis étonné que cela n'ait pas été déjà fait. Vous sortirez de là !

Il était ému et plein de conviction. Fallait-il qu'il soit jeune pour être aussi naïf. Car il l'était, elle n'en doutait pas, tout comme elle ne doutait pas de sa réelle émotion et de sa sincérité. Comment aurait-il pu croire que son administration ne faisait rien, tout en sachant qu'il y avait là des femmes entassées pourrissant comme de la vermine ? Il était réellement persuadé que personne n'avait averti les services. La mère supérieure n'essaya pas de le détromper, elle ne lui parla de rien. Elle le remercia et le regarda s'éloigner dans la rue poussiéreuse, avec son cou trop fin de jeune homme, et sa lourde serviette de cuir noir pendant au bout de son bras.

Toutes les personnes qu'il rencontra par la suite firent comme la mère supérieure. Le docteur Villeneuve, qui l'écouta avec attention raconter sa visite, le directeur de la pénitentiaire qui le reçut, lut sa lettre et l'assura après avoir pris le temps de l'entendre que tout allait s'arranger bientôt, qu'il avait bien fait de venir. Bien que tous différents de morale et d'engagement, ils se turent tous pour la même raison. Aucun ne voulait être celui qui créerait la première fêlure dans son enthousiasme, car ils étaient tous sous le charme de cette fraîcheur qu'il apportait dans ses bagages. Il avait dans les yeux une lumière qu'ils ne croisaient plus et ils ne tenaient pas à ce qu'elle s'évanouisse. Chacun se souvenait peut-être du jeune homme qu'il avait été.

Et puis, Romain Gilot aurait bien le temps de comprendre tout seul où il était tombé.

26

Ce soir-là, dans la minuscule chambre qui lui était réservée à l'hôpital de Saint-Laurent, Romain enleva sa veste de coton clair et desserra le lien de sa cravate étroite avec le sentiment d'avoir bien travaillé. Il avait fait le tour de son secteur et rencontré les responsables les plus importants. Il avait parlé et se sentait compris. Pareille naïveté pourrait passer pour de l'inconscience, voire de la bêtise, mais elle n'en était pas. Romain Gilot venait de cette province profonde où l'on vit dans le calme des petites villes protégé par des cultures familiales où les seuls tourments ne sont que quelques déchirements bien dérisoires au regard des drames violents de l'Histoire. Une mort lente à quelques mètres seulement de leurs propres villas ? Romain Gilot n'était pas naïf, simplement il n'était pas désenchanté. Il croyait aux vertus intrinsèques du devoir et de la morale qui façonnent les hommes à jamais. Il croyait à celles conjuguées de la culture et de la civilisation. Par sa fenêtre ouverte sur la jungle, il regardait la lune éclairer la cime des arbres de ce pays avec l'étonnement de ceux qui découvrent le monde sauvage. Des cris aigus parvenaient de la forêt. Il savait que ces cris de singes rouges pouvaient être confondus avec des cris humains. Il l'avait lu dans des ouvrages scientifiques sur lesquels il avait eu le temps de s'attarder durant les longs mois d'attente à La Rochelle. Il s'approcha de la fenêtre et écouta plus attentivement. Une rumeur montait, venue de la terre et des marécages environnants. Il sourit. Ça, c'étaient les crapauds dont le coassement assourdissant n'en finissait pas. Il était averti, là aussi, toujours par ses lectures. Soudain il y eut comme un éclair et il comprit qu'il venait de commettre une erreur. Pris de panique, il referma précipitamment la fenêtre. Les moustiques ! Ils avaient dû profiter de sa négligence. Entre autres précautions, avait-il lu, la plus élémentaire était de ne pas ouvrir les fenêtres le soir en laissant la lumière allumée. Les milliards d'insectes qui pullulaient en Guyane se feraient un plaisir d'accourir.

— Zut de zut ! se dit-il à haute voix. Pourvu qu'aucun ne soit rentré.

Il éteignit la lumière, cherchant à surprendre le vol frénétique de l'un d'eux, prêt à l'écraser dès qu'il l'aurait repéré. Mais à sa grande stupeur il fut débordé par le nombre et, en quelques secondes, son visage fut massacré de multiples piqûres plus mauvaises les unes que les autres. Il balaya l'air avec ses bras et entendit le bruit qu'ils faisaient en éclatant contre le mur. Horrifié, il se vit encerclé d'une armée décidée à l'achever sous ses multiples dards, et sans finir de se déshabiller il se jeta sous la moustiquaire tendue au-dessus de son lit. Là encore il dut mener la lutte contre ceux qui l'y avaient suivi. Son visage brûlait et il sentait sous sa peau les dards qui étaient restés enfoncés. Il aurait dû se lever et aller chercher quelque pommade apaisante et désinfectante, mais il tremblait de peur à l'idée de sortir de la moustiquaire. Il se coucha donc, laissant retomber le calme. Les brûlures qui le rongeaient s'atténuèrent peu à peu. Dans le silence revenu, on entendait, étouffés, les cris de la jungle proche.

« Comme ça doit grouiller là-dedans », se dit Romain, échaudé par ce qu'il venait de vivre.

Il repensa alors aux images idylliques qui avaient bercé son imaginaire dans ces livres d'aventures rouge sombre à tranche dorée que lui offraient ses parents parce qu'il avait de bonnes notes. Il revit ces hommes en tenues d'aventuriers qui sur de noires gravures luttaient contre des tigres féroces et des serpents gigantesques tombés d'arbres dont la cime se perdait à des hauteurs inaccessibles. Un sourire venait de naître sur ses lèvres à ces souvenirs qui avaient fait palpiter son cœur d'enfant et lui avaient donné des envies de voyage quand un cri atroce le glaça. Il se redressa en sursaut sur son lit et attendit dans la pénombre. Aurait-il rêvé ? Son visage était encore en feu. Étaient-ce les piqûres qui agissaient comme une drogue hallucinogène ? Tout était si excessif ici ! Il resta à l'affût. Le silence était plus intense que jamais. Comme si la forêt tout entière s'était tue, impressionnée elle aussi, figée par ce hurlement. Au bout d'un temps qui lui parut assez long, il s'apprêtait à se glisser à nouveau sous ses draps pour chercher un peu de paix et de fraîcheur, un deuxième cri l'interpella, plus effrayant que le premier. On aurait dit un appel au secours. Tout son corps frissonna. Il n'avait pas rêvé. Était-ce un cri humain ? Sans attendre, un troisième succéda au deuxième, puis un autre, et encore et encore comme si le premier eût été le signal donné aux autres et que la voie fût ouverte. Au début intenses comme des hurlements, ils devenaient moins puissants au fur et à mesure que la nuit avançait, puis se transformaient en gémissements. Pour la première fois de sa vie, Romain Gilot entendait dans la nuit amazonienne monter cette étrange et interminable mélopée. Il découvrait la terrible plainte des bagnards de Saint-Laurent-du-Maroni.

« Par moi l'on va dans la cité dolente, par moi l'on va dans la douleur éternelle, par moi l'on va chez la race damnée… »

Romain avait souvent descendu les cercles de l'enfer avec Dante et Virgile, il avait passé le fleuve noir dans la barque de Caron et vu les féroces Érinyes, Mégère, Alecto et Tisiphoné, et tel un spectre décharné Farinata se dresser hors du tombeau puant. Il avait vu les damnés se tordre de douleur au fur et à mesure qu'ils s'enfonçaient dans les cercles et il avait déjà imaginé les cris dans leurs bouches ouvertes. Mais entre la littérature et la réalité, le gouffre est vertigineux.

Enfant dans la nuit, quand la maison familiale enveloppait les siens d'un profond sommeil, il allait, silencieux comme un chat, tirer de la bibliothèque le grand livre de cuir ou s'inscrivait en lettres d'or ce mot qui le fascinait : *L'Enfer*. Tournant les pages une à une, parcourant les mots de Dante et cherchant les gravures de Gustave Doré, il plongeait alors pour de longues heures de veille dans les tourments de ceux qui ont fauté et que le ciel condamne… « la justice a guidé mon sublime créateur, je suis l'œuvre de la divine puissance, de la souveraine sagesse et du premier amour. Avant moi rien ne fut créé qui ne soit éternel… ». Ces mots définitifs tombés d'un ciel juge tout-puissant le tétanisaient, et il ne pouvait alors se défaire de l'attirance morbide qu'ils exerçaient sur lui. La lecture était aride, l'écriture tortueuse. Dante faisait appel à tout un ensemble de références mythologiques que le petit Romain maîtrisait mal. Il n'avait pas encore fait ses humanités. Mais il y avait les extraordinaires gravures de Gustave Doré. Des gravures précises qui donnaient toute la mesure des tourments endurés. Romain s'attardait sur les détails et il se souvenait de ces bouches ouvertes, tordues de douleur et desquelles ne sortait aucun son. Elles étaient restées gravées dans sa mémoire, et elles ressurgissaient à l'écoute de cette plainte humaine qui, telle une marée, envahissait la nuit. « Des soupirs, des pleurs, des cris perçants retentissaient dans ce ciel sans étoiles… »

Romain voyait le ciel de Saint-Laurent par la fenêtre ouverte. Il eut beau en sonder les ténèbres, il n'y vit luire aucun scintillement. Pourquoi le souvenir de ces images lui revenait-il en un moment pareil ? Il les sentit palpiter en lui-même, aussi vibrantes que les pensées qui agitaient le personnage créé par Dante juste avant qu'il n'entre dans l'abîme des siècles auparavant. Cet enfer de papier né de l'imagination d'un simple mortel revenait en cet instant hanter sa mémoire dans la nuit amazonienne, avec une précision affolante. Romain avait appris très tôt à faire la part du réel et de l'imaginaire, et s'il avait aimé ces livres entre mythologie et fantasmagories, il avait vite appris que la vie ne leur ressemblait pas. Son engouement pour le livre de Dante et les dessins de Gustave Doré s'était effacé en même temps que disparaissaient les peurs de l'enfance. L'enfer ne le fascinait plus depuis bien longtemps. Pourtant, dans cette nuit et contre toute attente, c'est lui qui revenait, obsédant et ricanant comme un masque.

« Ah malheureux mortel ! Tu croyais donc que je n'existais pas ? »

Qui parlait ? Il dressa l'oreille. Les plaintes avaient cessé. Les premières lueurs de l'aube apparurent au loin par la fenêtre et chassèrent la nuit terrible. La chambre de Romain retrouva le silence sans qu'il se soit aperçu du moment exact où cela s'était produit. Il toucha son visage. Sous ses doigts, il sentit les boursouflures qu'avaient provoquées les piqûres des moustiques et il faillit se lever d'un bond à la recherche de la pommade salvatrice. Mais il se retint, préférant attendre que le jour éclaire davantage la chambre. Il ne voulait pas se laisser surprendre si ces horribles insectes traînaient encore par là. Le jour dissipa petit à petit les dernières pénombres et l'esprit de Romain sembla s'éclairer lui aussi. Il en fut même à se demander s'il n'avait pas rêvé tous ces cris, et ces peurs. C'est alors qu'il se remémora les attitudes étranges qu'avait parfois le docteur Mayeux à La Rochelle. « Son regard est celui d'un fou », disait-on. Romain soupçonnait en cet instant que l'origine de ce regard perdu se trouvait ici même. Comme lui, il avait entendu ces plaintes affreuses et, qui sait, ce qu'il avait découvert avait peut-être anéanti sa raison. Si Henri Mayeux avait vu l'enfer tel que le décrit Dante et le dessine Gustave Doré, Romain comprenait. Il y avait de quoi devenir véritablement fou. Mais cela n'était pas possible, il ne pouvait y croire, et quand le soleil entra dans sa chambre, il rit de ses songes évanouis.

— J'ai lu trop de livres d'images et feuilleté trop de sombres récits. Des choses aussi perverses n'arrivent que dans la tête des écrivains malades ! Et Dante devait en être un. Allez, debout ! Et au boulot !

Ragaillardi, il se leva d'un bond, oubliant ses peurs et les moustiques. Heureusement pour lui, ces derniers avaient fui le soleil, il ne risquait plus rien. Exténué, il passa sous la douche, découvrit dans le miroir son visage défiguré et s'empressa de le badigeonner avec la pommade désinfectante qu'il avait apportée. Ce faisant, il repensa à cette nuit exténuante et son esprit n'avait pas totalement retrouvé la sérénité. Aussi, dès qu'il fut habillé, il courut trouver son médecin-chef. Celui-ci ne put se retenir de rire en voyant son visage :

— On a tous eu droit aux moustiques les premiers temps, dit-il, ne t'inquiète pas, ça dégonfle. Après, on est vacciné.

— Et les cris ? enchaîna Romain. On est vacciné aussi après la première nuit ?

— Ah ça ! C'est autre chose…

Romain fronça les sourcils, il avait espéré que son chef lui demanderait de quels cris il parlait, lui dirait qu'il avait rêvé, que ce devait être les singes… Mais Pierre Villeneuve savait. Il connaissait ces cris.

— Bien sûr que je les connais. Croyais-tu être le seul à les entendre ? Il faudrait être sacrément sourd pour passer à côté. Tout le monde les entend, toutes les nuits.

— Toutes les nuits ! s'exclama Romain, horrifié à l'idée qu'il allait revivre le même cauchemar.

— Oui, je les entends depuis des années. Ce sont les bagnards, tu l'avais compris.

— Je m'en doutais. Pourquoi les laisse-t-on hurler ainsi ? N'avez-vous pas essayé de faire quelque chose pour eux ? N'y a-t-il rien pour les faire taire… ?

— Les faire taire ? Et comment ? À coups de fusil ?

— Bien sûr que non ! se récria Romain. Ce n'est pas ce que je voulais dire, mais il y a des calmants.

— Ils sont trop nombreux, cent fois plus que nous qui les soignons et les gardons. Si tu en fais taire un quelque part, un autre reprend ailleurs. Dans l'enceinte de la prison et chez les libérés dehors. Jusque dans la forêt. Ils sont encore plus nombreux que les moustiques qui t'ont mis dans cet état. Et il est aussi impossible de les faire taire que d'écraser ces moustiques un à un.

— Mais comment faire, on ne peut pas dormir avec ces cris...

— On dort mal, mais on finit par dormir.

— Je ne pourrai jamais m'y habituer.

— Je te mentirais si je te disais qu'on s'y habitue. Mais tu verras, après tes journées, tu tomberas de sommeil et tu ne les entendras plus.

Ils parlèrent longtemps, le plus honnêtement possible. Romain de ce qu'il craignait de découvrir au bagne, et son médecin-chef de ce qu'il pensait pouvoir lui en dire sans le décourager.

— Et les femmes ?

— Elles ne crient pas.

— Comment ça se fait ?

— Je ne sais pas, elles sont moins nombreuses, ou alors moins fragiles. Va savoir.

27

Impatiemment, Marie attendait le jeudi suivant. De neuf heures du matin jusqu'à onze heures, elle avait été autorisée à « faire parloir » pour trouver un mari parmi les bagnards libérés. Ou plus exactement pour tenter d'être choisie par l'un d'eux. Ils désignaient celle avec laquelle ils acceptaient de passer un moment plus intime au kiosque afin de faire plus ample connaissance sous le regard des sœurs, qui, à distance, restaient pour veiller à la bonne tenue de la conversation. Les femmes, elles, n'avaient qu'un choix : accepter ou refuser.

Le kiosque qui servait aux rencontres des futurs mariés était comme tous ceux de France et de Navarre. De dimensions moyennes, son toit de forme hexagonale était posé sur une structure de bois à croisillons ouverts. On l'avait peint d'un rose sucré comme l'église, et on pouvait s'asseoir à l'intérieur sur de petites banquettes installées sur son pourtour. Il aurait presque été joli et on s'y serait presque senti bien s'il n'avait régulièrement accueilli les bagnards qui y trouvaient refuge et le laissaient dans un état répugnant. Les sœurs avaient beau se plaindre auprès des autorités et le lessiver, rien ne changeait et il gardait une odeur rance de vomi et d'urine qu'il était impossible de supprimer. Il trônait sur une sorte de carré d'herbe pompeusement appelé jardin, entre le couvent, le carbet-pénitencier des femmes, et l'église. On ne savait pour quelle raison il avait été construit. Jamais on n'y avait joué aucune musique d'aucune sorte, ni entendu quelque poète y déclamer ses vers. Sans doute fallait-il donner à cette étrange ville construite à coups de briques fabriquées une à une, à la main, avec la terre rouge du lieu par les bagnards eux-mêmes, un semblant de vie et de gaieté. On avait immédiatement pensé à un kiosque puisque, en France, c'était la grande mode. Ce qui était bon à des milliers de kilomètres de l'autre côté des océans se devait d'être aussi efficace en Guyane. On avait oublié qu'au bord de l'immense forêt amazonienne, dans ce paysage de boue et de feu, les seuls concerts qui se donnent sont ceux des milliers de crapauds qui sortent à la nuit tombée et coassent à vous rendre fou. Quant aux poètes...

Pourtant, le kiosque faisait son petit effet. Marie s'y laissa charmer. Elle qui s'était jusqu'ici montrée si vigilante, si peu apte à écouter le chant des sirènes, elle se laissa emporter. Quand Charlie la désigna et s'approcha d'elle, elle le reconnut aussitôt et ressentit comme la première fois un étrange frisson. C'était bien lui qui lui avait parlé à l'oreille lors de la première visite, avec une voix si particulière qu'elle en avait été troublée. Il lui sourit à nouveau et, cette fois, elle lui rendit son sourire. Conforté, il alla trouver sœur Odile et demanda la permission de « faire parloir » avec Marie. Sœur Odile approuva. D'un même pas, Charlie le bagnard et Marie la bagnarde se dirigèrent alors vers le kiosque sucré et, pour Marie, l'univers lugubre de Saint-Laurent-du-Maroni s'évanouit instantanément. Il n'y avait plus que cet homme près d'elle, son sourire et son air joueur. Et ils allaient ensemble vers un paradis rose inondé de soleil, au creux d'un jardin vert.

Ce moment fut une parenthèse magique dans la vie de Marie. Le seul où elle s'approcha de l'illusion que l'on peut se faire du bonheur. Cela dura le temps qui se passa entre la visite au kiosque et le départ pour la concession promise après le mariage. Alors, elle fut heureuse. Elle osa même imaginer la petite maison au creux de la forêt dont Charlie lui avait parlé au kiosque. Une maison avec une grande pièce, et deux chambres.

— Deux chambres ! s'était-elle exclamée. Et pourquoi deux ?

Il avait posé sa main sur la sienne avec un air inquiet, plein d'espérance.

— Pour les enfants. Nous aurons des enfants, n'est-ce pas ? J'aime tant les enfants.

Il voulait des enfants ! Elle en fut chavirée. C'était la première fois qu'un homme lui disait qu'il voulait un enfant d'elle. Elle n'avait pu répondre tant elle était bouleversée. Et il l'avait rassurée :

— Ne t'inquiète pas, je ne te forcerai pas. On prendra ce qui vient.

Il avait l'air si humble, si doux, il était si attentionné. Ça l'avait complètement chamboulée. Et elle avait repensé aux paroles d'Anne. Anne avec son visage enfariné qui disait qu'il ne fallait jamais perdre espoir. Anne qu'elle avait trouvée alors si folle, et qui pourtant avait raison. Il suffisait de trouver le bon compagnon, et la vie pouvait changer. Marie ne s'était jamais autorisée à le penser, mais au fond elle avait attendu, elle avait espéré être heureuse un jour. Elle s'était convaincue que c'était impossible, que ce bonheur-là n'était pas pour elle. Parce qu'elle n'était pas assez belle, parce qu'elle était misérable parmi les misérables, parce qu'elle ne voyait pas pourquoi un jour quelqu'un l'aimerait. Ce mot même n'existait pas, en tout cas il n'était pas pour elle. Et voilà que maintenant...

Les jours et les nuits qui suivirent l'attente du mariage et du départ officiel vers la concession, Marie rayonnait. En rêve, elle se vit découvrant la maison, nichée dans la verdure. Et, bien qu'elle tente de s'en défaire, le souvenir de ces villas gracieuses entrevues lors de l'arrivée sur le Maroni revenait sans cesse à son esprit. Elle imagina des scènes de bonheur simple. Elle se vit dans sa robe de coton bleu, bien propre, en train de balayer le devant de sa porte. À quelques pas, son homme cesserait un instant de biner la terre du jardin, ou alors il poserait la hache avec laquelle il serait en train de couper du bois, et il la regarderait avec un doux sourire. Il serait apaisé et fier d'avoir trouvé une femme qui tiendrait si bien la maison et qui l'aimait. De ce bonheur inespéré, il serait devenu beau, lui que la vie et les malheurs avaient tant abîmé. Ce serait dur mais ils auraient tous les courages. Ils partiraient ensemble en forêt pour défricher les parcelles qu'on allait leur octroyer, et elle lui montrerait combien il avait eu mille fois raison de la choisir. Elle lui prouverait, et à lui seul, qu'elle était autre chose qu'une pauvre fille de rien. Elle abattrait des arbres s'il le fallait, elle retournerait la terre de ses mains. Comme tous les êtres humains qui sans se l'avouer ont tant cherché l'amour, Marie était en train de tomber amoureuse. « Il n'est jamais trop tard pour le bonheur », pensait-elle, exaltée et méconnaissable. Et elle n'en revenait pas de l'avoir trouvé là, au cœur de cette ville lugubre, dans cet enfer du bagne.

28

Octobre 1890

La mère supérieure regardait dans le vide, droit devant elle. Sa main tenait une lettre qui lui avait été remise par un employé de l'administration. Elle avait terminé de la lire. Des questions se bousculaient dans sa tête, et elle se retenait de hurler comme chaque fois qu'une décision avait été prise sans qu'on lui demande son avis. C'est-à-dire comme depuis plus de trente ans.

« Pourquoi j'ai toujours tout accepté sans rien dire, pourquoi j'ai toujours cherché à leur trouver des excuses au lieu de me défendre ? »

À la lecture de cette lettre, elle venait de prendre conscience qu'elle avait toujours courbé l'échine en se trouvant de bonnes raisons pour le faire, et qu'elle n'avait en fait jamais cessé de contenir la rage qui brûlait en elle. Depuis le jour où son père lui avait annoncé qu'elle, Adrienne de Gerde, n'épouserait pas Charles, elle avait obtempéré. Après, au couvent, l'évêque, pour se débarrasser d'elle, l'avait envoyée à des milliers de kilomètres de l'autre côté des océans, et maintenant, à Saint-Laurent, le gouverneur Gerville, d'après cette lettre, venait de la rayer très officiellement de l'organisation du dépôt des femmes. L'initiative qu'elle avait prise de faire sortir les détenues avait dû lui déplaire et, en toute logique, pour prendre des décisions concernant exclusivement des femmes, il donnait les pleins pouvoirs à un homme. Le texte était tout récent, il datait du 25 septembre 1890.

La mère supérieure lisait et relisait le papier qui venait de lui être transmis. Il stipulait en toutes lettres qu'elle serait désormais l'auxiliaire de ce « chef de dépôt ». Une auxiliaire ! Ni plus ni moins. Ils y revenaient. Elle manqua s'en étrangler et une rage s'empara d'elle.

« Qui est-ce, ce Gerville ? Où était-il quand j'aurais eu besoin de lui ? Personne ne m'a aidée dans les pires heures, ils nous ont laissées crever sans lever le petit doigt, vingt-cinq femmes et sœur Agnès sont mortes dans l'indifférence totale, et là, parce que j'ai pris une décision sans eux, ils trouvent le temps et l'énergie de faire un texte de loi pour m'éliminer alors qu'ils n'ont pas été fichus d'en faire un pour bâtir de quoi nous abriter ! »

Plus sa colère grandissait, plus elle prenait la mesure de tout ce qui s'était passé depuis qu'elle avait posé le pied dans cette ville maudite et de ce qui lui était arrivé ainsi qu'aux détenues et à sœur Agnès. Non seulement on les avait laissées mourir, mais, désormais, elle en était sûre, on l'avait fait sciemment. D'une certaine façon, on le souhaitait. Tout allait dans ce sens, il ne fallait plus se voiler la face.

Le pénitencier de Saint-Laurent était une guillotine. La formule courait à mots couverts çà et là dans la ville. À la mort des détenues suite à l'épidémie, un ancien bagnard libéré qui s'était ému à la vue de tous ces corps de femmes mortes qu'il entassait dans sa carriole pour les jeter aux requins, lui avait dit :

— Pour nous, ma mère, ils ont trouvé la « guillotine sèche », on crève sous la chaleur. Pour vous, c'est la « guillotine humide », ils vous entassent dans ce carbet suintant de microbes.

Elle se souvenait de lui avoir recommandé de ne plus jamais tenir devant elle de tels propos, aussi diffamatoires. Il l'avait regardée avec commisération et avait continué sa triste besogne sans dire un mot de plus. Maintenant, en y repensant, elle mesurait combien il disait vrai. En haut lieu on voulait qu'elles meurent. La France se nettoyait de ces milliers de femmes et d'hommes venus des campagnes dès 1876, depuis que la chute du prix du blé et les épidémies de phylloxéra avaient provoqué l'exode massif des familles rurales vers la périphérie des villes. Sans travail régulier, sans domicile, ils étaient la hantise des gouvernements.

La mère supérieure n'avait jamais réfléchi à ces choses-là du temps où elle était encore Adrienne de Gerde. Rien ne la destinait à faire partie du peuple des exclus. Pourtant... Elle se laissa alors soulever par un fleuve de rage. Elle était l'unique rempart des détenues et elle mesurait pleinement en cet instant sa fragilité face à la toute-puissante administration pénitentiaire. Mais elle n'était pas prête à abdiquer facilement.

Elle se sentit flouée, trahie. Aussi cette violente rage intérieure qui la submergea allait-elle lui donner la volonté de se battre. La coupe était pleine. De son père à ses supérieurs successifs, le temps était venu pour elle de ne plus subir la loi d'hommes obnubilés par le pouvoir et l'argent et dont elle avait pu vérifier que l'arrogance n'avait d'égale que la terrifiante lâcheté dans les heures d'urgence.

Ces derniers mois, la disparition de sœur Agnès lui avait révélé du monde qui l'entourait bien des difficultés concrètes et des vices cachés. Des problèmes d'organisation au quotidien en pagaille que sœur Agnès avait toujours pris en charge pour l'épargner et la laisser à ses oraisons. Après le décès de la jeune sœur, le monde du réel que la mère supérieure avait toujours tenu à distance respectueuse à coups de prières solitaires et de méditations avait fait dans sa vie monacale une entrée fracassante. Et à moins de refermer sa porte à tout jamais et de se dessécher de solitude et d'ennui, seule face à Dieu, il lui était désormais impossible de ne plus affronter la sordide réalité du cloaque où on l'avait envoyée pourrir. Elle se souvint alors du tempérament de celle qu'elle avait été, Adrienne de Gerde, et elle décida que désormais, elle ne subirait plus rien. Elle allait se battre.

— Sœur Odile !

— Oui, ma mère ?

— Occupez-vous des détenues. Je sors.

La vieille sœur, celle-là même qui les avait accueillies le premier jour sur le quai, roula des yeux stupéfaits.

— Mais… ma mère… il est six heures passées. La nuit va tomber d'une minute à l'autre, c'est le mauvais moment. La couture se termine et il va y avoir le changement pour le repas.

— Je sais. Je reviens vite.

Sur ces mots, la mère supérieure rajusta nerveusement sa cornette, enroula son chapelet autour de ses doigts, glissa la main dans la poche de sa robe et s'en alla. Sœur Odile la regarda partir sans comprendre. C'était la première fois que la mère supérieure quittait le carbet sans raison affichée et, qui plus est, à ce moment particulier où la nuit tombe d'un seul coup et où des ombres inquiétantes se lèvent sur la ville. D'ordinaire, la mère supérieure n'avait plutôt de cesse de vérifier que la palissade autour du carbet était bien intacte et la porte bien fermée. Fragile protection qu'il aurait suffi d'arracher de ses mains pour qu'elle s'effondre mais qui créait une barrière suffisante, du moins jusqu'ici. Les bagnards n'avaient jamais tenté de la forcer, et elle permettait de matérialiser l'enfermement des détenues qui n'essayaient pas de fuir. Sœur Odile était inquiète. Sous les tropiques, la nuit et le jour se succèdent sans qu'aucune aube ni aucun crépuscule ne vienne tempérer le passage de l'un à l'autre et, à cette heure précise, une mauvaise angoisse étreignait le cœur des prisonnières. Quand on a vécu sur la terre de France et aimé ces heures entre chien et loup où le corps et le cœur s'habituent à passer du monde de la lumière à celui de la nuit, et inversement, la rupture peut être violente. La nostalgie est grande, les tensions se libèrent pour la moindre anicroche et les débordements ne sont pas rares. Les sœurs n'étaient pas de trop à ce moment délicat des changements d'activité, quand la lumière tombe d'un coup. Si la mère supérieure ne revenait pas à temps, ce pourrait être dangereux. Un soir, sœur Odile avait été prise à partie physiquement par une détenue particulièrement agitée. Heureusement la mère supérieure était arrivée très vite, et, à sa seule vue, les choses étaient immédiatement rentrées dans l'ordre. Mais cette fois, si les détenues s'apercevaient qu'elle était sortie et si par malheur une crise se déclenchait, sœur Odile craignait un dérapage et se rongeait les sangs rien que d'y penser. Depuis l'arrivée des femmes, elle était en permanence sujette à ces peurs usantes. La mère supérieure n'était pas une mauvaise femme, mais elle ne s'était jamais rendu compte à quel point sœur Agnès lui avait épargné de tracas. Car si la dizaine d'anciennes détenues qui restaient du temps des premières transportations étaient très âgées et sans risques, il n'en allait pas de même avec les nouvelles. Bien qu'extrêmement diminuées par les conditions de l'enfermement, elles aspiraient encore à fuir cet enfer et avaient des sursauts d'énergie incontrôlables. Les conflits commençaient pour un oui pour un non. Chaparder de la nourriture à sa voisine, en glisser les restes sous la paillasse d'une autre pour la faire accuser, échanger la chemise déchirée de son trousseau contre celle d'une autre qui, plus soignée, l'avait gardée comme neuve. De terribles disputes éclataient à tout bout de champ et dégénéraient en combat violent. Elles s'arrachaient des touffes de cheveux, se lacéraient la chair à l'aide de fourchettes et se blessaient même gravement à coups de couteaux chapardés en cuisine. Quelques mois plus tôt, deux femmes étaient parvenues à quitter le carbet et à franchir la haie de paille en pleine nuit sans que personne ne les voie. Le lendemain, elles avaient cru pouvoir recommencer, mais sœur Odile les avait entendues. Elle avait immédiatement averti sœur Agnès et, sans prévenir la mère supérieure, de peur de la déranger et de faire des histoires, toutes deux s'étaient aventurées dans la nuit pour ramener les fuyardes. Elles les avaient cherchées, au mépris de toute sécurité, de carbet en carbet. Le vide apparent des rues de Saint-Laurent-du-Maroni était trompeur. Les bagnards libérés qui erraient à cette heure étaient assommés d'alcool et de drogues diverses. Quand l'ombre s'étendait sur la cime des arbres, quand elle gagnait la profondeur de la jungle et s'enfonçait dans les moindres recoins de la ville pour l'ensevelir tout entière, quand les lugubres urubus qui s'étaient aventurés en plein jour dans ses rues poussiéreuses en quête de quelque nourriture s'envolaient, eux-mêmes terrifiés, alors les bagnards se levaient comme des somnambules. Rassemblés en groupes, ils partaient en chasse, affamés, en manque de tout. Ils devenaient alors d'imprévisibles prédateurs aux visages creusés. Malheur à la proie qui se trouvait sur leur route au mauvais moment. Sœur

Agnès connaissait le danger et elle avait su se glisser aux bons endroits. Par chance, ce soir-là le ciel les avait protégées des mauvaises rencontres. Elles avaient retrouvé les fuyardes qui buvaient avec un groupe d'hommes au fond d'un carbet qui servait de bar et qui était tenu par un Chinois. Surpris par l'arrivée des sœurs, les hommes n'avaient pas bougé quand elles avaient emmené les deux femmes, mais elles avaient senti qu'il valait mieux ne pas s'attarder. Profitant de l'effet de surprise, elles avaient réussi à courir jusqu'au carbet sans être suivies. Pour éviter que les détenues ne soient sanctionnées et menées au cachot, sœur Agnès n'avait pas prévenu la mère supérieure. Maintenant qu'elle n'était plus là, sœur Odile mesurait combien les conséquences de ces dissimulations, pourtant bien intentionnées, étaient en fait désastreuses. Car les ayant toujours ignorées, la mère supérieure n'avait aucune conscience du danger. Elle croyait les détenues inoffensives, ce qui était loin d'être le cas. Comment lui dire la vérité sans entacher le souvenir de sœur Agnès qui pensait faire au mieux en choisissant de minimiser les conflits ? Fallait-il la lui révéler maintenant ou continuer à la cacher au risque de courir d'autres dangers ? Sœur Odile était un peu perdue. Elle n'avait pas le tempérament énergique de la jeune sœur défunte, et elle était vite débordée.

29

Inconsciente des tourments intérieurs qui agitaient la vieille sœur, la mère supérieure se dirigeait vers la maison du directeur pour l'informer sans attendre qu'elle ne tiendrait aucun compte des nouvelles directives et qu'elle continuerait à faire à sa façon. Elle marchait d'un pas énergique et, sous l'habit et la cornette qui la dissimulaient, on devinait la force qui l'animait. Les ombres qu'elle croisa s'écartèrent sur son passage. Rien ne semblait pouvoir arrêter ce fantôme sans visage qui marchait nerveusement dans la nuit.

Quand elle s'engagea dans la rue principale, des rires éclatèrent. Elle crut rêver. Des rires ! À Saint-Laurent ! Dans la nuit où ne montent que des plaintes et des gémissements ! C'était tellement incongru ! Elle s'arrêta au beau milieu de la rue et souleva le coin de sa cornette pour mieux entendre. Elle perçut alors nettement un bruit de fête. La mère supérieure ne connaissait les activités de la ville pénitentiaire qu'en pleine journée. Elle n'était jamais sortie dans Saint-Laurent-du-Maroni après six heures du soir et, jusqu'ici, elle avait marché sans penser à rien d'autre qu'à cette maudite lettre et aux mots de colère qu'elle allait prononcer devant le directeur. Surprise soudain de se retrouver là, seule dans cette rue à la nuit tombante, elle éprouva une légère inquiétude. L'ovale de sa cornette découpait dans la pénombre un paysage de silhouettes mouvantes et il lui fallut quelques minutes d'observation pour découvrir à quelques pas seulement, cachés sous les palétuviers, des paires d'yeux brillants qui l'observaient avec une intensité dérangeante. Les bagnards étaient là, embusqués, en attente. Elle hésita et faillit rebrousser précipitamment chemin. Mais les rires redoublèrent, plus forts. Elle oublia instantanément les ombres sous les palétuviers, car, parmi ces rires, elle en avait reconnu un. Et celui-là, elle l'aurait reconnu entre mille, elle ne l'avait jamais oublié depuis le premier et unique jour où elle l'avait entendu. Ce rire machiavélique qui résonnait dans la nuit tombante était exactement le même que ce jour maudit où Louise était tombée sous les coups. C'était le rire du Chacal.

Quelle inconscience ou quelle force poussa alors la mère supérieure ? Nul n'aurait pu le dire. Toujours est-il qu'elle oublia sa colère et le texte de Gerville, se détourna de son chemin sans la moindre hésitation et fila droit sous les palétuviers, passa entre les ombres qui s'écartèrent avec stupeur, et se dirigea vers l'endroit d'où éclatait le rire.

La case du Chinois attirait, sans distinction aucune, toutes les populations nocturnes de

Saint-Laurent. Et pour cause. C'était le seul endroit ou la lumière brillait toute la nuit. Autour d'un comptoir de bois et sur quelques tables éparses se mélangeait tout ce que la ville pouvait offrir de pire et de meilleur en matière d'humanité. Et à Saint-Laurent le meilleur n'était jamais que le moins mauvais. À de simples escrocs joueurs de cartes, buveurs de tafia ou orpailleurs de passage se mêlaient de véritables crapules et assassins en quête de mauvais coups et d'affaires sordides. Charlie était sans conteste le plus pervers d'entre eux. Il trônait au cœur du carbet avec à son bras un jeune garçon nouvellement élu qu'il embrassait à pleine bouche sans aucune pudeur. Il n'était pas le seul. Plusieurs couples d'hommes à moitié dénudés allaient et venaient dans des poses sans ambiguïté, buvant, s'enlaçant et s'embrassant sans retenue.

La mère supérieure, saisie, arrêta net sa course et resta figée sous un eucalyptus, à une dizaine de pas de la porte grande ouverte du bar du Chinois. Ce que ni la menace ni l'autorité supérieure n'avaient pu faire plier chez elle, cette seule vision de corps enlacés y suffit. S'approcher de ces hommes quasi nus dans une ambiance d'alcool qui sentait la dissolution et le vice était inimaginable. Elle fut incapable de faire un pas de plus. Car le seul univers où la mère supérieure avait précieusement gardé tout au fond d'elle une image idyllique, sorte d'idéal rêvé et inchangé depuis sa prime jeunesse, c'était celui de la pureté des corps qui s'aiment. Jamais elle n'avait connu ce bonheur, jamais elle n'avait pu allonger son corps près de celui de Charles, mais elle l'avait rêvé. Et ce rêve était empreint d'une douceur infinie en même temps que d'une absence totale de réalité. La scène qu'elle découvrait était pour elle d'une violence insoutenable. Ces hommes entre eux, ces corps nus, ces baisers, ces regards enamourés, ces paroles crues qui venaient jusqu'à elle, et ces rires, ces rires… Mlle Adrienne de Gerde en tremblait. Elle, si forte et si déterminée quelques minutes auparavant, voilà qu'elle se retrouvait anéantie par la vision d'un monde qu'elle ne connaissait pas. Un monde qui l'horrifiait. Elle allait s'enfuir quand le Chacal entra dans le bar par une porte qui donnait sur l'arrière.

— La place est libre ! Elles sont encore en état. On vous en a laissé un peu, lança-t-il à la cantonade tout en remettant tranquillement les pans de sa vareuse défaite dans son pantalon.

Derrière lui suivaient deux hommes aux visages creusés qui riaient aux éclats de leurs bouches édentées en se tapant sur l'épaule.

— Elle est presque neuve, ajouta l'un, elle sent bon le pays !

Mais de qui parlaient-ils ? « Elle » ! Était-ce d'une femme ? Mais quelle femme ? La mère supérieure n'avait pas bougé. En état de choc, elle n'osait comprendre. En dépit de son âge, elle connaissait peu de choses de la vie. Elle n'avait jamais vécu qu'isolée dans la grande propriété familiale, puis entre les hauts murs gris d'un couvent sévère. La complexité de la vie humaine échappait à sa connaissance. Elle faisait avec le peu qu'elle en avait appris du temps de sa jeunesse, et avec ce qui selon ses critères était bien et ce qui était mal. La scène qui se déroulait devant elle dévoilait à ses yeux novices une humanité terrifiante. Le rire de ces hommes était crissant, amer et profondément triste. Eux-mêmes semblaient ne pas croire à leur joie factice. La lumière des lampes à pétrole jetait sur le bar du Chinois et sur leurs silhouettes courbées un halo jaunâtre et sordide. Ils allaient et venaient comme des morts-vivants et agissaient comme des automates. Leurs rires et leurs cris, leurs disputes qui éclataient, l'alcool qu'ils buvaient verre après verre et se jetaient à la figure, leurs accolades, tout semblait irréel. Et dans ce paysage de misère, paradoxalement, le seul qui semblait échapper à la fatalité écrasante du lieu, c'était le Chacal. Elle le remarqua tout de suite. Il se dégageait de lui une énergie violente et il dominait le lieu de sa présence autoritaire. Il riait et parlait plus fort que tous, et il les haranguait sans cesse et sans ménagement.

— Bande de crapules ! Vous n'êtes bons qu'à forniquer et à boire ! Vous méritez les requins ! Buvez ! Demain vous serez morts. C'est moi qui vous couperai la tête et je le ferai sans hésiter. Parce qu'à chaque fois je ferai une bonne action ! Une crapule de moins sur terre. Je nettoie. Je ferai mon boulot et j'aime ça ! À quand le prochain ?

Il leva son verre à la cantonade et le but d'un seul coup en renversant la tête. Il était le bourreau du bagne chargé des exécutions et son bras n'avait jamais flanché. Les bagnards auraient dû se rebeller, l'insulter, le remettre à sa place, ils étaient tous contre lui seul. Mais ils courbaient l'échine, jetaient des regards de côté et c'était à celui qui rirait le plus fort de la bonne blague qui n'était, hélas, que l'effroyable réalité. Le Chacal avait coupé nombre de têtes avec lesquelles il avait trinqué la veille. Il obligeait ces hommes à rire de son atrocité et affichait au bord des lèvres un mauvais rictus.

— Tu es content, Hespel ? Ça s'est bien passé ?

Délaissant un instant son jeune compagnon, Charlie venait de se glisser près de lui et avait pris pour l'aborder son ton le plus mielleux.

— Pour moi, oui, mais pour ta femme c'est moins sûr, répondit le Chacal, forçant a contrario sur la gravité de sa voix. Tu comprends, je passais le premier, j'allais pas me gêner. J'ai mis les bouchées doubles si tu vois ce que je veux dire. À ce rythme elle ne devrait pas durer trop longtemps. Tu vas devoir organiser de nouvelles noces d'ici peu pour renouveler les soirées. Je compte sur toi.

— Me marier encore ? Tu veux rire ? Ça fait déjà deux. Ils ne vont pas me laisser passer au kiosque sans arrêt. J'ai profité du remplacement des sœurs, mais…

— Penses-tu ! Ils savent tout. Ils s'en fichent. Ils t'ont déjà demandé où était passée ta première femme ?

— Non, non, enfin… si.

— Et tu as dit quoi ?

— Qu'elle était partie. Que j'avais plus de nouvelles. J'ai vu que ça passait pas si facilement. Ils m'ont recommandé de surveiller celle-ci. Sinon ils y viendraient voir de près. Ils vérifient quand même.

— Vérifier ? Ils font semblant de vérifier, tu veux dire. Ce qu'ils veulent, c'est la paix. Et en nous fournissant des femmes, ils l'ont. Peu importe comment ça se passe. D'ailleurs, c'est pour ça qu'ils les ont fait venir, non ?

— Oui, oui..., tu as peut-être raison.

Charlie faisait tout pour faire bonne figure, mais il avait changé de couleur. Deux mariages, c'était déjà beaucoup. Le Chacal n'avait qu'à se marier lui-même pour avoir une femme à sa disposition ! Seulement Charlie n'osait rien dire, trop dangereux. Il valait mieux satisfaire le Chacal en permanence. Mais Charlie ne pouvait pas non plus faire n'importe quoi. Pour chaque mariage, il avait dû partir en concession, faire comme si. Travailler la terre, remettre la case en état. C'était du boulot, un sacré boulot ! Du boulot perdu. Trimé pour rien puisque rien ne marchait. Sauf le trafic au bar du Chinois. Grâce à la prostitution de sa femme, il se faisait un petit pécule et calmait le Chacal. Jusqu'ici les choses ne tournaient pas si mal, pourtant Charlie était inquiet. Il tenait à sa vie minable et, même si jusqu'ici l'administration avait fermé les yeux sur son petit commerce, ça ne durerait peut-être pas. Ici on vous laissait tout faire, et puis un jour ça tombait. Comme ça, d'un coup. On venait vous cueillir, et là, ça ne rigolait pas. Charlie jouait sa tête et, comme il venait de le dire, le Chacal la lui trancherait officiellement sur le billot sans états d'âme. Il se passerait même de l'avis de l'administration. Il l'emmènerait en forêt, ni vu ni connu, et le corps de Charlie pourrirait sur place. En deux jours il serait dévoré par les bestioles et il n'en resterait rien. Brrrr, Charlie frissonna à cette pensée. Le Chacal encourageait les autres à faire le mal, puis il sanctionnait. Comment lui échapper ? À Saint-Laurent le cercle du vice s'était refermé depuis bien longtemps et personne n'y venait voir de près. Tout le monde était piégé. La survie de chacun dépendait de sa capacité à tenir son rôle, et malheur à celui qui croyait pouvoir en sortir. On tuait pour rien, derrière le bar ou dans la forêt, et les milliers d'insectes rampants ou les requins se chargeaient de faire disparaître les corps. Personne ne cherchait à savoir où étaient les disparus. On disait qu'ils s'étaient fait la belle et on classait l'affaire. C'était d'ailleurs comme ça que Charlie s'était débarrassé de sa première femme après qu'elle eut bien servi au bar du Chinois. Le petit commerce ne marchait pas mal avec elle, mais à Saint-Laurent, quoi qu'on fasse, les êtres et les choses ne duraient jamais bien longtemps. Un soir où Charlie était occupé avec un garçon, ils s'étaient jetés sur elle à plusieurs, tels des animaux. Comme des fous qu'ils étaient devenus. Sans retenue, sans conscience aucune, ravagés de tafia et de drogues. Et Charlie avait retrouvé sa femme à moitié éventrée dans la cahute de paille qui servait de couche derrière le bar. La machine de mort avait fait son œuvre. Il avait bien regretté son gagne-pain, Charlie. Comment allait-il faire pour se payer les faveurs des garçons et le tafia ? Et le reste ? La femme avait fini aux requins. Pas vu, pas pris. Heureusement, il avait réussi à se marier une seconde fois. Et cette Marie-là était solide, elle tiendrait le choc. Charlie avait de belles heures devant lui s'il faisait attention. Il fit un sourire de biais au Chacal et alla retrouver son jeune compagnon. Dans ce jeune bagnard arrivé de Marseille pour une bagarre qui avait mal tourné, il avait trouvé quelque chose qu'il n'avait jamais ressenti pour personne. Pour la première fois de sa vie, il se sentait responsable. Peut-être même aimait-il ? Il se sentait prêt à tout pour ce garçon, même à devenir meilleur. Mais comment ? Le cercle infernal de coups bas et de trahisons sur lequel il avait construit sa vie depuis bien avant le bagne ne s'arrêterait pas d'un coup de baguette magique. À force d'aller toujours du côté du mal, Charlie ne savait pas comment inverser le cours de sa vie perverse. Il était piégé comme il avait toujours piégé les autres. « On récolte ce que l'on a semé », rabâchait sa grand-mère de Limoges. Ces sentences idiotes le faisaient rire. Aujourd'hui elles résonnaient pourtant à ses oreilles d'un son très clair. Serrant son compagnon contre lui, il jeta un coup d'œil vers le bar. Le Chacal le fixait d'un œil dur. Que se passait-il ? Pourquoi ce regard ? Charlie savait que le Chacal n'avait pas apprécié qu'il n'ait pas surveillé sa femme le soir où elle avait été dépecée, mais il ne s'était pas inquiété plus que ça. Le Chacal n'avait pas d'états d'âme. Pourtant, depuis ce soir-là, leurs rapports s'étaient modifiés et Charlie eut peur. Mais cette fois il tremblait pour quelqu'un d'autre que lui-même.

Instinctivement, il entraîna son compagnon à l'extérieur.

La mère supérieure qui avait assisté à toute la scène, eut seulement le temps de se dissimuler dans l'ombre noire d'un bouquet d'eucalyptus. Hélas pour elle, c'est justement la direction qu'avait prise Charlie. Elle ne put s'échapper. Ils s'arrêtèrent à deux pas d'elle sans la voir, obnubilés d'eux-mêmes. Elle cessa de respirer.

— Pourquoi on rentre, Charlie ? interrogea le jeune garçon. Il est tôt. Je veux retourner au bar.

— Non. Pas ce soir. Toi, tu vas aller te coucher. Moi, je vais y retourner, mais je reviendrai très vite.

— Mais pourquoi ? paniqua le garçon. Je ne veux pas rester seul.

— Je sais. Mais il ne faut pas que le Chacal s'aperçoive que je tiens à toi. Sinon, un jour où il m'aura dans le nez, il te fera massacrer juste pour me faire mal. Si je reviens seul, que je fais la fête et que je bois, que je reste avec les autres, il se méfiera moins.

— Non, non, ne me laisse pas, Charlie ! Ne me laisse pas. Tu sais ce que je risque avec les fous qui couchent sous le marché...

Le garçon s'agrippait à Charlie et s'était mis à pleurer doucement. À la lueur de la lune, la mère supérieure découvrit son visage. On ne lui aurait pas donné plus de quinze ans.

« Mais... c'est un enfant ! Ce garçon est un enfant ! » se dit-elle.

Il hoquetait maintenant et ses mains serraient si fort la vareuse de Charlie qu'il semblait impossible de les en arracher.

— Je vais te cacher ailleurs qu'au marché, tempéra Charlie, bouleversé par ses larmes. Tu m'attendras.

— Non, non, je ne veux pas rester seul. Ne me laisse pas, Charlie !

Il était éploré comme peut l'être un enfant. Pourtant la mère supérieure se trompait. René avait passé vingt et une années et sa jeune vie n'avait pas toujours été celle d'un ange. Mais il y avait en lui quelque chose qui ne vieillissait pas et sur ses traits une émouvante beauté aux contours pleins de délicatesse. Secoué par ses pleurs, Charlie céda.

— Calme-toi, lui dit-il. Je n'y retourne pas, je reste avec toi. N'aie pas peur.

Charlie le savait plus qu'aucun autre : il y avait de quoi avoir peur. On n'était en sécurité nulle part à Saint-Laurent-du-Maroni, surtout quand on était le petit ami d'une crapule comme lui, duquel ils étaient nombreux à vouloir se venger.

En aimant le jeune René, Charlie l'avait désigné aux autres comme une proie. Lui qui s'était toujours cru à l'abri de toutes les lois, celles du cœur et celles de la justice, il découvrait l'immense fragilité de sa propre vie. Il s'était cru inatteignable, laissant les autres s'enliser dans les sordides pièges qu'il leur avait tendus. Or voilà qu'à son tour un piège se refermait sur lui. Sur son épaule, apaisé maintenant, René séchait ses larmes. Il venait d'arriver au bagne et avait encore toutes les horreurs à en découvrir.

— Dis, Charlie, fit-il en reniflant, quand est-ce que je retournerai à Marseille ? Tu m'as dit que tu pourrais arranger ça, comment ? Tu crois qu'il faudra du temps ?

Une lueur de panique traversa le regard de Charlie et il cacha son jeune compagnon au creux de son épaule. La mère supérieure pouvait voir maintenant son visage de crapule se lever vers le ciel, comme pour y chercher une réponse qu'il n'était plus capable de trouver seul. Et lui, le beau parleur qui n'avait jamais eu recours qu'à la dissimulation et au mensonge pour arriver à ses fins, il ne sut faire que ce qu'il avait toujours fait. Il mentit. Mais, cette fois, son mensonge avait un goût de cendres.

— N'aie pas peur, lâcha-t-il dans un souffle. Tu reverras Marseille, je t'aiderai comme promis... Je suis là.

Il avait gardé les yeux levés vers le ciel de Guyane et caressait tendrement la nuque de son compagnon du même geste qu'aurait eu un père qui aurait caressé celle de son enfant pour apaiser sa peur. Ils restèrent ainsi, et de longues minutes s'écoulèrent sans qu'ils prononcent un mot. Les pensées les plus contradictoires avaient envahi l'esprit et le cœur de la mère supérieure. Elle était bouleversée par ce jeune bagnard et la tendresse de Charlie à son égard. Mais elle était aussi révulsée et n'avait qu'une hâte, fuir, s'enfermer au carbet. Il lui était cependant impossible de faire un seul geste sans qu'ils la découvrent. Quelques branches seulement la séparaient d'eux et la dissimulaient. C'était un miracle qu'ils ne l'aient pas découverte. Fallait-il qu'ils soient préoccupés ! Elle réussit à s'éloigner en reculant mais, au passage, elle effraya un magnifique oiseau qui s'envola du bosquet juste au-dessus de la tête des deux bagnards. Ils sursautèrent et René, frissonnant, se blottit encore plus profondément contre l'épaule de Charlie. Celui-ci était visiblement ailleurs, le regard obstinément fixé vers le ciel. Il y cherchait ce Dieu que sa grand-mère priait durant de longues heures et dans lequel elle disait trouver un apaisement. Comment faisait-elle ? Il n'avait jamais cherché à comprendre et, au contraire, il se souvenait d'avoir profité de ces prières où elle avait les yeux fermés pour voler trois sous dans ses poches.

La mère supérieure fuyait dans la nuit et l'oiseau qu'elle avait effrayé survolait la forêt, cherchant une trouée où se réfugier dans l'épaisse mer de feuillages. Venant du camp d'enfermement tout proche, la longue plainte des bagnards commença à monter. Charlie balaya une dernière fois du regard l'immensité de la Voie lactée, puis, vaincu, il baissa les yeux. Aucune réponse ne lui viendrait du ciel. Il ne savait pas parler aux étoiles.

30

Au même moment, derrière le troquet du Chinois, dans une case bâtie à la va-vite où Charlie la menait chaque soir depuis une semaine, Marie tremblait. Des échos de rires lui parvenaient du bar. Elle réussit à se relever. La nuit était d'un noir d'encre. Aucune lune. La pluie tardait mais on sentait dans l'atmosphère humide qu'elle serait bientôt là. Les hommes lui avaient fait terriblement mal, comme les soirs d'avant. C'était de pire en pire. Et d'autres allaient venir. Ils étaient fous, prêts à tout quand ils s'allongeaient sur elle. Elle se sentait pire qu'une bête. Si elle restait là, elle allait mourir. Il fallait fuir, et vite, quitte à être tuée. Elle préférait disparaître plutôt que de voir revenir un seul de ces hommes. Elle remonta tant bien que mal le haut de son corsage sur ses épaules décharnées, rabaissa sa robe de coton sur ses jambes amaigries et s'appuya contre la paille de la cabane. Son ventre brûlait et ses jambes flanchaient. Elle eut un étourdissement. Aigu, le rire du fou traversa la cloison de paille. Le rire de ce fou qui aimait faire mal et qui était entré en elle comme une lame. Il devait être au bar à raconter, ils allaient revenir, et cette fois elle allait y passer. Elle ne pourrait pas tenir ne serait-ce qu'une fois de plus. C'était trop violent, trop douloureux. D'une seconde à l'autre un autre homme allait apparaître dans l'ouverture de la case. Alors, en un dernier sursaut, elle alla puiser dans ses ultimes ressources l'énergie qui lui manquait. Et sans savoir comment elle se retrouva dehors à courir dans la nuit. Ses pieds s'enfonçaient dans la boue, elle ne savait même pas où elle puisait la force de les soulever ni dans quelle direction elle allait. Simplement elle fuyait droit devant elle, soulevée par la peur. Elle crut entendre un appel, son nom, mais elle ne se retourna pas. Il fallait juste aller loin, très loin, n'importe où, quitter cet enfer. Aller là où ils ne pourraient pas la reprendre. Heureusement pour elle, ce soir-là, la nuit était du noir épais des nuits sans lune. Elle l'enveloppa, protectrice.

Après une course éperdue dont elle ne mesura ni le temps ni la distance, Marie se retrouva sous la voûte des grands arbres de la sombre forêt amazonienne. Seule, égarée au milieu de nulle part.

Essoufflée, ne pouvant faire un pas de plus, elle s'adossa à un arbre et, lentement, tout en se recroquevillant, elle se laissa glisser le long de son tronc gigantesque. Puis elle ferma les yeux.

La douleur dans son bas-ventre la tenaillait. Et cette douleur ne lui était pas inconnue. Elle la reconnaissait, des années après. Elle était comme l'autre. Comme la première fois. Comme celle qu'elle avait enfouie si profondément qu'elle avait fini par l'oublier. Or voilà qu'elle remontait à la surface au cœur de cette nuit et en pleine jungle, avec une dureté inouïe.

Elle avait treize ans à peine, le domestique de la ferme voisine était venu la retrouver dans la grange où elle dormait. Elle n'avait jamais connu d'homme. Pour elle, il était vieux, il devait avoir près de trente années, il était toujours sale, il sentait fort et il n'était pas beau. Elle avait fermé les yeux et laissé faire. Il était méchant et lui faisait peur. Il avait été le premier, et pas le dernier. Il était revenu, et pas tout seul. Elle n'avait rien dit à personne, on l'aurait disputée, peut-être même jetée dehors comme c'était arrivé à Catherine au village à côté. Quelque temps après, elle avait dû enlever de son ventre un enfant qui y poussait. Heureusement elle s'y était prise tôt, et Catherine lui avait bien expliqué comment faire. Elle avait énormément saigné. À la ferme, la femme du patron s'était rendu compte qu'il se passait quelque chose. Elle était venue voir Marie un soir après avoir rentré les bêtes à l'étable et elle lui avait parlé avec une gentillesse surprenante. Car jamais cette femme n'avait de mots aimables, jamais elle ne souriait, et Marie la craignait. Pourtant c'est elle, cette paysanne sombre, qui l'avait aidée. Elle s'était arrangée pour faire les gros travaux à sa place le temps qu'elle aille mieux et elle lui avait fourni des linges et du savon. Un peu plus tard, Marie était partie à Bordeaux. La paysanne l'y avait encouragée quand Catherine en avait parlé :

— Ici ils ne vous laisseront plus jamais tranquille. Vous serez toujours des moins que rien à cause d'eux. Partez, et ne vous laissez plus jamais faire. Trouvez un travail et payez votre chambre. C'est ça qu'il faut. C'est le mieux. Allez, sauvez-vous…

Elle avait glissé dix sous dans leur poche et, en cet instant même dans la nuit de cette jungle, à des milliers de kilomètres et de jours de ce temps-là, Marie la revoyait qui lui souriait en lui faisant signe de la main alors qu'elle s'éloignait avec Catherine sur le chemin bordé de châtaigniers. Et le souvenir de ce sourire lui fit un bien fou. Ainsi cette paysanne avait eu pour elle de l'affection, elle l'avait aidée…

Un cri perçant l'arracha à ses pensées. Effrayée, Marie se redressa. À quelques mètres, un singe l'observait. Assis sur ses pattes arrière, il penchait sa petite tête à gauche et à droite et faisait de drôles de mimiques tout en frottant sa bouche avec ses pattes de devant. Il y avait dans ses grimaces quelque chose d'humain. On aurait dit un enfant joueur et, un bref instant, Marie fut rassurée de sa présence. Elle n'était donc pas seule. Il avait les yeux pétillants, on aurait dit qu'il riait. Émue, étrangement soulagée, Marie lui rendit son sourire et il s'avança en se dandinant. Elle n'en revenait pas. Ce petit animal était hilarant. Jamais elle n'avait vu de singe, à peine savait-elle que ça existait. Machinalement et dans un élan de tendresse, elle tendit les bras vers lui. Hélas, aussi soudainement qu'il était apparu avec cet air joueur, il poussa un deuxième cri, aigu cette fois à déchirer les tympans, puis il fit une affreuse grimace qui découvrit son énorme dentition et il disparut dans les airs sans que Marie ait eu le temps de comprendre comment il avait fait. Elle eut beau le chercher partout du regard, elle ne vit rien, que des feuillages épais. Un sentiment d'angoisse l'envahit. Où allait-elle trouver une sortie, par où allait-elle pouvoir s'échapper ?

Là-haut, entre les interstices de la voûte des feuillages par où le petit singe s'en était allé, on devinait une clarté. Le jour s'était-il donc levé ? Marie scruta la cime des arbres pour tenter de deviner quelle heure il pouvait être. Elle reçut une goutte d'eau en plein au milieu de la figure, puis une autre, et bientôt elles furent des milliers et des milliards de gouttes à tomber sur les fougères, les arbustes et les hauts feuillages, et à dégouliner le long des arbres. Elle fut trempée en moins d'une seconde. Le sol avait disparu et le bruit de l'eau diluvienne qui se déversait était assourdissant. Impossible d'entendre ou de voir quoi que ce soit d'autre que cette pluie torrentielle qui traversait avec puissance la voûte épaisse de verdure dont la cime se tenait à plus de trente mètres du sol. Que faire ? Où aller ? Marie resta là, immobile. Elle laissa l'eau envahir son corps et découvrit une sensation nouvelle. Elle n'avait pas peur, elle n'avait pas froid, elle se sentait simplement engloutie par cette nature comme si elle-même en était un élément. L'eau ruisselait du sommet de sa tête jusqu'à l'extrémité de ses pieds. Elle était le lit d'une rivière dont l'eau aurait tout naturellement suivi le cours.

L'orage fut apocalyptique mais bref et, comme toujours sous les tropiques, il fut immédiatement suivi d'un soleil lumineux et d'une chaleur accablante. Le silence qui régna immédiatement après le déluge fut impressionnant. Plus rien. Durant quelques secondes le monde entier, hommes, animaux, végétation, tout sembla avoir été englouti par les eaux. Sonnée, Marie ne bougeait pas. Ses pieds étaient enfoncés jusqu'au-dessus de ses chevilles dans une dizaine de centimètres de boue, et ses vêtements, gorgés d'eau au plus profond de leurs fibres, pesaient maintenant sur elle comme du plomb. C'est là, après quelques minutes d'un silence total, qu'un étrange bruit se fit entendre. Un bruit comme une bulle qui éclate. Il fut suivi d'un autre, et d'un autre encore et, comme les gouttes de pluie, elles furent bientôt des milliers de bulles à éclater partout. Elles venaient du sol, c'étaient de véritables bulles d'air que l'eau y avait emprisonnées et qui refaisaient surface sous l'effet de la chaleur. Elles étaient de partout, de tous les côtés, pas un centimètre qui échappe à ce bouillonnement. Et très vite un relent de pourriture envahit la forêt tout entière. Une affreuse odeur que les bulles faisaient remonter. Une odeur de végétation en décomposition, une odeur de faune et de mort. C'était tellement soudain et inattendu que Marie suffoqua, eut un haut-le-cœur et vomit, deux fois. Que faire, où aller ? Où qu'elle se tourne, l'odeur était là, épaisse, insoutenable. Impossible de s'en délivrer.

Aucune forêt au monde ne ressemble à une autre, encore moins une forêt de France à une forêt tropicale. Mais dans toutes les forêts du monde les hommes apprennent à s'aventurer avec une extrême prudence. Ils savent que loin des paysages appliqués, là où la civilisation humaine a discipliné la nature, se réfugie tout ce que l'univers porte d'inconnu et de dangereux. La faune n'y est pas la même partout, mais elle y est partout sauvage, inattendue. Les grands loups des forêts de Russie et les ours bruns des hautes montagnes pyrénéennes ont tué et dévoré. Comme les lions dans la savane. Marie savait cela. Elle savait la forêt dangereuse. Elle qu'on y envoyait pour chercher du bois ou des bêtes égarées, et aussi pour aller cueillir de l'herbe aux fées, celle qui soigne et ne pousse qu'en hiver dans les grottes froides. Et elle connaissait aussi le danger de l'infiniment petit, les serpents, les nids de frelons, bien plus difficiles à affronter que les grosses bêtes. Dans ces moments de solitude, Marie avait appris à se méfier de tout, à écouter les bruits, à ne poser ses pieds au sol qu'avec prudence après avoir bien vérifié qu'un nid de serpents ne s'y trouvait pas. Et elle avait appris aussi à ne pas dépasser une certaine limite. Pour se guider elle avait sa méthode, celle des anciens du village. Si elle était perdue, elle regardait le ciel et se fiait à la direction de la lumière, aux ombres. Marie se rappelait tout ça, mais elle chercha les ombres en vain. Ici les choses étaient bien différentes. La voûte des arbres était haute, épaisse et dense. Elle se retrouvait enfermée dans un tunnel de verdure interminable et vertigineux. Les relents d'odeurs et les vapeurs ne cessaient de monter, asphyxiantes. Et la forêt, un instant anéantie sous la force de l'orage, se mit à revivre. Des centaines d'oiseaux multicolores secouèrent leurs plumes et s'envolèrent des feuillages dans lesquels ils s'étaient réfugiés. Piaillant, ils allaient d'arbre en arbre, énervés de cette pluie, enthousiastes de cette chaleur revenue. Plus haut, des singes instables se poursuivaient, suspendus à des lianes. Ils se balançaient en criant de façon si aiguë que la tête de Marie crut exploser. Pourtant, dans cette cacophonie, elle ne se sentait ni perdue ni en danger. Au contraire. Elle était à l'abri, loin des êtres humains. Et elle en éprouvait un intense soulagement. Elle n'avait réfléchi à rien, ni à la suite de sa fuite, ni au lieu où elle allait. Elle avait juste décidé de ne pas mourir sous l'abominable étreinte des hommes qui payaient Charlie. Et elle y était parvenue. Elle était loin d'eux, vivante, elle respirait, elle écoutait les bruits de la forêt, et ces hommes n'étaient plus là. Ils avaient disparu. Elle était dans un monde où ils n'existaient pas, ni Charlie, ni le Chacal, ni les autres détenues, et c'est tout ce qu'elle avait souhaité. Elle profitait de ça. Il lui fallait seulement retrouver l'allée des bambous, le seul endroit qui pourrait la mener ailleurs, vers cette ville cachée d'où elle embarquerait vers la liberté. Forte de cette pensée, elle essaya de réfléchir par rapport à l'endroit de la forêt où elle s'était enfuie, derrière le bar du Chinois. L'allée était plus à l'ouest. Mais, où était l'ouest ? Comment s'orienter sous cette chape verte qui ne laissait rien voir ? Elle chercha en vain. Alors elle se décida à marcher au hasard.

31

Romain n'avait pu s'entretenir avec la mère supérieure. Quand il était arrivé au carbet, une détenue lui avait dit qu'elle était souffrante. Elle lui conseillait de s'adresser désormais au fonctionnaire nommé chef de dépôt. Romain avait trouvé ce dernier au quartier des officiels dans la rue principale. Mais celui-ci avait été très surpris de le voir et s'était révélé incapable de lui dire ce qui était arrivé aux trois détenues que Romain lui dit avoir trouvées au carbet sur leur paillasse, se tordant de douleur.

— Je ne suis pas là pour régler ce genre de détail, avait-il rétorqué. Voyez avec les sœurs au carbet. Moi, je ne m'occupe que des cas extrêmes, des décisions importantes. Je n'ai pas le temps de gérer cela.

— Je reviens du carbet, avait insisté Romain. La mère supérieure est souffrante et on m'a dirigé vers vous.

— Je viens de vous dire que je ne traite que les questions officielles. Il n'a jamais été question que je m'occupe de ces menus problèmes.

— C'est-à-dire ? interrogea Romain, surpris de cette véhémence.

— Comment ça, c'est-à-dire ? s'énerva le chef de dépôt qui, de son côté, ne voyait pas où Romain voulait en venir. Que voulez-vous savoir de plus ? C'est quand même clair, non ? Les questions officielles, ce ne sont pas les maux de ventre, que je sache ? D'où sortez-vous ?

— Bien sûr, répliqua vertement Romain qui n'aimait pas du tout le ton du fonctionnaire. Ça, c'est mon travail, je m'en occupe. Mais ce que je viens vous demander, c'est comment cela est arrivé. Il faut bien que je soigne, moi.

— Qu'est-ce que c'est que ce charabia !

— Pour soigner les détenues, j'ai besoin de certaines informations. Savoir ce qu'elles ont fait, ce qu'elles ont mangé...

— Eh bien, voyez avec les sœurs, bon sang !

— Je viens de vous dire que la mère supérieure est souffrante, je n'ai même pas pu la voir...

— Alors voyez sœur... heu... sœur machin, celle qui est plus âgée.

— Mais, comment ? Vous ne savez pas ?

— Quoi, que devrais-je savoir ?

— Elle n'est plus là. On l'a envoyée d'urgence en renfort au couvent de Cayenne pour une semaine.

— Ça alors ! Et qui a décidé cela ? Qui avez-vous vu là-bas ?

— Personne, justement. Les détenues sont seules et ce sont elles qui m'ont averti.

— Mais qu'est-ce que c'est que cette histoire ?

— Je comptais sur vous pour me renseigner, précisa Romain. Vous êtes bien le chef de dépôt, non ?

— Oui, fit l'homme, extrêmement contrarié, tout en coiffant nerveusement son casque blanc en pain de sucre. Allons voir ce qu'il en est.

La mère supérieure les accueillit sur sa couche. Visiblement, elle n'allait pas bien. Elle pouvait à peine parler et toussait interminablement. Romain s'inquiéta. Il fallait éviter à tout prix que la toux ne gagne les poumons. Il prit ses instruments dans son inséparable sacoche de cuir noir et demanda au chef de dépôt de sortir. Celui-ci s'exécuta sans difficulté. Il ne voulait pas s'attarder au carbet où les femmes le regardaient curieusement, et il désirait retrouver au plus vite la quiétude de son bureau.

— Vous en avez pour longtemps ? questionna-t-il, péremptoire.

— Le temps qu'il faudra, trancha Romain, qui commençait à le trouver très déplaisant avec son autorité mal venue.

Le diagnostic fut rapide et, comme prévu, inquiétant. La mère supérieure avait pris un très mauvais coup de froid et elle avait une forte fièvre. Une détenue tamponnait son front avec un linge tellement elle suait. La mère supérieure arriva pourtant, par bribes, à raconter à Romain ce qui s'était passé, comment elle s'était mise dans cet état. Mais elle ne dit pas tout. Elle passa sous silence les rapports amoureux entre hommes, et ne dit rien de la scène entre Charlie et son jeune compagnon. Ce n'était pas le sujet et, de toute façon, elle était incapable d'en parler. Mais elle évoqua sa visite en pleine nuit au bar du Chinois, l'étrange conversation des hommes, le Chacal, Charlie, comment elle était parvenue à fuir et sa certitude d'avoir reconnu Marie sur laquelle elle avait failli buter et qui était passée en courant à toute vitesse sans la voir.

— Je me demande encore si je n'ai pas rêvé, fit la mère supérieure. Qu'est-ce que Marie pouvait bien faire là, en pleine nuit ? Je l'ai appelée, j'ai couru après elle mais elle a disparu…

— Disparu ?

— Oui, dans la forêt, je crois, elle allait dans cette direction. Il faisait nuit noire, je n'ai pas pu aller plus loin. Je me suis perdue, je ne savais plus où j'étais. Et l'orage s'est abattu, j'ai mis du temps à retrouver le chemin du carbet. Je suis sûre que c'était Marie. Et je crains le pire… ces hommes… ce que j'ai entendu. Je ne peux y croire…

Une toux rauque l'interrompit. La fièvre la gagnait, elle frissonnait. Les détenues l'avaient changée et frottée du mieux possible, mais elle délirait. Romain savait qu'il ne pouvait pas lui en demander davantage. L'urgence était de la sauver. Il comprendrait plus tard ce qui l'avait poussée dehors à cette heure vers cet endroit mal famé. En ce qui concernait Marie, il fut traversé d'un soupçon. Les quelques semaines qu'il venait de passer à Saint-Laurent lui avaient ouvert les yeux sur les pratiques très spéciales qui avaient cours, au vu et au su de tous. Le bagne sous les tropiques, c'était en effet bien loin de l'aventure qu'il avait imaginée. L'immensité des paysages de Guyane n'avait rien d'exaltant, rien de pur. Au contraire, les grands espaces étaient incroyablement encombrés. La forêt dévorait tout et ne laissait personne empiéter sur son royaume. Bagnards, administrateurs, médecins, femmes, tous étaient entassés sur le seul espace qu'elle leur laissait. Un espace dérisoire coincé entre le fleuve et la jungle. À force de tous piétiner sur ce même bout de terre dans tous les sens, sans espoir d'un autre horizon, Saint-Laurent était devenu un monstrueux cloaque. À tous points de vue, et particulièrement moral. L'esprit des hommes en était complètement perverti. Aussi, dans ce qu'avait raconté la mère supérieure, quelque chose intriguait Romain. Marie s'était mariée quelque temps auparavant, elle avait dû bénéficier d'une concession avec son mari. Ces fameuses concessions étaient des terrains offerts aux nouveaux mariés par la République en cadeau de noces. Sur cette parcelle de terre, on les autorisait à bâtir une maison et à cultiver de quoi se nourrir, voire de quoi faire commerce. Romain n'en avait jamais vu une seule, mais il avait eu l'occasion de découvrir leurs tracés sur une carte de l'administration un jour qu'il passait dans les bureaux.

— Comment faites-vous pour choisir des parcelles dans cette jungle ? avait-il demandé à l'employé qui était en train de tracer des lignes.

— Eh bien, voyez, c'est simple. On n'a pas fait de repérages, bien évidemment. Vous imaginez le temps qu'il aurait fallu, et les équipes de géomètres et tout le tintouin. Qui aurait payé pour ça ? On ne nous a pas demandé d'étudier le paysage, on nous a demandé de caser des couples sur des lopins de terre pour qu'ils la défrichent et la fassent fructifier. Point final. Alors on fait avec ce qu'on a, des indications données çà et là par les indigènes du coin qui connaissent quelques endroits défrichables, des cartes du pays, mais elles sont sommaires. À part les grandes lignes et les lits du fleuve dans la jungle on ne voit rien de rien. Bon, c'est pas terrible.

— Et donc, comment faites-vous ?

— On fait avec rien. On délimite au hasard un carré, ou un rectangle, comme on veut. Et on l'offre aux heureux élus.

— Et… comment font-ils pour s'installer ?

— Ah, ça, c'est leur affaire. On ne va pas en plus leur retourner la terre, leur construire la maison et aller les border au lit. Faut pas pousser. À eux de se débrouiller !

— Ça ne doit pas être simple.

— Et pourquoi ça le serait ? On ne m'a jamais rien offert à moi. Qui sait ? J'aurais peut-être dû faire des conneries, tuer, voler. Après quoi on m'aurait offert une femme et une propriété.

Romain avait compris qu'il faisait fausse route. La grogne couvait dans le petit personnel du bagne. Sous-payés, souvent seuls car ils n'avaient pas les moyens de faire venir leur famille et de l'installer dans de bonnes conditions comme c'était le cas pour la hiérarchie qui bénéficiait de villas et de personnel, ils refrénaient leur rancœur.

— Je comprends, avait tempéré Romain. Mais une parcelle, c'est un drôle de cadeau. Les arbres font trente mètres de haut, et pour les arracher à la main, seul avec une femme, il doit falloir s'accrocher. De plus, ça m'étonnerait qu'on puisse cultiver quelque chose dans ce pays, avec ces eaux diluviennes…

— Figurez-vous que nous avons eu des résultats. Certains y parviennent. Mais il y a des tas de fainéants vous savez. Et si en plus maintenant on leur apporte des femmes sur un plateau… Vous savez ce que ça coûte à la France, tous ces transports ? Et tout ça pour les pires criminels qui soient ! On nous prend pour des andouilles. Ma femme m'a écrit, chez nous ça commence à grogner. Les députés demandent des comptes, ils se sont aperçus que des sommes astronomiques sont envoyées ici. Tout ça pour offrir un paradis à des fainéants ! Des criminels !

L'employé était visiblement très remonté. Pourtant Romain avait cru bon de rectifier son discours.

— Des sommes astronomiques ? Ah bon ? Et où sont-elles passées ? Dans mon service médical je ne vois pas la couleur de cet argent ; quant au paradis dont vous parlez, vous savez bien que ce n'est pas vrai. Ces bâtiments sont infâmes, bâtis par les bagnards eux-mêmes, et les femmes n'avaient même pas de quoi se loger en arrivant.

— Peut-être. Mais l'argent va bien quelque part.

— Peut-être dans vos services ?

C'était la chose à ne pas dire. L'employé avait manqué s'étrangler.

— Vous voulez rire ? Vous voulez voir ma fiche de paye ? Mon ami Justin a même été obligé d'emprunter de l'argent à un bagnard, un libéré. Et il faudrait les plaindre ?

— Comment cela, emprunter à un bagnard ? Et d'où il tenait cet argent ce bagnard ?

— Devinez ! Ce n'est pas la morale qui les étouffe, ils se débrouillent. Ils font des trafics au vu et au su de tous. On les laisse faire leurs saletés. Pour eux, tout est permis. Et nous qui avons une moralité, nous nous faisons avoir. Si je faisais le quart de ce qu'ils font, on m'aurait déjà coupé la tête. Tiens ! Ça donnerait presque envie de devenir un criminel.

— Vous n'exagérez pas un peu ?

— Pas du tout. Tenez, par exemple, ces femmes qui sont arrivées pour faire de jolies familles avec enfants et tout le tintouin. Eh bien, les lascars ont vite compris le bénéfice qu'ils pouvaient en tirer. Ça n'a pas traîné. Ils les ont mises au turbin. Remarquez, ces femmes, chez nous, c'étaient déjà des traînées. Il ne fallait pas en attendre des miracles.

Romain tombait des nues.

— De quoi parlez-vous ?

— D'où vous sortez, vous ? Les bagnards libérés se marient avec des femmes et font semblant de travailler sur la fameuse concession offerte, une semaine après ils revendent leur terrain à des indigènes et ils reviennent en ville. Là, ils mettent leur femme au turbin, chez le Chinois et ailleurs. Le plus vieux métier du monde, ça rapporte toujours, ils ne savent faire que ça. Tant qu'ils s'arrangeaient entre hommes avec leurs gigolos on ne leur donnait rien. Pas de lopin de terre pour deux tantouzes ! Maintenant, ils gagnent le gros lot deux fois. En revendant la parcelle, puis en faisant travailler la femme. Pas fous. Charlie, par exemple, c'est un spécialiste. Il a fait le coup deux fois. On ne sait pas où est passée sa première femme, et tout le monde s'en moque.

L'employé s'était enflammé. Romain en avait conclu qu'il cherchait à nuire aux bagnards sur lesquels se reportait sa rancœur. Il n'avait pas cru à son histoire. C'était trop gros. La France était bonne poire, mais tout de même ! Il y avait des personnes bien intentionnées parmi le personnel de l'administration pénitentiaire, et personne ne pourrait admettre un pareil trafic. Romain avait pu constater qu'à Saint-Laurent les bruits les plus farfelus couraient sur tout et sur tout le monde. C'était même l'activité principale parmi la population civile : faire courir des bruits. Sans but précis, pour passer le temps, pour créer de l'animation. La vie au quotidien était si morne ! Aussi, à la fin, on ne savait plus quoi penser. Au début, Romain avait été piégé comme tout nouvel arrivant et il s'était exclamé d'horreur à chaque récit. Mais il avait vite cessé de croire tout ce qu'on racontait. Pourtant tout n'était pas faux. Il avait pu remarquer que certaines informations se glissaient, véridiques. Seulement, difficile de démêler le vrai du faux parmi la quantité d'histoires plus sordides les unes que les autres. Même le meilleur et le plus déterminé des hommes avait de quoi se décourager. Romain se demandait d'ailleurs si cette façon d'inventer sans cesse n'était pas le meilleur moyen d'ensevelir l'horreur, la vraie. Oublier pour ne pas avoir à intervenir. C'était comme ça la vie, à Saint-Laurent-du-Maroni. On s'habituait au pire sans trop de remords puisqu'on ne s'attardait pas. Comment changer les choses en deux ans ?

Romain ne doutait cependant pas du récit de la mère supérieure. Elle n'appartenait pas au microcosme paranoïaque. Si elle disait avoir aperçu Marie aux alentours du bar en pleine nuit, c'est qu'elle l'y avait vue. Mais alors ? Ce qu'avait dit l'employé au cadastre était peut-être vrai ? Sinon pourquoi Marie était-elle en ville en pleine nuit, à deux heures de marche de sa concession ? Marie et les autres femmes subissaient-elles vraiment le sort affreux dont avait parlé l'employé ? Prostituées ! Qu'étaient-elles devenues ?

— Où en êtes-vous ? Qu'est-ce qu'elle a, la mère supérieure ?

Tout à ses réflexions Romain avait oublié la présence du chef de dépôt qui venait aux nouvelles, impatient et contrarié d'avoir à attendre, au milieu des détenues. Le carbet n'était pas grand. Il le découvrait puisqu'il n'y avait jamais posé les pieds.

— Elle risque une pneumonie, répondit Romain. Si on ne la soigne pas vite et bien, elle pourrait mourir. Il suffit de peu.

— Zut alors ! On a besoin d'elle ici. Qui va s'occuper de ce fichu carbet maintenant ?

— Mais… vous. Vous êtes bien le chef du dépôt, non ? répliqua Romain, ahuri de cette remarque qu'il trouvait fort mal venue.

— Moi ? Mais comment cela ?

— Écoutez, excusez-moi mais je vous laisse. Je dois rejoindre l'hôpital, je vais essayer de trouver un lit pour la mère supérieure.

Sur ce, il sortit, laissant le chef en plan. Celui-ci en fut soufflé. Mais que dire ? Romain était médecin et faisait son travail. Ce n'était pas à lui de trouver la solution à ce sérieux problème du carbet des femmes, il en avait bien d'autres, et personne au bagne n'aurait osé lui en tenir rigueur. On avait bien trop besoin des médecins. Le chef de dépôt poussa un long soupir et regarda autour de lui. Les bagnardes l'observaient, silencieuses, attendant visiblement qu'il dise quelque chose. Quelle galère ! Qu'allait-il faire, maintenant, seul avec ces femmes ? Il eut un instant d'hésitation, puis il eut une illumination. Il fallait tout simplement faire revenir sœur Odile immédiatement. En l'attendant, il placerait des gardiens autour du carbet. Ce qu'il fit, non sans mal cependant. Il envoya un sous-fifre chercher sœur Odile qui obtempérerait, il n'en doutait pas. Trouver des gardiens disponibles s'avérait moins simple. Tous avaient une attribution précise.

— Je vais placer des porte-clefs en attendant le retour de la sœur, lui expliqua le surveillant en chef.

— Des porte-clefs ? Vous voulez rire, j'espère ? s'insurgea le chef de dépôt. Ce ne sont tout de même pas les bagnards qui vont surveiller les bagnardes ! Il y a des limites !

— On fait avec ce qu'on a, et ici, ça fait des lustres que les bagnards font le travail de surveillants, je ne vois pas où est le problème.

— Il s'agit de femmes, parbleu !

— On les fait bien se marier entre eux, pourquoi ne pas les faire se surveiller ?

La conversation entre le chef de dépôt et le responsable des surveillants tournait court. À quoi bon s'entêter, pensa le chef de dépôt qui ne voyait pas d'autre solution, à moins de rester lui-même sur place, ce dont il n'avait aucune intention. Après tout, se dit-il, si le responsable des surveillants pensait qu'il fallait faire ainsi, il ferait avec.

— Bon, bon, fit-il, soucieux de conclure rapidement. Quand les envoyez-vous, vos porte-clefs ?

— Vous les aurez dans la matinée.

— Parfait.

Ils se serrèrent la main et parlèrent un peu de choses et d'autres. De leurs femmes qui tournaient en rond et déprimaient dans cette ville pourrie, de leur salaire dérisoire, de la date de leur retour en France et de leur promotion éventuelle pour avoir accepté ce travail. Ils eurent aussi un mot de compassion, étonnant et plutôt sincère, pour ces « pauvres bougres de bagnards libérés qu'on laissait crever là sans espoir de retour », puis, après un soupir qui en disait long sur la charge qui était la leur, ils se quittèrent, satisfaits d'avoir trouvé une solution en se débarrassant du problème sur sœur Odile et sur ces « pauvres bougres ». À Saint-Laurent-du-Maroni, les sentiments les plus contradictoires s'exprimaient. Un jour les bagnards étaient des monstres qu'il fallait exterminer, le lendemain c'étaient de « pauvres bougres ». La confusion la plus totale régnait jusque dans les esprits les mieux constitués. Les repères et les valeurs habituelles qui régissent toute société normale s'étaient, ici, désintégrés.

32

En une nuit l'univers civilisé de la mère supérieure s'était fissuré de toutes parts. Seule sur un lit d'hôpital, dans une petite chambre que Romain avait réussi à lui attribuer dans la partie réservée aux civils, momentanément déchargée de tous les problèmes, elle avait tout le temps de penser et de prier, si elle l'avait voulu. Mais elle ne priait pas. Les images de la nuit précédente revenaient en boucle dans son esprit. Impossible de s'en débarrasser. Si elle n'était pas tombée malade, elle aurait repris le cours de son travail au carbet. Elle aurait été emportée par la quantité de tâches à accomplir et n'aurait pas cherché à en savoir davantage. D'une tâche à l'autre, on va du jour au lendemain et par la force des choses on ne s'attarde pas. Le temps passe, on oublie. Du moins le croit-on. Mais le destin offrit à la mère supérieure tout le temps nécessaire pour se replonger dans le moindre détail de cette nuit d'orage.

Allongée, les yeux clos, elle n'avait de cesse de repenser aux scènes qu'elle avait vécues, comme si elle y était encore. Les hommes attablés, buvant, chahutant, leur saleté et leurs rires écœurants, les hommes enlacés aux regards tristes, son émotion devant la douceur de Charlie envers son jeune compagnon, puis l'écœurement qui l'avait gagnée. Elle aurait dû haïr Charlie qui faisait tant de mal, mais elle l'avait vu autre, et elle ne parvenait pas à oublier cet instant où elle l'avait surpris, lui, cet homme sans morale, tendre et protecteur. Et puis il y avait tous les autres bagnards, avec leurs figures ravagées dans le bar infect du Chinois qui de son comptoir distribuait le tafia en comptant sa cagnotte sou après sou. Une gargote qui, même à dix mètres, dégageait d'atroces relents d'alcool, de mauvais tabac et de terrible désespoir. Car tout était là, dans ces hommes repoussants que la mère supérieure voyait maintenant comme des hommes perdus. Et elle ne pouvait s'empêcher d'éprouver pour eux une immense compassion. Si elle était passée vite, elle n'aurait pas eu le temps de ressentir cette émotion. Mais elle était restée suffisamment longtemps devant le bar pour deviner cela, en eux. Et parmi ces visages plus affreux les uns que les autres, abîmés qu'ils étaient par les années de bagne, celui du Chacal revenait sans cesse, obsédant, dominant tous les autres. Pourquoi n'arrivait-elle pas à se débarrasser de son regard aigu, de son rire carnassier ? Ses rêves ramenaient toujours le visage et le rire de cet homme et elle l'entendait encore s'adresser aux autres bagnards avec mépris et autorité. Dans le ton de sa voix, la mère supérieure retrouvait quelque chose qui lui était familier.

Dans sa riche famille on parlait ainsi à ceux qui n'étaient pas du même monde. Et bien qu'elle s'en défende, cette similitude la ramenait au territoire de sa jeunesse, la rapprochait du Chacal. Un sentiment trouble naissait en elle. Elle avait aimé les siens avant de les haïr pour avoir été sacrifiée, et elle retrouvait dans cet homme un lien avec ce temps-là, elle aimait sa force et même son arrogance. Les autres bagnards auraient pu sans aucune difficulté le lyncher tous ensemble, si seulement il leur en avait pris l'envie. Mais ils ne bougeaient pas et subissaient ses insultes.

« Quelle lâcheté ! pensa-t-elle. Et lui, quelle assurance ! Quelle fierté dans ce bagnard hors normes, tellement ambigu... »

C'est à cet instant précis de son rêve, au moment où elle se laissait aller à le voir autrement que comme le fou diabolique qu'il était, à presque l'admirer, qu'elle se réveillait en sursaut et en nage. La fièvre remontait alors, et elle délirait à nouveau. Romain ne s'expliquait pas ces symptômes incohérents. Les signes pulmonaires étaient bons, il n'y avait aucune raison que la fièvre persiste. Il soupçonna le choc de ce qu'elle avait vécu cette nuit-là, elle qui n'était jamais sortie du couvent pour autre chose que d'honorables visites familiales dans un monde confiné. Elle n'était pas en état de reprendre le travail. Il s'inquiéta pour les femmes et décida donc de se rendre au carbet un matin.

À sa très grande surprise, deux porte-clefs étaient assis devant la palissade près de la porte. Ils se levèrent en le voyant.

— On nous a chargés de surveiller les femmes, expliqua le premier.

— Mais y a pas grand-chose à surveiller, enchaîna le second. Elles font ce qu'elles veulent à l'intérieur, nous, on ne s'en mêle pas.

Bien qu'habitué à en voir de toutes les couleurs dans cette ville stupéfiante, Romain était sidéré. Ils avaient choisi ces hommes, dont on connaissait parfaitement la dangerosité, pour surveiller les femmes !

— Où est le chef de dépôt ? demanda-t-il.

— Qui ça ? fit le porte-clefs.

— Comment ça ? Vous ne savez pas qui est le chef de dépôt ? Et qui vous a chargés de cette mission ?

— Moi.

Romain fit volte-face. Le Chacal se tenait derrière lui.

— On attend la sœur qui doit revenir de Cayenne, expliqua-t-il sobrement. D'ici là on m'a demandé de trouver des hommes. Tout se passe bien, elles se tiennent à carreau. J'y veille.

Tout le monde connaissait le Chacal, Romain comme les autres avait vite appris qui il était. Aussi blêmit-il. Comment le chef de dépôt avait-il osé confier les femmes à ce fou notoire ?

Le Chacal devina les pensées de Romain. Il planta son regard dans les yeux du jeune médecin qui éprouva en le soutenant un profond malaise.

— Vous vous faites du mouron pour rien, docteur, dit-il. Elles sont sous bonne garde, je vous dis. Tant que je m'en occupe, rien ne peut leur arriver.

Romain savait l'homme plein de déviances et, sous la normalité apparente de son discours, il soupçonnait des sous-entendus.

— Qui vous a demandé de vous en occuper ? questionna-t-il.

— D'après vous ? fit l'autre.

Il n'y aurait rien à en tirer. Romain décida alors de s'assurer que les femmes allaient bien.

— On n'entre pas, fit le Chacal en s'interposant entre le médecin et l'entrée de la clôture qui entourait le carbet.

— Pardon ? répliqua Romain. Je suis médecin.

— Il n'y a pas de malade. On n'a pas besoin de vous.

Le ton était menaçant. Romain en fut suffoqué. Mais il n'avait pas pour habitude de se laisser intimider, il insista.

— Je suis médecin et je vais aller les voir, que vous le vouliez ou non. Laissez-moi passer.

— Vous n'entrerez pas.

— Si vous ne me laissez pas voir les détenues, je le signalerai au directeur de Saint-Laurent. Je sais qui vous êtes et ce dont vous êtes capable, mais vous, vous ne connaissez pas ma détermination et, cette fois, votre attitude sera très sérieusement sanctionnée, croyez-moi.

— Je vous crois, fit le Chacal, imperturbable, en faisant un pas en avant qui en disait long sur la suite si Romain ne partait pas immédiatement.

Ce dernier recula. Rien n'arrêtait cet homme, il était de ceux qui peuvent tuer d'une seconde à l'autre, sans prévenir. Il l'avait déjà fait, et il était toujours là. Romain savait que face à lui il n'était pas de taille, et il ne se mettrait pas en danger inutilement. À la force il préféra la voie diplomatique, fit volte-face et s'en alla en jurant de ne pas se laisser faire et de menacer le directeur de Saint-Laurent-du-Maroni d'un rapport sanglant si on ne le laissait pas entrer pour voir l'état des femmes. Il tremblait. Pour la première fois de sa vie il avait senti la mort s'approcher de lui sous les traits d'une face humaine, et il en était bouleversé. Il avançait pourtant en direction des bâtiments administratifs, déterminé. On avait livré ces malheureuses aux pires hommes qui soient et personne n'était là pour les protéger. Lui, il allait réagir.

— Je connais mon métier, lui expliqua tranquillement le surveillant en chef sur lequel il tomba dans le premier bureau. Tant que le Chacal s'en occupe, ça ne craint rien.

Romain le regarda, horrifié. Dans ce fonctionnaire d'allure bonhomme confortablement assis sur son fauteuil, et que rien ne semblait émouvoir, il crut déceler une attitude perverse. Tout le monde dans cette ville était plus ou moins touché par la gangrène, et le milieu des surveillants plus qu'aucun autre. Au contact des bagnards, usés par l'indifférence de leur hiérarchie, ils s'étaient vite laissé corrompre et beaucoup trempaient dans les trafics. Cet homme était complice de ces trafics, peut-être même en était-il le pivot. Romain en était persuadé et il devinait maintenant ce qui avait dû se passer. Cet individu couvrait la prostitution des femmes au bar du Chinois et il touchait sa part. Maintenant que les sœurs n'étaient plus là, les détenues étaient à sa merci, et il leur avait envoyé le Chacal. Il avait fait entrer le loup dans la bergerie sans aucun état d'âme. Révulsé, Romain le regardait qui faisait tourner un crayon entre ses doigts tout en continuant d'un air paisible à déverser ses mensonges.

— Vous êtes jeune. Vous venez d'arriver, vous ne pouvez pas comprendre. Ces hommes font le boulot mieux que nous, ne me demandez pas pourquoi, je n'en sais rien. Mais c'est comme ça. Faites-moi confiance, laissez faire. Sœur Odile arrive demain. Tout ira bien.

Ces énormités relatées tranquillement sur un ton bonhomme déclenchèrent la colère de Romain. Il ne pouvait pas se porter caution plus longtemps de ce qui se passait ici. Pour lui c'en était trop. S'il n'agissait pas immédiatement, il ne pourrait plus jamais se regarder en face. Il quitta le bureau du surveillant en chef sans un mot et courut directement dans celui du directeur de Saint-Laurent-du-Maroni où il entra sans y être invité. Hélas, le bureau était vide. Essoufflé, échevelé et complètement retourné, Romain se laissa tomber dans un fauteuil. Puis il tenta de rassembler ses esprits. Que faire ? Qui aller voir ? Son médecin-chef ? À quoi bon, il ne le trouverait pas à cette heure. Et puis c'était le meilleur des hommes et le plus efficace mais son service lui prenait tout son temps et même bien au-delà. Romain savait ce qu'il lui dirait. De faire son travail et de ne pas user ses forces à essayer de nettoyer une ville sur laquelle la boue coulait en permanence. Romain commençait à avoir l'habitude des lieux et des attitudes des uns et des autres. Il était en pleine colère quand une brusque douleur interrompit ses réflexions et le plia en deux. Ce n'était pas la première fois que ça arrivait. Lui qui avait toujours été en excellente santé, il avait depuis quelque temps de terribles migraines. Et il savait à quoi s'en tenir. Ce qu'il avait mentalement tenté de supporter depuis son arrivée, son corps ne l'acceptait plus. Le pic de la crise dura une interminable minute, puis diminua petit à petit, laissant Romain épuisé. Attendant que la douleur cesse totalement, il resta assis un moment, reprenant son souffle. Machinalement, il jeta un coup d'œil circulaire sur l'endroit où il se trouvait. Tout était en place dans ce bureau. N'eût été le style colonial de certains objets, on se serait cru dans le bureau du maire de n'importe quelle grande ville en France. Les fauteuils étaient cossus, le large bureau Second Empire, et les meubles en bois marquetés à incrustations de ferronneries dorées brillaient, bien entretenus. Derrière la vitre coulissante de l'un d'eux qui faisait office de bibliothèque, des dossiers bien alignés donnaient le sentiment rassurant d'affaires suivies. Tout cela, bien que sobre, faisait grand genre et devait en imposer sans mal aux visiteurs de ce coin perdu où l'on n'avait jamais vu de bureaux. Suivant le cours de son inspection, Romain découvrit aussi ce qui lui parut au premier abord être une gravure accrochée au mur, mais qui, lorsqu'il se leva et s'en approcha, se révéla être une reproduction de lavis de bistre sur préparation à la pierre noire. Il en reconnut immédiatement l'auteur. C'était une œuvre de Jean-Honoré Fragonard qui représentait une allée de parc italien, élégante inspiration due sans aucun doute au voyage que le peintre fit, dans ce XVIIIe siècle où toute personne de la bonne société se devait de passer les Alpes. Romain esquissa un sourire. Fragonard était le peintre préféré de sa mère. Elle aussi avait dans sa chambre deux reproductions de ses œuvres, dont une huile pleine de charme où un couple de bergers enlacés dans un paysage d'arbres et de prairies dégageait une délicate poésie de clairs-obscurs. Technique raffinée dans laquelle le peintre excellait. Quand on lui demandait pourquoi elle aimait tant cet artiste, sa mère citait le mot d'un grand conservateur de musée : « Fragonard, c'est l'essence parfumée du XVIIIe siècle. »

Romain se moquait, il trouvait justement Fragonard trop parfumé à son goût.

— Mon Dieu ! s'exclama-t-il, touché par cette rencontre inattendue. Voir Fragonard ici ! Le XVIIIe, la France des Lumières !!! Le savoir, la raison, et… le parfum.

— Vous aimez Fragonard ?

Il se retourna, pris en flagrant délit dans ce bureau où il s'était introduit alors que son occupant en était absent.

— Je vous ai fait peur, excusez-moi. Je suis la femme du directeur. C'est moi qui ai accroché ce tableau dans son bureau. Je suis sûre qu'il vous fait penser à quelque chose à vous aussi, n'est-ce pas ?

Pris de court par cette arrivée, il bafouilla.

— Euh... non. Enfin... je ne sais pas...

— J'étais comme vous. Je ne savais pas exactement ce qu'il me rappelait, et puis, à force de le regarder, j'ai compris. Cette allée, on dirait l'allée des bambous ! Notre allée de Saint-Laurent ! Tenez, s'il n'y avait pas ces petits personnages, là, juste au milieu avec leur élégante tenue, on jurerait que Fragonard l'a dessiné ici même. Tenez, regardez, mettez-vous bien en face. La perspective, là, au bout, avec cette lumière et cette voûte d'arbres au-dessus, c'est l'exacte réplique de celle qui brille au fond de l'allée des bambous. Vous voyez ?

Non, il ne voyait pas bien, mais la femme s'était placée à côté de lui et, de son doigt pointé, elle désignait le halo de lumière que Fragonard avait dessiné plus d'un siècle auparavant, à des milliers de kilomètres et sur un autre continent.

— Je dois vous paraître idiote, continua-t-elle, mais cette allée de bambous me fascine. Elle me fait rêver. C'est le seul endroit vers lequel je vais quand je me promène.

Elle parlait toute seule, absorbée par le dessin de Fragonard dans lequel ses yeux fiévreux plongeaient comme dans une oasis. Elle devait avoir une quarantaine d'années et en paraissait plus de cinquante. Son teint était cireux, terne. Surpris par son attitude étrange, Romain se contenta d'opiner de la tête pour marquer son assentiment. Mais visiblement elle n'avait pas besoin de ses réponses.

— Je rêve à la France en regardant ce tableau, continua-t-elle, absente. Je sais bien que c'est un paysage italien, romain même, je crois. Pourtant elle me fait penser à mon pays cette allée. Je la trouve romanesque, comme notre pays.

À ces mots elle sortit brusquement de ses pensées et s'adressa directement à Romain.

— Qu'en pensez-vous ? La France est bien une terre romanesque, n'est-ce pas ? C'est que nous sommes civilisés, les villes sont soignées chez nous, entretenues. Et nos campagnes, les champs de blé, et les vergers, et les ruisseaux à l'eau si claire ! Nos campagnes si douces au printemps, très entretenues... (elle répétait ce mot mécaniquement)... Oui, tout est entretenu chez nous, pas de boue dans les rues, pas de broussailles, pas de jungle ni d'insectes partout qui vous assaillent et vous piquent.

Elle était fébrile et parlait vite, enchaînant les questions et les affirmations. Il ne sut quoi dire. Depuis le matin, pour lui, les situations se succédaient, incohérentes, déstabilisantes. Impossible de suivre le même fil. Son état d'esprit changeait d'une minute à l'autre et il ne s'y retrouvait pas. Il ne savait même plus ce qu'il faisait là, dans ce bureau.

— Elle me manque, la France, insista la femme du directeur. Et à vous, elle vous manque aussi ?

Elle parlait à présent d'une voix très douce, comme vaincue. Il allait ouvrir la bouche pour lui dire un mot, n'importe quoi d'ailleurs, mais en fait de réponse il se tordit à nouveau en deux. La douleur revenait, violente. La femme poussa un cri, affolée de le voir dans cet état, ne comprenant pas ce qui se passait. Des employés accoururent des bureaux voisins et on emporta Romain sous ses yeux. Il la vit une dernière fois en haut des marches. Petite silhouette blanche contre la lumière éclatante des murs.

Les employés le conduisirent aussitôt à l'hôpital où le médecin-chef était par bonheur présent. Son diagnostic fut rapide.

— Un ulcère, à votre âge ! Quelle idée de se faire du mouron à ce point ! Romain, vous cherchez les problèmes. Qu'alliez-vous faire dans le bureau de notre directeur tout-puissant ? Ne me dites pas que vous y alliez pour sa femme, vous me décevriez. Elle est déjà atteinte d'une sévère dépression, si en plus vous allez lui faire des frayeurs ou, qui sait, des propositions malhonnêtes, on n'a pas fini !

Romain sourit faiblement. Le médecin-chef était bien le seul qui savait encore annoncer des vérités difficiles avec un humour qui les tenait à distance, manière de ne pas sombrer.

— Un ulcère ?

— Eh oui, mon ami ! Et il va falloir faire avec. Je ne vais pas vous opérer. Je préfère pas, vous le ferez quand vous retournerez en France. C'est plus sûr. Mais on va s'en occuper quand même. Un régime strict et ça ira mieux. Pas d'excitants, et surtout pas d'angoisses inutiles. Que s'est-il passé de si terrible pour qu'une crise vous ait mis dans cet état ?

Romain raconta ses soupçons sur le trafic des femmes, le récit de la mère supérieure et la présence du Chacal au carbet. Le médecin-chef l'écouta sans l'interrompre. Quand Romain eut terminé, il se leva sans rien dire et sortit de la chambre. Il revint aussitôt avec trois cahiers qu'il posa sur une petite table.

— Voilà, dit-il. Dans ces cahiers il y a des dizaines et même des centaines de récits. Plus durs les uns que les autres. Plus inadmissibles et ignobles les uns que les autres. J'en ai vu et j'en vois encore, tous les jours. C'est pour pouvoir continuer à soigner et à être utile, pour ne pas sombrer et éviter les ulcères que je les couche sur le papier. Tous les soirs depuis des années. J'envoie mes notes à un ami en France. Pour que rien de ce qui se passe ici ne soit perdu. Pour qu'on sache.

— Le docteur Mayeux ?

— Oui, c'est lui. Vous le connaissez. Il n'a l'air de rien, mais là-bas il se démène. Il fait lire mes notes à gauche, à droite, il fait tout pour qu'un journaliste vienne ici un jour, et qu'il écrive un grand article. Il rencontre des politiques aussi pour que l'un d'eux se déplace et fasse à son retour un discours à la Chambre des députés, à haute voix pour qu'aucun ne puisse plus jamais dire qu'il ne savait pas.

Romain était perplexe.

— Mayeux ! Ça alors, je ne me doutais pas qu'il était si… actif. Il était toujours à fixer l'océan de la fenêtre. Je le croyais… absent.

— Nul besoin d'être tapageur. Ici, sur le terrain, Mayeux ne tenait pas le coup. Ce n'est pas un baroudeur, c'est un homme de dossiers. Chez nous et en toute discrétion, il est très efficace. On se complète bien. Nous ne sommes pas tous pareils, l'essentiel c'est de faire, d'agir.

— L'engagement ?

— Si vous voulez, et quelle qu'en soit la manière. Mayeux n'appartient à aucun courant de pensée, pourtant il agit.

Très étonné de découvrir son instructeur sous un autre jour, Romain prit les cahiers et les ouvrit. Ils étaient remplis d'une écriture régulière et chaque récit était précédé d'une date. Il y avait çà et là de petits dessins, plutôt maladroits, d'ailleurs, mais explicites. On y voyait des forçats en train de tirer des charges dix fois plus lourdes qu'eux, des visages ravagés, des hommes nus dans des cours de bâtiments disciplinaires, des requins dévorant des bagnards morts qu'on jetait à l'eau, un couple de garçons, ménage où l'un avait les traits d'un homme et où l'autre, visiblement plus jeune, jouait en quelque sorte le rôle de la femme. Et un troquet rempli de désœuvrés.

— C'est le bar du Chinois, confirma le médecin pour répondre au coup d'œil interrogatif de Romain.

— Je ne vois pas de femmes sur vos dessins. Ni au carbet ni ailleurs. Vous ne parlez pas d'elles et vous ne les montrez nulle part ? Pourquoi ?

— À vrai dire je ne sais pas. Leur arrivée est récente. Et j'ai déjà tellement à raconter sur les bagnards. Alors… voilà.

— Que dois-je faire pour que cesse cet ignoble marché ? questionna Romain en regardant le carnet de dessins. Je voulais voir le directeur, l'obliger à prendre une décision.

C'est pour ça que j'étais dans son bureau. Mais comme je vous l'ai dit, il n'était pas là. Alors ? Que faire maintenant ?

— Diable ! Si j'avais la réponse je vous la donnerais sans hésiter. Et si je vous avouais qu'il m'arrive d'être découragé... quoi qu'on fasse, le vice et le mal suivent leur cours. On dirait qu'ici rien ne leur résiste.

Il ne put en dire davantage. Un infirmier accourait, paniqué. Un jeune bagnard venait d'être éventré par un coup de couteau lors d'une dispute. Ses viscères sortaient et il saignait comme un goret, au dire de l'infirmier. Il souffrait le martyre et il fallait tenter de le recoudre de toute urgence.

Oubliant à la seconde même et ses cahiers et sa conversation, le médecin-chef disparut avec l'infirmier. Et Romain se retrouva seul, sans réponse à ses questions. Comme toujours dans cet hôpital où les médecins ne faisaient que se croiser et n'avaient le temps que d'échanger trois mots à la volée. Romain n'avait jamais pu parler avec son médecin-chef autant que cette fois. C'était une chance. Il la devait à son ulcère. Un malade pour son chef, ça n'attend pas. Il repensa à cette conversation : « L'essentiel, c'est d'agir », avait-il dit. Il avait raison. Et pour agir ici, il fallait décider seul. Romain décida donc de prendre les choses en main. Il devait savoir ce qu'étaient réellement devenues les femmes qu'on avait mariées à des bagnards. L'idéal était de recueillir un témoignage. Marie ! Il fallait partir à sa recherche.

— Si elle est encore vivante, dit-il comme pour lui-même.

Il courut à sa chambre rassembler quelques affaires, il les enfourna dans un sac à dos et griffonna un mot à l'attention du médecin-chef :

Je pars à la recherche de la bagnarde dont je vous ai parlé. Si je n'y vais pas, personne ne le fera. Quand je l'aurais retrouvée, nous écrirons son histoire, nous l'enverrons au docteur Mayeux et tout le monde saura. Nous ne pouvons abandonner ces femmes à leur sort. Je pense en avoir pour un ou deux jours. Marie ne doit pas être bien loin, je reviens vite. Merci des mots encourageants que vous m'avez dits. Vous avez raison : il faut agir !

Puis il quitta l'hôpital.

33

La jungle est un animal qui ne se rassasie jamais. Des bouches s'y ouvrent et y dévorent en permanence. Les plantes, les insectes, les animaux, tout mastique et tout meurt, déchiqueté. Tout s'entre-tue et se désagrège sur place. Tout renaît aussitôt. Le cycle de vie et de mort n'est jamais aussi palpable que là, aussi proche.

Marie marchait sur un tapis de pourritures végétales et animales, mêlées depuis un temps qu'elle ne pouvait définir. Le jour, la nuit, les orages, la chaleur torride, les vapeurs suffocantes, tout succédait à tout sans qu'elle en voie ni le début ni la fin. Ses poumons et ses narines débordaient de ces odeurs atroces de décomposition auxquelles elle ne s'habituait toujours pas. Elle avançait avec une prudence extrême, un pas après l'autre, faisant à peine quelques centaines de mètres par jour. Face à l'immensité de la pieuvre verte n'attendant qu'un faux pas pour l'engloutir, elle faisait preuve d'un calme impressionnant, et d'une maîtrise instinctive stupéfiante. Immergée dans la végétation, elle en percevait le moindre frémissement.

Elle avait échappé aux grosses fourmis rouges en les laissant mettre sa robe en lambeaux et passer sur son corps sans bouger, elle avait tué le serpent, elle avait accepté les piqûres d'insectes inconnus sans broncher et s'en était tirée avec des boursouflures qu'elle parvenait à ne pas gratter. Elle inventait sa survie au fur et à mesure et, jusqu'ici, la mort l'avait épargnée. Sa volonté de vivre guidait le moindre de ses actes jusqu'à ses mouvements. Elle buvait l'eau qui ruisselait sur les feuilles, avalait des fruits qui poussaient par centaines, et frottait les plaies de ses joues avec des citrons. L'acidité brûlait, elle cicatriserait les piqûres. Prudente, elle savait qu'il fallait éviter de se blesser davantage en allant trop vite. Elle mesurait ses gestes et goûtait les fruits inconnus par minuscules bouchées. Puis elle attendait des heures, patiemment, de les digérer avant d'aller plus loin, pour ne pas risquer d'être empoisonnée, espérant alors qu'une quantité infime serait douloureuse mais pas mortelle. Elle avait forcé la chance et survivait minute après minute, heure après heure, jour après jour. Aucune pensée d'aucun ordre ne venait troubler l'extrême attention qu'elle portait à tout ce qu'elle faisait. La très longue habitude de méfiance qu'elle avait eue dès l'enfance, sa pratique solitaire des bois, de la faune, de la nature et de la nuit avaient développé chez elle une maturité hors normes qui, dans un cas comme celui où elle se trouvait plongée, lui fournissait des armes, fragiles certes, mais parfaitement adaptées.

Ce qui n'était pas le cas de Romain. De la forêt il ne connaissait que les sous-bois dégagés où il allait parfois pique-niquer avec les cousins, durant les grandes vacances, à l'ombre paisible des chênes. Quant à la nuit, il n'en connaissait que les soirées de fête avec les copains, et les souvenirs de l'enfant qu'il avait été et qui s'endormait dans son lit bercé par les images idylliquement dangereuses des récits d'aventures qui l'avaient fait frémir. Il n'avait jamais été dévoré par aucune fourmi, ni été piqué par aucun serpent. Une fois par une guêpe, et sa mère et sa grand-mère, affolées, étaient immédiatement accourues à ses hurlements. On l'avait frictionné, guéri, choyé. La nuit pour Romain était aussi celle de Gérard de Nerval, littéraire, romantique, tourmentée et irréelle.

Conscient de ses manques, il pensait pouvoir affronter les dangers avec la part de bon sens et d'intelligence qui lui avait été transmise et qui était ses principales qualités. Il était aussi convaincu de retrouver Marie très vite, sûr qu'une femme seule dans cette jungle n'avait pu aller bien loin. Elle ne devait pas s'être enfoncée de plus d'une centaine de mètres et elle devait être quelque part, à attendre en lisière. Il lui suffirait de longer la forêt dans un sens et puis dans l'autre, et il la trouverait. Elle pouvait avoir survécu, avec l'eau et les fruits. Mais il ne fallait plus perdre une minute. Il croisa dans les escaliers de l'hôpital un de ses collègues qu'il se contenta de saluer d'un geste de la main sans s'arrêter comme il le faisait toujours. Celui-ci s'étonna de le voir sans son inséparable serviette de cuir noir.

— Oh, Romain ! cria-t-il en mettant ses mains en porte-voix. Ta serviette ! Tu as oublié ta serviette !

Romain se retourna et répondit quelque chose que l'autre n'entendit pas. Il était trop loin, parti en direction de la forêt derrière le bar du Chinois, là où la mère supérieure disait avoir vu disparaître Marie.

La mère supérieure quitta l'hôpital quelques minutes à peine après Romain. La fièvre étant tombée, elle avait cherché à le voir pour lui dire qu'elle voulait rentrer au carbet. Mais il n'était nulle part. Le médecin-chef était occupé par une opération urgente et personne n'avait pu la renseigner.

— Vous lui direz que tout va bien, que je rentre au carbet, dit-elle à l'infirmier qu'elle croisa dans le couloir.

— Bien, répondit celui-ci sans s'émouvoir. Je transmettrai le message.

34

La toute première vision que la Mère supérieure eut en arrivant au carbet fut la silhouette d'un homme debout, devant la palissade. Il était en conversation avec un autre, négligemment assis au sol, dos à la palissade juste à côté de l'entrée.

Elle s'arrêta net, son estomac se noua. Cet homme debout, elle le reconnaissait. Le Chacal ! Dire tout ce qui lui passa par la tête à ce moment précis est impossible. Elle-même en eût été incapable. Dans son esprit régnait un véritable chaos et une seule chose claire en émergeait : un drame s'était produit. Et elle fut immédiatement convaincue du pire.

Où était le chef de dépôt et que faisait le Chacal ici au vu et au su de tous ? Comment avait-il osé s'approcher ainsi du carbet des femmes où la présence des bagnards était proscrite, formellement interdite ? Qu'avait-il fait subir aux détenues qui étaient seules et sans défense ? Et qu'allait-il lui faire ? Il faisait jour et il n'oserait sans doute rien. Pourtant c'est avec une grande appréhension qu'elle s'avança vers lui. Au fur et à mesure qu'elle approchait, elle s'aperçut qu'un silence anormal régnait autour du carbet. On n'entendait que les habituels crapauds et, au loin, les cris désordonnés des oiseaux dans les arbres. Personne ne semblait s'agiter derrière la palissade, il n'y avait aucune vie. Les jambes de la mère supérieure flanchèrent. Ce silence laissait présager le pire. Un flot d'émotion mouilla le bord de ses yeux. La fatigue des jours de fièvre avait amoindri sa capacité de résistance et fragilisé son cœur.

Elle tenta vainement de refouler ces larmes qui affleuraient à ses paupières, et c'est justement la première chose que remarqua le Chacal quand elle arriva.

— Vous pleurez ?

Elle se redressa. Il ne fallait surtout pas qu'il pense qu'elle allait se laisser faire. Elle était prête à tout affronter.

— Que faites-vous là ? lui lança-t-elle durement. Qui vous a permis de vous approcher de mon carbet ?

— Je suis là parce qu'on me l'a demandé, répondit-il sans se laisser démonter. Ma présence ici est tout ce qu'il y a de plus officiel…

Toujours des mensonges ! Qui aurait pu prendre une pareille décision ? Elle s'avança, menaçante.

— Sortez de là. Partez immédiatement !

Il eut un drôle de sourire mais, à sa grande surprise, il s'écarta sans difficulté. Elle se précipita dans l'enclos. Personne. Avant de pousser la porte du carbet, elle ferma les yeux et respira un grand coup, se préparant par avance à l'innommable. On n'entendait rien. Enfin, elle se décida.

La surprise des femmes qui la virent entrer dans le carbet avec un visage décomposé fut à la mesure de la peur qu'elle portait sur ses traits : immense. Assises sur leur siège, elles étaient en train de recoudre des pantalons de bagnard rayés. Elles furent si stupéfaites qu'elles restèrent bouche bée, incapables d'un mot. De son côté, quand la mère supérieure les découvrit, assises, calmes et bien vivantes, dans le même état que celui où elle les avait laissées le matin où elle les avait quittées, elle fut prise d'un tremblement incontrôlable et, au grand ébahissement des bagnardes, s'effondra en larmes.

Elles se levèrent toutes ensemble. Il y eut une bousculade maladroite et, enfin, quand la mère supérieure eut repris ses esprits et qu'elle fut assise, elles se mirent, et d'une même voix, à lui raconter ce qui s'était réellement passé depuis son départ.

Le chef de dépôt les avait abandonnées. Il était parti sans rien leur dire et, le soir même, le Chacal était arrivé avec des hommes.

— On l'a reconnu tout de suite, ma mère. C'est celui qui a tué Louise…

— Je ne vous dis pas la peur qu'on a eue en le voyant…

— On s'est dit qu'on allait toutes y passer…

— On était terrifiées…

— On n'osait même pas se dire un mot entre nous…

— Ni se regarder.

— On attendait que tombent les coups.

— On se préparait.

Elles avaient formé un cercle autour de la mère supérieure et parlaient les unes après les autres. Elles ne se coupaient pas la parole, elles parlaient ensemble. Les mots se succédaient facilement pour dire ce qu'elles avaient vécu. À les écouter raconter avec ferveur, et à les voir avec leurs figures encore marquées par la peur, la mère supérieure mesurait l'intensité du moment qu'elles avaient dû vivre, et les pensées terrifiantes qui avaient dû s'emparer d'elles quand elles avaient vu ce fou pénétrer dans leur carbet.

— Il est entré sans frapper. On se préparait comme on vous dit…

— Et puis, à notre grande surprise, il n'y a rien eu. Il ne nous a rien fait.

— Pas de coups, pas d'agression, rien.

— Il nous a dit de continuer à faire ce qu'on avait l'habitude de faire…

— Que sœur Odile allait revenir et qu'il se chargeait de nous surveiller en attendant. Que pour la nourriture il y aurait ce qu'il faut, comme avant, ni plus ni moins.

— Puis il est ressorti avec les autres sans s'expliquer davantage. Ils ont fermé la porte et on ne les a plus vus.

— Mais on savait qu'ils étaient là. Tous les jours et toutes les nuits. On les entendait. On a préféré ne pas essayer de mettre le nez dehors, et faire comme il avait dit.

— On a travaillé comme d'habitude. Enfin, sauf qu'on n'a fait aucun bruit. Pas de dispute, aucune. On n'avait pas envie de les voir venir et on s'est dit qu'il fallait rester discrètes. On était mortes d'inquiétude, ma mère. On ne comprenait pas ce qui se passait ni pourquoi on ne vous voyait plus. On se disait qu'ils pouvaient venir nous liquider d'une minute à l'autre si ça leur prenait.

— On a même pensé que vous étiez morte.

— Heureusement, ma mère, vous êtes revenue !

— On n'y croyait plus !

Soulagées, elles parlaient et laissaient éclater leur joie, pleuraient, riaient, et regardaient la mère supérieure avec des yeux pleins de reconnaissance. Elle, elle n'en revenait pas. C'était la première fois qu'elle recevait un tel élan d'amour. Jamais personne, hormis Charles, ne lui avait manifesté ne serait-ce que la moindre tendresse. Ce qu'elle éprouva alors en cet instant la bouleversa au plus profond de son être, et ses dernières retenues tombèrent d'un coup. Elle qui ne s'était jamais vraiment attardée sur aucune de ces femmes, elle les regardait les unes après les autres comme pour bien s'imprégner de leurs visages et de la certitude qu'il ne leur était rien arrivé de mal. Elle s'en sentait responsable comme jamais elle n'aurait cru qu'elle pourrait l'être de personne. Des larmes silencieuses coulèrent le long de ses joues et elle ne chercha pas à les arrêter. Elle s'était imaginé trouver un champ de ruines et de mort et elle s'abandonna au soulagement de les retrouver vivantes. Jamais autant qu'en cet instant elle ne se sentit la « Mère » dont elles avaient tant espéré le retour. Et elle réalisa à quel point elles lui avaient manqué.

— Ça y est ! Ils sont partis.

Confortée par la présence de la mère supérieure, une détenue avait osé jeter un œil à l'extérieur et elle revenait annoncer la bonne nouvelle : le Chacal et ses bagnards s'en étaient allés comme ils étaient venus. Silencieux.

La mère supérieure eut alors une pensée pour cet homme qui avait protégé ses détenues, lui qui avait tué Louise froidement et sans raison. Décidément, plus rien ne semblait devoir se raccrocher ici à un ordre normal, et elle ressentit la violence de cet état instable et sans repères avec lequel elle allait désormais devoir vivre, jour et nuit.

35

Marie était dans la jungle depuis une semaine. Cela faisait trois jours qu'à cause de la tension, de l'immense fatigue et des piqûres diverses d'insectes elle ne dormait plus, et elle tenait par on ne sait quel miracle. Elle était courageuse et vaillante. Comme ces paysans qui ont appris à ne pas céder quand la nature résiste. Elle était endurcie et avait acquis à leur contact une longue pratique de l'obstination. Elle marchait ainsi depuis des jours sans jamais se laisser aller à la moindre faiblesse quand, à travers ce feuillage épais et difficile, elle se retrouva soudain face à un espace ouvert.

— L'allée des bambous !

Marie en aurait sauté de joie si elle en avait eu la force. Un miracle ! Elle reconnut immédiatement l'endroit qui l'avait tant fait rêver et elle écarta fébrilement les dernières branches qui l'en séparaient. Quand elle fut sous la voûte des bambous et qu'elle put les toucher, elle tomba à genoux, épuisée.

— C'est l'allée ! répétait-elle. L'allée des bambous ! Et les rails !

Elle les toucha pour bien vérifier qu'elle ne rêvait pas. Oui, c'était bien l'allée merveilleuse qu'elle avait découverte au cours des promenades du dimanche et qui conduisait ailleurs, vers une autre ville. Elle était donc sauvée ! Il lui suffirait de suivre ces rails et d'aller vers la lumière. Jusqu'au bout. Enfin, elle allait revoir le ciel et la clarté du jour que les masses des cimes d'arbres lui cachaient depuis des jours. Pleine d'espoir, elle se releva et se mit en route sans attendre. L'épuisement, les douleurs, le sentiment d'être ensevelie vivante dans un tombeau de verdure qui n'en finissait jamais, elle ne sentait plus rien. Mais maintenant elle avait un chemin à suivre. Posant ses pieds l'un derrière l'autre, elle avançait tremblante de joie entre les rails, guidée par eux après tant de marche solitaire à aller au hasard et à se frayer des passages. Ces rails étaient miraculeux. Et elle se mit à leur parler comme elle aurait parlé à un compagnon de route.

— Cette fois c'est la bonne. Vous allez me conduire, on va y aller ensemble. On est sauvés !

Elle marcha comme ça, pendant plus de deux heures, portée par un espoir immense. Tout allait parfaitement bien. Soudain elle s'arrêta net. Une pensée venait de lui traverser l'esprit. Devant elle, minuscule tache au loin, le halo de lumière brillait. Elle vit volte-face et regarda dans l'autre direction. Le minuscule halo était là aussi, toujours au loin devant elle, et il l'appelait de la même manière. Elle tourna vivement la tête à gauche puis à droite. Il y avait deux halos de lumière, chacun à sa place au fond des deux perspectives de l'allée. Dans sa précipitation elle n'y avait pas pensé. Bien évidemment, à Saint-Laurent, elle ne voyait qu'une direction. Il ne pouvait y avoir qu'un sens. Mais ici, elle était en plein milieu de n'importe où. Quelle était la bonne direction ? Il se pourrait qu'elle soit en train de faire marche arrière. Au lieu de se diriger vers cette ville inconnue, elle était peut-être tout bonnement en train de revenir à Saint-Laurent. Cette découverte la laissa sonnée, hagarde. L'épuisement revint peser sur ses épaules comme du plomb. Ne sachant que décider, n'ayant plus que très peu de forces, elle se laissa tomber sur le talus au bord des rails, silencieuse et immobile, les yeux perdus dans le vide comme dans une immense cathédrale.

Elle y serait sans doute restée très longtemps s'il n'y avait eu un bruit pour la sortir de sa torpeur. Un bruit qui lui rappelait quelque chose. Mais quoi ? Elle tendit l'oreille. C'était un roulement. Ou un frottement. Impossible de dissocier l'un de l'autre. C'était un frottement et un roulement, ensemble, accompagnés de sons sourds. Quelque machine sur les rails ? Mais il n'y avait pas de train à Saint-Laurent. Et ces coups sourds ? Qu'est-ce que cela pouvait bien être ? Elle chercha dans sa mémoire, rien ne lui vint. Son cerveau manquait de nourriture et de sommeil, il ne répondait plus. Elle vacilla, tenta de se retenir mais, sans qu'elle pût rien faire pour les en empêcher, ses yeux se fermèrent et elle s'écroula. Elle roula contre le talus et disparut dans un bouquet de hautes fougères d'où s'enfuit un animal inconnu, rampant et effrayé. Après quoi elle plongea instantanément dans un lourd sommeil.

Sous la voûte de verdure, juste avant que ne tombe la nuit, le peuple de la forêt s'agitait, bruissant au-dessus de Marie qui dormait profondément, écrasée de fatigue, sous les fougères. Des martins-pêcheurs passaient à vive allure, ainsi que des hirondelles noir et blanc qui se dépêchaient d'attraper au vol quelque sauterelle imprudente ou quelque insecte maladroit. D'étranges coléoptères faisaient un bruit affreux, ils étaient si lourds qu'on ne pouvait comprendre comment ils parvenaient à se maintenir en l'air. Le sol aussi bruissait d'activités intenses. Des poux, des fourmis, d'invraisemblables insectes microscopiques de toutes sortes, plus surprenants les uns que les autres, pullulaient et partaient en chasse. De temps à autre un animal apparaissait, surpris de se retrouver à découvert au cœur de l'allée. Il ne s'attardait pas et disparaissait à toute vitesse dans les épaisses broussailles. La pluie se mit à tomber. Une pluie fine et pénétrante. Marie se réveilla, trempée. Le temps qu'elle se rappelle où elle se trouvait, elle s'apprêtait à se lever quand elle entendit des voix d'hommes. Ils étaient à deux pas. Ils ne pouvaient pas la voir, cachée dans le talus en contrebas. Ils avaient tiré un corps d'une curieuse charrette posée sur les rails et, de ce qu'elle en comprenait, ils se disputaient au sujet de cet homme.

— Il ne faut pas le ramener, je te dis, expliquait l'un. Il va tout raconter.

— Et alors, on s'en fout. Tout le monde sait déjà.

— Oui, mais celui-ci ne va pas en rester là, c'est un jeune, il va vouloir remettre de l'ordre et les autres se croiront obligés de suivre. Je les connais.

— Si on le liquide, c'est pire. Faut pas oublier, c'est un toubib. Et les toubibs ils sont sacrés pour la pénitentiaire. Ils ne vont pas aimer qu'on leur en supprime un.

— Personne ne saura que c'est nous.

— Tu parles !

— Ils ne pourront rien prouver.

— Tu crois qu'ils ont besoin de prouver quoi que ce soit ? On passera au billot, je te dis. Ça ne fera ni une ni deux, et le Chacal se fera un plaisir de nous couper la tête.

— Pourquoi nous ? Ça pourrait être n'importe lequel d'entre nous.

— Peut-être mais nous sommes de corvée de chariot aujourd'hui. Et le toubib, c'est aujourd'hui qu'il est parti en forêt. T'as compris ?

— Qu'est-ce qui t'a pris de le frapper ?

— Il m'a surpris. Je ne m'attendais pas à le voir surgir comme ça. Et puis, qu'est-ce que tu voulais qu'on lui explique ? Que le mouflet qu'on était en train d'enterrer était tombé du ciel !

— Non, mais...

— Ils sauront vite que c'est celui de la femme qu'on a mise au turbin au camp pour les orpailleurs de passage.

— On aurait pu dire qu'il était mort à la naissance.

— Tu parles ! Le moindre idiot aurait pu voir que nous l'avions étouffé, t'as tellement serré le cou qu'il était violet. On peut tout faire ici, à une condition, ne pas obliger les autorités à voir et du coup à sanctionner. Ce jeune toubib, il aurait fait un sacré raffut !

— Alors… on fait quoi avec lui ?

— On le laisse là, près des rails. Le prochain convoi le trouvera. Il ne faut pas que son corps disparaisse, ce serait pire. Si on le laisse là, ils penseront qu'il lui est arrivé quelque chose, mais ils ne penseront pas obligatoirement à nous.

— Tu crois ? insista l'autre, pas convaincu.

— Mais oui, je te dis ! Il faut qu'ils aient son corps, sinon on n'a pas fini d'en entendre parler ! Ils vont nous envoyer en patrouille à sa recherche. T'as envie de te farcir des heures en forêt à patauger dans cette merde, toi ? Et puis c'est là qu'ils auront le temps de cogiter et qu'ils penseront à nous. On sera des coupables tout désignés et on leur servira à régler le problème.

— Tu as peut-être raison. Mais… vérifie qu'il est bien mort. Faudrait pas qu'il se réveille.

— T'inquiète pas, avec le coup de barre que je lui ai mis, il ne risque pas de s'en remettre. Au prochain passage ils auront un macchabée bouffé par les fourmis. Impossible de savoir ce qui lui sera arrivé.

Trempée et grelottante, Marie écoutait leur conversation. Elle ne pouvait pas voir leurs visages, à moins de bouger et de se faire repérer. Risque qu'elle n'aurait pris pour rien au monde, d'autant que le rideau de pluie était si serré qu'il l'aurait gênée. De toute façon, elle n'avait pas besoin de voir le visage de ces hommes. Elle savait déjà qui ils étaient.

— Qu'est-ce qu'il fichait là, ce toubib ? reprit le premier tout en tirant le corps dans la boue.

— Il cherchait la femme de Charlie, celle qui s'est carapatée du bar du Chinois. C'est Kéké l'infirmier qui me l'a dit ce matin. Ce toubib s'est tiré de l'hôpital pour ça. Un chevalier blanc, ce con. Et vois où il finit. Qu'est-ce qu'il croyait, ce minable ? Qu'il allait blanchir tout ça ? Il avait pas la carrure. Allez, viens vite, on file, sinon à la Tentiaire ils vont se demander ce qu'on fout.

Ils s'installèrent, l'un devant, l'autre derrière, et ils se mirent à courir en poussant l'étonnant chariot sur les rails en direction de Saint-Laurent. Les coups sourds que faisaient les pas de leur course sur le sol boueux et le roulement du chariot qui frottait et éclaboussait sur les rails ruisselants s'éloignèrent. Ils disparurent. Marie avait fermé les yeux. Elle se souvenait maintenant. Ce roulement, ces coups sourds, c'était ceux qu'elle entendait la nuit quand elle essayait de distinguer l'origine des sons extérieurs depuis le carbet. Elle s'était interrogée sur ce bruit particulier et maintenant elle avait la réponse. Il n'y avait pas de train, pas de locomotive, c'était tout simplement des bagnards qui comme des bêtes de somme poussaient une carriole sur les rails. Voilà pourquoi elle n'avait pas trouvé.

Comment aurait-elle pu imaginer que des êtres humains jouaient le rôle de locomotive ? D'ailleurs, d'où venaient-ils ? De la ville à laquelle elle avait pensé ? Celle où elle voulait aller ? Elle rouvrit les yeux.

Elle pouvait voir le corps du jeune médecin mais elle n'osait pas bouger, pétrifiée. Il la cherchait, pourquoi ? Et ce bébé ? Et la femme dont ils avaient parlé, qui était-ce ? Anne, Rose ? Une autre ? Les heures passaient, Marie ne bougeait toujours pas. La pluie avait cessé et la nuit était totale. Elle ne discernait que la masse du corps du médecin couché à quelques mètres d'elle. Et elle ne put voir qu'il ouvrait les yeux.

Romain se demandait où il était. Sa tête lui faisait affreusement mal et il avait un goût acre de sang dans la bouche. Il essaya de bouger la main mais elle ne lui répondait pas. Il essaya l'autre, puis une jambe, puis l'autre. Plus rien ne répondait. Il n'osait comprendre. Les idées les plus folles se bousculaient dans sa tête. Il était paralysé et seul. Il allait crever là. Horrifié, il essaya encore. Impossible de bouger un seul doigt. Il ne put retenir un cri de terreur. Mais personne ne pourrait l'entendre. Il s'apprêtait pourtant à crier plus fort encore et à appeler au secours quand il entendit un crissement. Il dressa l'oreille, quelqu'un marchait. C'est là qu'il vit des pieds s'arrêter à hauteur de son visage. Ne pouvant faire aucun mouvement, il se contenta de tourner son regard vers le haut, et il découvrit une femme qui le regardait avec des yeux ahuris.

— Vous êtes vivant ? questionna Marie, incrédule, en se penchant sur lui.

— Oui.

Il pouvait parler, nota-t-il en son for intérieur. C'était déjà ça. Et une femme était près de lui. Il ne se demanda même pas qui elle était ni ce qu'elle faisait là. Il serait temps de voir après. Mais lui, comment était-il arrivé là ? La mémoire lui revint, il avait vu deux hommes en train d'enterrer quelque chose, il s'était approché pour comprendre ce qu'ils faisaient et avait pris un coup derrière la nuque. Et il se retrouvait seul, allongé en pleine jungle au cœur de la nuit… Romain savait établir un diagnostic. Les cervicales avaient été touchées, mais il ne pouvait savoir jusqu'à quel point. Suffisamment pour le paralyser, mais pas assez pour qu'il ait perdu toutes ses capacités. Il pouvait réfléchir, et parler normalement. En forçant, il sentit même qu'il pouvait faire de tout petits mouvements. Mais il ne fallait surtout pas bouger, c'était sa seule chance de ne pas aggraver les choses. En attendant il devait tenir et il fallait que cette femme aille chercher des secours. Le médecin-chef viendrait. Il serait peut-être opérable. Romain réfléchissait à toute vitesse en essayant de garder son sang-froid. Il ne se faisait pas d'illusions sur les possibilités qui lui restaient de retrouver l'usage de ses membres mais il ne voulait pas y penser. Il voulait d'abord sortir de là le plus vite possible.

— Écoutez, dit-il calmement, je ne peux plus bouger… vous allez m'aider. Vous devez aller... à Saint-Laurent... avertir le médecin-chef... à l'hôpital...

Elle hésita.

— Vous m'entendez ? Vous devez aller à Saint-Laurent...

— Non.

Il n'en crut pas ses oreilles. Elle refusait, pas une seconde il n'avait envisagé cette réponse.

— Je ne vais pas à Saint-Laurent, je vais de l'autre côté, précisa-t-elle alors comme si elle était dans une situation normale où quelqu'un lui aurait demandé un simple service.

Il avait du mal à comprendre. Que disait-elle ?

— De l'autre côté ? fit-il. Mais... où ?

— Vers l'autre ville.

Il tombait des nues. De quelle ville parlait-elle ? Il devina qu'elle était la femme qu'il recherchait. Il n'y avait pas de femmes blanches en pleine jungle. C'était donc pour elle qu'il se retrouvait là, et elle, elle refusait de l'aider. Il comprit que ça n'allait pas être aussi simple qu'il l'avait cru. Il fallait pourtant la décider. Après tout, ici, personne n'avait l'air tout à fait normal. Il rassembla tout ce que son métier lui avait appris de calme et de psychologie.

— Mais de quelle ville parlez-vous ? demanda-t-il.

— De celle qui est de l'autre côté. Je sais que cette allée des bambous va quelque part, vers une autre ville, et c'est là que je vais. Je ne peux pas retourner à Saint-Laurent.

Romain ne put retenir une affreuse grimace de douleur. Maintenant il devait aller vite. Il ne savait pas qui avait pu lui dire qu'il y avait une ville au bout de cette allée, mais il était urgent de la détromper. Il souffrait atrocement et ne pouvait se permettre le moindre faux mouvement. Il essaya de ne pas paniquer et respira le plus lentement possible.

— Il n'y a pas de ville au bout de ces rails, expliqua-t-il d'une voix épuisée. Il y a juste… un camp de bagnards… Le plus affreux qui soit. Un camp de mort… C'est la jungle humaine là-bas… N'y allez pas…

Une jungle humaine ! Marie écoutait cette révélation, anéantie et dubitative. Ainsi, à l'autre bout des rails, il n'y avait pas la ville active et le port salvateur qu'elle avait imaginé, mais un camp de mort et de boue ? Il mentait.

— Vous dites ça pour que j'aille à Saint-Laurent pour vous. Mais je n'irai pas, je n'y retournerai pas, je vous l'ai dit. Ils sont fous…

— Je vous jure qu'ils sont bien plus fous là-bas ! Je vous le jure sur ma tête, sur ceux que j'aime, je vous en conjure, croyez-moi… n'y allez surtout pas !

Romain était à bout. Il éructait, il ne savait plus quoi dire, cette femme était convaincue qu'elle pouvait s'échapper. Quelle folie !

— Il n'y a que la jungle… partout, d'où que vous vous tourniez, et là-bas il y a un camp où les hommes meurent… et rien d'autre, je vous le jure, Marie, croyez-moi, je dis la vérité.

Il l'avait appelée par son prénom et ses paroles sonnaient juste. Cette fois, les certitudes de Marie furent ébranlées. Son seul espoir de s'enfuir était réduit en cendres. Elle comprit que le bagne était partout et qu'il n'y avait plus rien d'autre autour d'elle que son horrible et tentaculaire présence. Et elle sut qu'elle ne pourrait jamais quitter cet enfer. À sa grande stupeur, Romain la vit blêmir et s'asseoir sur le talus pour ne plus en bouger.

— Non ! Non ! Ne vous asseyez pas, supplia-t-il, toujours allongé sur le sol. Il faut aller chercher quelqu'un ! Pitié, vite ! J'ai mal... je ne pourrai pas tenir. Je vais mourir, je vous en prie !!! Je ne peux pas bouger, si je bouge même à peine, je vais mourir...

Mais Marie ne répondait plus. Son regard était déjà loin.

— Vous m'entendez ? Vous comprenez ce que je dis ?

Il insista, en vain. Et cette fois, il paniqua. Il comprit que Marie avait vécu des chocs successifs si violents que son psychisme en était atteint de façon très profonde. Elle fuyait le réel. Son cerveau et son corps étaient si affaiblis que plus rien en elle ne pouvait réagir. Marie était anéantie. Et il comprit qu'il allait mourir là, avec à côté de lui cette femme qui pouvait le sauver mais qui ne bougerait pas. Il cria, il essaya encore de la secouer en l'invectivant, en lui jetant des insultes. En vain.

Tout défila alors dans sa tête. Ce qu'il voulait accomplir, ses rêves, des paysages, et ceux qu'il aimait, tout se bousculait dans un chaos inimaginable. Et il pleura comme un enfant perdu qu'on aurait trahi.

— C'est pas possible… je ne peux pas mourir… pas après tout ce que j'ai appris, tout ce que je dois faire… c'est pas possible… pas là… pas comme ça…

Marie l'entendait comme à travers un songe. De ce qu'il disait elle ne percevait qu'un son étouffé et les mots n'avaient pas de sens. Il y avait juste une voix qui parlait et c'était une musique enveloppante dans laquelle elle se laissait bercer. Elle entendait bien qu'il appelait au secours mais elle ne faisait aucun lien avec elle-même. Ça ne la rendait ni triste ni désespérée. Elle était seulement absente. Elle avait juste envie de ne plus être là, de ne plus vivre. Elle ne quitterait rien d'extraordinaire puisqu'on lui avait tout pris, jusqu'à l'espoir. Des souvenirs passaient dans sa tête engourdie comme seraient passés des nuages dans un ciel léger. Des souvenirs de rien, des bouts de choses de sa vie. Les coteaux autour d'Oloron, l'aboiement du chien de la ferme, la douceur des agneaux, le vert cru de l'herbe au printemps, le goût des châtaignes, les bateaux le long des quais de Bordeaux, la foule dans la rue Sainte-Catherine, la chemise de soie dans la poubelle, la voix du maître d'hôtel qui râlait tout le temps, le carré de ciel depuis sa chambre, et des visages, au hasard. Le temps passa, les heures filèrent les unes après les autres. Romain avait cessé d'appeler depuis longtemps, il ne bougeait plus. Le froid glacial était tombé en même temps que la profondeur de la nuit. Il piquait si fort qu'il sortit

Marie de sa torpeur. Elle retrouva ses esprits et regarda Romain. Le médecin semblait dormir. Elle s'agenouilla près de lui et colla son oreille contre son cœur. Il ne battait plus. Elle hésita et posa à nouveau son oreille, en appuyant bien. Cette fois elle crut entendre un battement, mais très faible et irrégulier. Elle devait faire quelque chose, l'aider. Mais ça voulait dire qu'il lui fallait retourner à Saint-Laurent. Et ça, c'était impossible pour elle. Comment arriver à l'hôpital sans être vue ? Charlie et les autres étaient partout. Ils la reprendraient et la remettraient dans la case derrière le bar. Cette seule idée était au-delà du supportable. À ce qu'elle avait vécu, elle préférait la mort. Elle était plongée dans ses pensées, cherchant une solution et ne la trouvant pas, quand Romain parla à nouveau.

— J'ai mal... je ne veux pas mourir...

Elle crut qu'il s'était réveillé, mais il délirait. Elle devait se décider, elle le savait mais n'y parvenait pas. Pourquoi retourner vers l'enfer, pourquoi ramener ce médecin à la vie ? Lui aussi devrait mourir un jour, alors que ce soit là ou ailleurs... Elle se releva, décidée à aller se rasseoir au bord du talus et à ne plus en bouger, quand elle aperçut un large ruban noir qui se dirigeait vers le corps de Romain en ondulant. Un frisson d'horreur la parcourut. Le ruban était une file interminable de milliers de fourmis, de celles qui dévorent tout sur leur passage. La vision du danger déclencha instantanément chez elle des réflexes de protection. Elle retrouva en une seconde toutes les capacités de réaction accumulées dans sa vie. Impossible d'écraser les fourmis, elles étaient trop nombreuses. Il fallait autre chose. Elle avait remarqué un gros citronnier couvert d'énormes fruits en arrivant. Il ne devait pas être loin. Elle y courut et le retrouva, arracha des citrons et revint les presser entre le corps de Romain et le ruban, espérant que l'acidité du jus éloignerait les monstrueuses bestioles et les empêcherait d'accéder à son corps. Il était temps, les fourmis n'étaient plus qu'à moins d'un mètre. Marie agissait à l'instinct, elle ne savait pas si son idée serait efficace mais de son enfance elle avait retenu qu'il fallait réagir vite aux situations imprévues et faire avec ce que l'on avait sous la main. Tout en continuant de presser les citrons pour établir autour du corps de Romain une barrière acide, elle ne quittait pas des yeux le ruban noir des fourmis, attendant le moment où elles parviendraient à l'endroit où était le jus. Mais celles-ci avançaient inexorablement et Marie crut avoir perdu quand, soudain, la tête du ruban stoppa net son avancée et les fourmis se dispersèrent, affolées. Marie en aurait presque sauté de joie. Elle avait réussi. Cette action énergique lui rendit sa volonté et sa lucidité. Romain ne bougeait toujours pas et ses yeux restaient clos. Cette fois elle se pencha vers lui sans hésiter et elle prit sa main.

— Attendez-moi, dit-elle. Je reviens.

Elle ne savait pas que dans son coma il l'entendait sans pouvoir lui répondre. Il notait que le ton de la voix était net. Elle semblait sûre d'elle maintenant. Il l'avait donc convaincue.

— J'ai confiance, pensa-t-il. Revenez vite.

Elle ne l'entendit pas mais lui l'écouta qui s'éloignait en courant et il en fut bouleversé. Il serait sauvé.

36

Marie volait, soulevée par une force inhabituelle. La vie du jeune médecin ne dépendait que d'elle. Elle ne pensait plus à ce qui allait lui arriver, elle était tout entière tournée vers un seul but, trouver le médecin-chef. Elle allait entre les rails sans s'arrêter et sans penser au temps qu'il lui faudrait. Toutes ces notions habituelles qu'elle avait perdues depuis qu'elle était entrée dans la jungle. Elle marcha, courut, marcha encore et, enfin, elle arriva à Saint-Laurent. Le jour s'était levé et le soleil tapait déjà très fort. Au froid glacial de la nuit succédèrent la chaleur étouffante du jour et les vapeurs humides. Elle cligna des yeux, bouleversée de revoir la lumière du ciel après avoir passé des jours ensevelie dans l'ombre sous la voûte des grands arbres. Elle était si sonnée qu'elle ne réalisa pas qu'elle se trouvait au beau milieu de l'allée à la vue de tous et ne vit pas les deux bagnards chargés de la corvée d'eau qui arrivaient en poussant un lourd tonneau devant eux. Par chance, absorbés dans leur tâche difficile, ils passèrent près d'elle sans la voir. Elle poussa un soupir de soulagement, recula et se glissa en lisière dans un bosquet. Là elle réfléchit. Comment aller jusqu'à l'hôpital sans se faire attraper au passage par un homme de Charlie ? Ils étaient tous là, partout. Elle les voyait depuis sa cachette qui traînaient dans la rue, groupés devant le marché Étienne, ou assis sur les marches devant l'église. Elle chercha toutes les solutions. Contourner par le nord, le sud, l'est ? C'était pareil, on revenait toujours au point de départ. Impossible de leur échapper. Bien sûr, elle pourrait crier et se débattre s'ils tentaient de la reprendre. Mais qui interviendrait ? Personne ne se souciait d'entendre des cris, il y en avait tout le temps. Soudain elle le vit. Charlie ! Son mari ! Celui qui lui avait parlé d'amour sous le kiosque avec une voix de miel, celui auquel elle avait fait confiance et qu'elle avait même cru pouvoir aimer. Il marchait avec superbe, sourire aux lèvres. Elle manqua défaillir. La seule vue de cet homme qui avait été la pire des rencontres qu'elle ait faites dans sa vie, provoqua en elle une angoisse paralysante. Maintenant qu'il était devant elle, elle ne comprenait pas comment elle avait pu revenir. Elle se remémora le jour où, juste après le mariage expédié par un fonctionnaire, il l'avait conduite à la concession. Quelle désillusion devant les lieux ! De la paille, de la terre battue envahie par les poux et autres insectes, et une seule pièce. Où était la villa dont il lui avait parlé, et les chambres ? Elle avait aussi découvert des habits de femme qui pourrissaient dans un coin. Il lui avait alors annoncé sans ciller qu'il avait déjà été marié et que la cahute avait abrité son premier couple. Elle n'avait pas eu le temps de poser d'autres questions. Il avait coupé court avec une voix changée, dure, froide et insensible. Il était méconnaissable. Puis il l'avait laissée seule et il n'était revenu que le lendemain avec deux autres hommes. Ils l'avaient menacée, violentée, puis ramenée de nuit à Saint-Laurent et enfermée dans la case derrière le bar du Chinois. Marie tremblait encore de terreur au souvenir de ce qu'elle y avait vécu. Et lui, Charlie, il était là, à marcher dans la rue. Malgré sa tête fatiguée de bagnard, il avait l'air normal, souriant. De toute façon, aucun homme ici n'avait un physique épargné par la dureté des conditions de vie et aucun n'avait l'air rassurant. Comment aurait-elle pu savoir ? Rien ne l'avait préparée à une pareille rencontre. Elle se recroquevilla plus encore, comme s'il pouvait la trouver. Elle tremblait de tous ses membres, elle n'était plus rien qu'une petite chose apeurée, incapable du moindre geste et de la moindre volonté.

C'est là, en lisière au bord de l'allée, qu'en fin de journée la femme du directeur, qui était venue se promener comme chaque jour, la découvrit.

— Qui êtes-vous ? demanda-t-elle en s'approchant.

Marie regardait cette femme élégante qui tombait du ciel, sans comprendre.

— N'ayez pas peur, reprit-elle. Je suis la femme du directeur de Saint-Laurent. Je ne vous veux aucun mal. Mais vous, que faites-vous là ?

Marie n'avait jamais vu la femme du directeur, et pour cause. Comme les autres bagnardes, Marie était toujours enfermée au carbet, et à l'heure des sorties elles ne croisaient personne. Délicate, soignée, la femme portait un chapeau de paille qui la protégeait du soleil et elle faisait tourner une ombrelle du bout de ses doigts gantés de blanc. Marie n'osait pas bouger. Elle tournait et retournait les questions dans sa tête quand la femme, n'obtenant pas de réponse, s'apprêta à quitter les lieux. Elle aussi avait pris l'habitude de s'accommoder de tout.

— Bon, fit-elle tout en se remettant à faire tourner son ombrelle. Eh bien, puisque vous ne voulez rien me dire, au revoir, mademoiselle.

Mademoiselle ! Cette formule de politesse eut un grand effet sur Marie. Elle ne se souvenait pas qu'on lui ait jamais adressé la parole avec cette civilité. Cette femme était quelqu'un d'important. Et si Marie ne lui répondait pas tout de suite, elle allait partir. Or elle pouvait l'aider, cette façon respectueuse avec laquelle elle lui avait parlé en avait convaincu Marie. Elle avait été très rarement vouvoyée dans sa vie. Il ne fallait sûrement pas laisser partir cette femme. Elle représentait une chance inespérée. Surmontant sa peur, elle se jeta à l'eau.

— Madame, le médecin va mourir. Il faut aller le chercher.

— Le médecin ?

Marie avait prononcé le mot qu'il fallait.

— Oui, s'empressa-t-elle d'expliquer, voyant le fort intérêt qu'elle avait provoqué. Un médecin est malade dans la forêt. Il ne peut plus bouger, il faut aller le chercher très vite. Sinon il va mourir.

— Mourir ! Mais qui est ce médecin ?

Marie la sentait qui réfléchissait et une peur panique la reprenait. Charlie allait les voir, il allait arriver.

— Je l'ai vu, c'est un jeune médecin, enchaîna-t-elle fébrilement. Il faut aller à l'hôpital. Lui dire ! Vite, vite, madame ! Il me l'a demandé…

Il y avait peu de jeunes médecins à Saint-Laurent et la femme du directeur se souvenait parfaitement bien de celui qu'elle avait surpris dans le bureau de son mari. Elle n'en demanda pas plus. Puisque cette femme disait qu'il avait besoin d'aide, il fallait y aller. Refermant son ombrelle, elle saisit la main de Marie et l'entraîna en courant vers l'hôpital. Il fallait à tout prix sauver ce jeune homme.

Marie se retrouva dans la rue principale de Saint-Laurent sans avoir eu le temps de comprendre. Elle serrait la main de la femme et courait sans rien voir ni rien regarder. Elle passa tout près de Charlie qui traînait avec deux autres libérés. Ce dernier la reconnut aussitôt. Paralysé de stupeur, il ne put que la regarder passer en direction de l'hôpital sans pouvoir intervenir. Elle était intouchable. Elle était avec la femme du directeur.

Les deux femmes arrivèrent à l'hôpital essoufflées, et la femme du directeur poussa toutes les portes sans s'encombrer de rien. Ni de questions pour savoir où était le médecin-chef ni d'autorisation pour le chercher, ce qui leur évita une perte de temps considérable. Grâce à son intervention énergique, elles le trouvèrent rapidement et il partit sur-le-champ avec deux infirmiers et un brancard. Quand ils arrivèrent près de Romain après deux heures de marche, il était toujours sans connaissance mais vivant. Il ne se réveilla que très peu. Juste le temps de reconnaître son médecin-chef et de lui dire ces mots énigmatiques :

— Maman avait raison… vous lui direz, pour Fragonard… la lumière… l'allée. C'était comme la France… parfumé… si doux…

Puis il perdit connaissance. Avec mille précautions sur un chemin difficile, le médecin-chef réussit le tour de force de le ramener à l'hôpital encore en vie. Mais la fracture des cervicales était sérieuse, et le matériel sur place pas assez performant. Il fit tout ce qu'il put, mais ne parvint pas à le sauver, et Romain, le jeune médecin qui avait tout ensemble rêvé d'engagement, d'aventures et de terres lointaines, mourut la nuit suivante sans avoir repris connaissance.

Le médecin-chef ne se souvenait pas d'avoir jamais ressenti une peine aussi profonde. Il se répéta les derniers mots de Romain et se demanda ce qu'ils pouvaient bien signifier. « La France, le parfum, Fragonard… ? » il ne connaissait que très vaguement le nom de ce peintre et n'aurait pas pu citer une de ses œuvres, encore moins décrypter le sens de cette ultime et mystérieuse confidence. Il eut mal et se sentit coupable. Il pensait qu'il n'avait pas su trouver les mots justes pour calmer les incertitudes de ce jeune homme dont il regrettait déjà douloureusement l'amicale et légère compagnie.

37

Marie fut ramenée au carbet par la femme du directeur qui s'opposa énergiquement à ce qu'un surveillant le fasse à sa place.

— C'est moi qui ai trouvé cette femme, je m'en occupe. Il n'est pas question qu'il en soit autrement.

Le surveillant en chef crut pouvoir insister. La femme du directeur était connue pour être fantasque, on disait même à mots couverts que depuis qu'elle était à Saint-Laurent elle « déraillait carrément ». Mais quand il essaya de la dissuader, elle le menaça sans aucune retenue.

— Qui êtes-vous pour me dire ce que je dois faire ? lui lança-t-elle d'un ton autoritaire. Vous n'avez aucun ordre à me donner, je fais ce que je veux.

Il faillit la rabrouer mais se retint. Elle était la femme du directeur et ce dernier n'apprécierait pas qu'on la remette à sa place. Le surveillant en chef comme d'autres avait déjà eu affaire à l'ego monstrueux de son supérieur.

Marie assistait à la scène avec stupéfaction. Elle regardait cette petite femme tenir tête à cet homme deux fois plus grand qu'elle et dont on devinait à son bureau lustré et son habit blanc à boutons dorés le rôle important, et elle n'en revenait pas qu'une femme puisse le faire plier. Surtout que ce dernier, avec un sourire, crispé certes, mais cependant courtois, en rajouta. Il se leva, la salua respectueusement et s'exécuta.

Que cette femme frêle aux airs un peu égarés ait un tel pouvoir et en use avec une telle autorité laissa Marie abasourdie. Jamais de sa vie elle n'avait vu une femme oser se dresser face à un homme qui représentait l'ordre et la loi et obtenir aussi rapidement ce qu'elle voulait sans avoir à se battre. Au contraire, même, en étant cérémonieusement remerciée et reconduite. Tout en marchant vers le carbet, Marie observait le profil de cette petite femme apparemment insignifiante mais devant laquelle tous s'écartaient. Charlie le premier qui, lorsqu'il les vit revenir, disparut précipitamment comme s'il avait vu le diable.

Marie était passée entre des mains si violentes qu'elle s'était crue anéantie à jamais. Avec cette femme, elle eut le sentiment qu'elle tenait un espoir. Et même mieux, une arme. Parce que cette femme était là, à ses côtés, elle eut le courage de tout raconter à la mère supérieure. Elle se libéra. Il pouvait tout arriver, désormais, elle dit tout sans rien omettre, avec des détails sur tout ce qu'elle avait vu, vécu et entendu depuis que Charlie l'avait emmenée. Elle fut intarissable. Elle se vida de tout son mal et de toutes ses terreurs. Pas une seule seconde la mère supérieure ne douta de la véracité de son récit. Trop d'intuitions l'avaient mise sur la voie. L'humanité lui apparut monstrueuse et en elle le chaos fut immense.

Saisie, la femme du directeur avait pris la main de Marie et son regard égaré retrouvait au fur et à mesure le chemin de la réalité. Elle approuvait de la tête chaque parole prononcée, quittant petit à petit le monde de rêve dans lequel elle semblait s'être à jamais réfugiée. Et quand enfin Marie eut tout dit, elle fut la première à parler.

— Comment cela est-il possible ? dit-elle. Qu'allons-nous faire ?

Marie ne s'attendait pas à une réaction aussi spontanée de la part de cette femme que rien ne destinait à croiser son chemin de bagnarde. Or, non seulement la compassion de cette dame ne semblait pas feinte, mais elle parlait d'agir avec une solidarité inattendue. La mère supérieure en fut aussi surprise que Marie.

— Je ne sais pas ce qu'on va faire, répondit-elle, ni surtout ce qu'on peut faire. Nous sommes épuisées, et si loin de France. Ici les gens meurent ou passent. Rien ne dure… mais… vous avez raison, il faut faire quelque chose.

Marie remarqua que dans la voix de la religieuse toute trace d'autorité avait disparu, laissant place à une détermination nouvelle, dénuée de l'agressivité qui y pointait habituellement.

— … Oui, continua la mère supérieure. On va réfléchir. Et on va trouver.

Elles n'avaient pas vu passer les heures et l'ombre avait envahi le carbet. La femme du directeur s'en aperçut et quitta les lieux en faisant la promesse de revenir. Dehors, la fraîcheur de la nuit la saisit. Elle ne s'attendait ni à un tel froid ni à cette pénombre et, tout en regagnant la Villa dans laquelle elle se cloîtrait d'ordinaire dès la fin du jour, elle prit peur. Un petit vent soufflait, se faufilant au travers des délicates dentelles de sa robe de soie. Des ombres passaient dans la rue noire, glissant d'un bosquet à l'autre. Elle pressa le pas, décidée à regagner sa Villa au plus vite. Une ombre s'approcha, un libéré plus hardi que les autres venait voir qui se cachait derrière cette silhouette féminine inconsciente qui traînait encore dehors à cette heure. Mais en reconnaissant la femme du directeur, il s'éloigna rapidement. Effrayée, elle se mit à courir, lâchant son ombrelle et son châle de soie qui tombèrent au sol. Quand elle arriva à la Villa, échevelée et essoufflée, son mari l'attendait sur la véranda, devant la porte. Terriblement inquiet de ne pas trouver sa femme à son retour, elle qui ne sortait jamais après cinq heures, il avait fait appeler le surveillant en chef et envoyé des hommes à sa recherche. Il fut si content de la voir revenir qu'il ne songea même pas à lui en faire grief, oubliant même d'en avertir le surveillant en chef qui, après avoir été à l'hôpital puis chez les sœurs, courait encore de carbet en carbet, affolé à l'idée de revenir sans avoir accompli sa mission.

Pendant ce temps, Marie avait retrouvé sa paillasse, les autres bagnardes et tout ce qu'elle avait cru quitter à jamais. Où aurait-elle pu aller ? Après tout, elle n'était plus la femme de Charlie. L'atmosphère avait changé. Il régnait un silence qu'elle ne se rappelait pas avoir connu en ce lieu continuellement animé de disputes sordides.

Rassemblées derrière la fine cloison qui séparait leur coin de celui des sœurs, les femmes avaient écouté son récit mot à mot, effarées. Et elles en avaient été si profondément secouées, mesurant à quel point leur avenir était noir, qu'elles s'étaient couchées dans un silence de mort, devançant l'heure, oubliant le rite de la prière collective. Enfoncées dans leur misère, recroquevillées sous leur drap, grelottantes de ce froid qui montait de la forêt humide et pénétrait jusqu'à leurs os chaque nuit, elles gardaient les yeux grands ouverts et repensaient, dans leurs terribles solitudes, à chacun des mots qu'elles avaient entendus.

38

Le lendemain matin, aux aurores, on cogna au carbet. C'était la femme du directeur.

— Ma mère, fit celle-ci d'une traite. Mon mari était affolé de ne pas me trouver hier en rentrant, je ne sais pas ce qu'il craignait mais en tout cas il a été si rassuré de me voir revenir vivante que j'en ai profité pour lui parler. Il m'a écoutée et il est prêt à faire quelque chose, seulement il ne faut pas tarder. Il est rarement compréhensif, alors je l'ai convaincu de vous rencontrer et il accepte. Vite, venez, il est encore à la Villa.

— Mais comment ça, maintenant ?

— Oui, oui, il faut faire vite, je vous dis.

Et sans laisser à la mère supérieure le temps de réfléchir davantage, elle l'entraîna à l'extérieur. Prise de court par cette arrivée intempestive la mère supérieure ne résista pas. Elles partirent sans attendre. Tout en marchant à pas rapides, la mère supérieure réfléchissait à ce qu'elle devait dire. Les idées se bousculaient dans sa tête et, plus elles approchaient de la Villa, plus elle s'inquiétait du manque de préparation de cette entrevue.

— Dites la vérité, c'est tout.

— Bien sûr, mais ce n'est pas si simple. Ici les vérités sont multiples et il va me falloir désigner des coupables. Ce n'est pas la mission que Dieu m'a confiée.

— Et alors ! Ces hommes sont dangereux, il faut les empêcher de recommencer. Vous devez dire ce qui s'est passé à mon mari, il écoutera.

— Oui, mais... je vais devoir citer des noms. Or je ne peux pas dénoncer. C'est un terrible péché. Il vaut mieux que je retourne au carbet et que je revienne après avoir réfléchi à ce qu'il convient de dire.

— Ah non alors ! s'impatienta la femme du directeur en la retenant par la manche. C'est maintenant, je vous dis, après il sera trop tard. C'est déjà un miracle qu'il accepte. Faisons vite.

Convaincue que cette précipitation et cette impréparation seraient néfastes, la mère supérieure s'apprêtait à tenir bon quand, impatient d'attendre le retour de sa femme, le directeur de la pénitentiaire sortit de la Villa pour rejoindre la mairie comme il le faisait tous les matins. Méthodique et froid, il ne supportait pas le moindre changement dans l'organisation de ses journées, pas plus que dans sa vie personnelle. Il avait eu un moment de faiblesse en écoutant sa femme tant il avait été décontenancé de ne pas la voir la veille au soir en rentrant, mais maintenant il était remis. Aussi fut-il des plus surpris en la trouvant devant chez lui en compagnie de la mère supérieure. Contrarié mais se rappelant sa promesse, il s'avança, décidé à se débarrasser du problème.

— Alors, ma mère, fit-il. Vous avez eu des soucis, je crois. Dites-m'en vite un mot, car j'ai à faire. De quoi s'agit-il ?

Elle s'attendait à tout sauf à se retrouver à parler de choses aussi graves au beau milieu de la rue avec un homme pressé d'en finir. Elle aurait pu refuser, demander à s'entretenir avec lui dans son bureau pour prendre le temps d'expliquer. En toute autre circonstance c'est ce qu'elle aurait fait, en tempêtant qui plus est. Pourtant, elle n'en fit rien. Épuisée des journées d'hôpital, anéantie d'une nuit sans sommeil à ressasser les révélations de Marie, doutant d'elle-même, profondément secouée d'avoir envoyé Marie, Anne et Rose au « massacre » du mariage, elle fit tout le contraire. Elle raconta ce qu'elle savait, prenant les choses dans le désordre, incohérente, précipitée. Le directeur l'interrompit en regardant sa montre, lui dit qu'il l'avait bien comprise et l'assura que les responsables seraient sanctionnés, que cela ne se renouvellerait plus.

— Mais, ajouta-t-il, accusateur, il faudra aussi que vous surveilliez mieux vos détenues. Elles ne sont pas si innocentes que cela.

Elle le regarda s'éloigner, anéantie. À cette dernière recommandation, elle réalisait son erreur. Elle avait fait ce qu'il ne fallait surtout pas faire. Dire en vrac toutes les vérités sans réfléchir aux conséquences. Son incohérence ne ferait que dédouaner les autorités, et tout continuerait comme avant. Elle rentra au carbet, effondrée de son manque de responsabilité.

Ses craintes se confirmèrent. Le lendemain, un surveillant vint lui apprendre que le directeur avait fait diligence. Cinq bagnards avaient été jugés et condamnés.

— Qui sont ces hommes ? demanda-t-elle.

Il lui tendit une liste de noms. Elle n'en reconnut qu'un seul. Isidore Hespel, dit le Chacal.

— Pourquoi lui ? fit-elle.

— Ils cherchaient l'occasion de s'en débarrasser, il fallait changer de bourreau.

— Que va-t-il se passer pour eux ?

Il passa son pouce sur le travers de sa gorge d'un geste vif, comme le ferait le tranchant d'une lame.

— La guillotine.

Elle eut du mal à maîtriser un haut-le-cœur.

— Ne vous en faites pas, ma mère, c'étaient des moins que rien, ils finiront aux requins et ce n'est pas moi qui les regretterai, surtout le Chacal, ça fait un moment qu'il aurait dû y passer, celui-là, avec tous ceux qu'il a zigouillés.

— Bien, merci, l'interrompit-elle, pressée d'en finir.

Mais, alors qu'il repartait, un autre messager arriva, de l'hôpital cette fois. Il annonça de but en blanc que le jeune médecin, Romain Gilot, n'avait pas survécu. Le médecin-chef aurait voulu venir lui-même, mais c'était impossible, il opérait. Sonnée par la nouvelle, la mère supérieure referma la porte du carbet, laissant ses interlocuteurs à l'extérieur.

Elle resta là un moment, les yeux fermés, appuyée contre la porte. Puis d'un pas lourd elle se dirigea vers le Christ qu'elle avait accroché au mur du carbet dès le premier jour et devant lequel elle faisait s'agenouiller deux fois par jour les bagnardes. Sans un mot, elle dénoua les liens qui maintenaient autour de son visage sa cornette blanche, puis elle la plia et alla la ranger dans le coffre sous son lit. Ensuite elle noua sur ses cheveux un simple foulard de coton et, se tournant vers les femmes qui avaient du mal à comprendre, elle dit :

— Puisqu'ici rien ne dure, à quoi bon vouloir tout garder…

Marie et les autres n'eurent pas le temps de lui poser la moindre question. Elle avait déjà quitté le carbet.

Quand elle se retrouva dehors, la mère supérieure dut se faire violence pour ne pas courir extirper la cornette de dessous le lit et se couvrir à nouveau. Cette tête à l'air, sans rien pour la protéger, c'était tellement effrayant ! Elle se sentait nue, se trouvait indécente. Mais elle était décidée à ne plus revenir en arrière et à plonger dans le réel. Il fit son apparition en la personne de Charlie qui se dirigeait d'un pas tranquille vers la case du Chinois, comme toujours. Comme l'avait prévu la mère supérieure, la triste vie de Saint-Laurent poursuivait son cours, et le Chacal, qui allait payer la note pour les crimes commis sur les femmes, n'était peut-être pas le pire. Cette pensée lui souleva le cœur. Ce qui la perturbait le plus, c'est que cet homme qu'elle envoyait à la guillotine était finalement celui qu'elle comprenait le mieux. Le Chacal affichait nettement ce qu'il était. Il avait choisi le mal avec une étonnante lucidité. Il ne dissimulait rien. Il allait mourir par la lame qu'il avait si souvent aiguisée pour les autres. Il méritait un châtiment, certes. Moins, pensait-elle, que ce Charlie qui paradait dans les rues comme si de rien n'était. Charlie était un dissimulateur, il cachait des perversions repoussantes et trahissait tout et tout le monde dès que le moindre danger pointait à l'horizon. Il était tout ce que la mère supérieure haïssait. Un homme sans courage et sans fierté. Un être visqueux, armé d'une vague séduction dont il usait jusqu'à la lie. Encore une fois, il avait réussi à passer entre les gouttes, s'agrippant à la moindre occasion, se faufilant entre ses trahisons successives et ses misérables lâchetés. À le voir ainsi impuni, elle en oublia sa cornette disparue et s'avança vers lui. Il se hâta, cherchant à fuir. Mais il ne put lui échapper.

— Vous vous souvenez de moi ? demanda-t-elle.

— Euh… fit-il, décontenancé.

— C'est moi qui vous ai donné Marie en mariage au kiosque.

Il regardait de tous côtés telle une bête traquée, ne comprenant pas où cette femme voulait en venir.

— Des hommes vont mourir ce soir, dit-elle en tentant de fixer son regard fuyant. Peut-être méritent-ils cette mort, peut-être pas. Mais je suis sûre en mon âme et conscience qu'un homme, plus que tous les autres, méritait un jugement terrible. Et cet homme, c'est vous. Je ne sais pas comment vous avez réchappé de cette terrible sentence mais sachez que moi, je ne vous lâcherai pas. Plus jamais vous ne pourrez faire ce que vous avez fait jusqu'ici en toute impunité. Je ne laverai peut-être pas ce bagne de toutes ses horreurs, mais je le laverai de vous. Je le jure ! Devant Dieu et devant les hommes !

Elle tourna les talons, le laissant pantelant. Bien que mise à mal par tout ce qu'elle avait vécu ces derniers jours, la mère supérieure ne pouvait pardonner à tous. Sa miséricorde n'allait pas jusque-là. Parler à Charlie fut une libération. Elle avait à nouveau désigné l'ennemi. Alors elle se détendit et, après quelques pas, elle remarqua que quelque chose s'était modifié autour d'elle. Elle y voyait mieux, elle entendait mieux. Les paroles de ceux qu'elle croisait, les sons divers, proches et même lointains, les piaillements des oiseaux, le vent qui se levait, jusqu'à la musique délicate et presque imperceptible des premières gouttes de pluie qui commencèrent à tomber sur le sol, annonçant l'orage. Tout vivait et parvenait à ses oreilles avec une netteté qui la stupéfiait. Elle avançait, émerveillée, concentrée sur ces sensations nouvelles. De mieux entendre il lui semblait qu'elle y voyait plus clair encore, et aussi qu'elle sentait mieux les odeurs. Tous ses sens étaient en éveil. Débarrassée du carcan amidonné qui depuis si longtemps enserrait son visage et réduisait son champ de vision, le réel se déployait autour d'elle. Elle en était transformée. Elle renaissait. Et quand l'orage qui menaçait fit éclater ses violents grondements dans le ciel de Guyane, elle rayonna d'une joie nouvelle. La pluie tomba d'un coup, comme toujours. Elle courut au carbet, et là, trempée, elle s'appuya un instant dos contre la porte qu'elle venait de refermer et savoura l'intensité des moments qu'elle venait de vivre.

Elle se sentait légère, irriguée de forces neuves. Les années qu'elle avait vécues depuis son arrivée à Saint-Laurent-du-Maroni lui avaient appris qu'il était illusoire de penser renverser le cours des choses en un seul combat, mais elle était sûre d'y parvenir. Il faudrait simplement lutter pied à pied sans rien lâcher avec ceux qui, comme elle, pensaient que cet enfer ne pouvait durer. Il y avait les médecins, et les autres auxquels on ne pensait pas, comme la femme du directeur. Les fonctionnaires et les surveillants qui ne parlaient pas mais qui en avaient gros sur le cœur. Ils étaient peu nombreux, mais chacun ferait tout ce qu'il pourrait pour adoucir le sort de ceux que tout le monde rejetait et pour qu'un jour ce bagne soit définitivement fermé. Simplement, pour accomplir pareille mission, il faudrait garder tout son calme et accepter d'y consacrer toute sa vie sans espérer revoir la France un jour. Ce serait difficile, mais la mère supérieure y était résolue.

— Sœur Odile, dit-elle à peine revenue au carbet, on va faire une grande lessive, demandez aux femmes de sortir toutes leurs affaires.

— Ah bon ? Mais pourquoi ?

— Pour être prêtes.

— Prêtes ? Mais, à quoi ? fit la vieille sœur qui ne comprenait rien à cette décision soudaine.

— À faire les bagages.

La surprise de la sœur fut à la hauteur de la nouvelle, immense.

— Mais où va-t-on ?

— Je ne sais pas encore mais j'annonce à notre directeur que nous sommes déterminées à quitter le carbet et à nous installer dans sa mairie s'il le faut. Vous verrez qu'ils prendront des décisions rapides pour nous trouver mieux.

— Mais, ma mère… où ? Il n'y a pas le moindre bâtiment.

— Ils le construiront.

39

Depuis qu'elle était miraculeusement revenue vivante de la jungle, Marie n'avait plus jamais tenté quoi que ce soit pour s'évader. Aucune femme ne revint de l'enfer, seuls certains hommes parvinrent à s'évader, ce dont tous et toutes rêvaient. La volonté de vivre et de s'en sortir que Marie avait forgée contre le sort à l'aube de sa vie se brisa définitivement un jour précis.

L'hôpital avait fait porter aux femmes un sac rempli de vêtements qu'il fallait remettre en état. Comme Marie était de corvée de linge, c'est elle qui l'ouvrit. Elle en extirpa les choses habituelles, serviettes à raccommoder, draps à recoudre, et c'est en tirant un peu vivement une veste qui était restée au fond et dont la manche était déchirée qu'elle fit tomber au sol un tout petit objet. Intriguée, elle le ramassa et manqua défaillir. C'était un petit bouton de nacre, identique en tout point à celui qu'elle avait perdu sur le quai de La Rochelle dans la bousculade de l'embarquement. Elle le regarda sans comprendre, et le tourna en tous sens. Il avait la même petite fleur peinte que dans son souvenir, avec une feuille verte. Ce bouton était le sien. Comment cela était-il possible ? À qui était cette veste ?

— C'est celle de Romain Gilot, lui expliqua sœur Odile. Tu sais, le jeune médecin que tu as sauvé de la jungle. Il est mort, et le médecin-chef m'a demandé si on pouvait remettre sa veste en état avant qu'il la renvoie en France par le prochain bateau avec toutes ses affaires. Il ne veut pas la rendre déchirée à sa famille.

— Le jeune médecin est mort ?

— Oui. Tu ne le savais pas ?

Dans un premier temps, Marie n'eut pas de réaction. La mort était à Saint-Laurent la chose la plus banale qui soit. Partir ou mourir, il n'y avait que ça à faire. Et puis, elle ne connaissait pas vraiment ce médecin. Seulement voilà, elle découvrait qu'il avait dans la poche de sa veste ce petit bouton de nacre qu'elle avait perdu à La Rochelle des années auparavant.

— Il venait d'avoir vingt-trois ans, mourir ici, comme ça... si jeune... tu te rends compte... Je pense à sa famille, ils doivent être effondrés, perdre un enfant si loin, ça doit être terrible... Ils ne le reverront jamais...

Sœur Odile pensait à voix haute tout en triant le linge. Marie l'écoutait en silence et d'un seul coup, sans que rien ne le laisse prévoir, elle s'effondra. Elle qui avait versé si peu de larmes, même aux pires moments de son existence, elle pleura sans pouvoir s'arrêter. Sœur Odile, effrayée, courut avertir la mère supérieure mais rien n'y fit. Impossible d'arrêter son torrent de larmes. Marie pleurait tout à la fois. Ce jeune médecin et le souvenir de ce gracieux chemisier du temps où elle espérait encore tant de choses heureuses de la vie. Elle pleura pour ces années mortes, pour ces hommes qui lui avaient fait si mal, pour l'amour qu'elle n'avait jamais connu, pour le ciel lumineux de son enfance qui lui avait menti et pour les paysages de son pays qu'elle ne reverrait plus. Elle pleura pour Bordeaux et pour ses souvenirs, pour ses parents qui l'avaient abandonnée. Elle pleura enfin pour sa vie perdue qui ne servait à rien et pour la vieillesse qui avait rongé son corps au plein cœur de la jeunesse. Marie avait à peine plus de vingt ans quand elle était arrivée à Saint-Laurent, deux ans après elle en paraissait plus du double. Très amaigrie, sa peau s'était ratatinée et avait perdu son éclat. De profondes rides de souffrance avaient anéanti la douceur de ses traits et sa lourde chevelure n'était qu'un lointain souvenir. Cadavérique, terne, vidée de toute espérance, telle était Marie désormais. Elle vivait, mais elle n'existait plus.

— Allons, allons, Marie, il faut vous remettre, ce n'est pas le moment de flancher. Le pire est derrière nous, maintenant ça ira mieux.

La mère supérieure lui avait pris la main et l'encourageait à se reprendre, plus remuée qu'elle ne le laissait paraître par ce flot de larmes. Marie releva la tête et acquiesça, puis elle glissa le petit bouton de nacre dans la poche de son tablier et, mécaniquement, elle reprit le cours de son travail. Jamais plus elles ne reparlèrent de ce moment. La possession du petit bouton de nacre apportait à Marie une émotion qu'elle croyait ne plus jamais pouvoir éprouver en ce monde. Elle le sortait tous les matins en se levant et tous les soirs en se couchant, et elle le scrutait dans le moindre détail. Dans ces brefs instants, il lui semblait tenir entre ses doigts un bout de la France, un peu de sa vie d'avant, de Bordeaux. Elle se mit à le regarder de plus en plus souvent, elle vérifiait en permanence qu'il était bien là, qu'on ne le lui avait pas pris, qu'elle ne l'avait pas perdu. Très vite il devint une obsession. Il était le monde d'avant, celui dans lequel les choses étaient possibles. Un monde dans lequel, malgré sa vie de misère, elle attendait un avenir. Un amour, une famille, une maison, dans un village ou une ville avec des vraies rues, des magasins et des gens normaux, des enfants. Or ce monde ne reviendrait pas, et le bouton de nacre n'y changerait rien.

Un matin, elle s'en alla au bord du Maroni. Les eaux boueuses tournoyaient, lourdement chargées des pluies diluviennes des jours précédents, charriant des quantités de terre et de feuillages morts, de branchages et de charognes. Machinalement elle plongea la main dans la poche de son tablier. Le petit bouton était là. Elle le tourna et le retourna du bout de ses doigts, apaisée au contact lisse de la nacre. Fascinée par le mouvement incessant des eaux, elle pensait à tous ces cadavres qu'on jetait dans le fleuve. Les eaux du Maroni servaient à nettoyer tant de choses. Deux visages revinrent à sa mémoire, Anne et Rose. On n'avait jamais su ce qu'elles étaient vraiment devenues. Elle frissonna et sortit le petit bouton de sa poche pour s'assurer encore et encore de sa présence. Il était bien là, au creux de sa main, avec sa fleur peinte et le feuillage. Elle referma la main, s'apprêtant à la remettre dans sa poche, quand brusquement, sans réfléchir, et sans même le regarder une dernière fois, elle le lança au loin sur les eaux. Minuscule et léger, il disparut dans le fleuve. Ce qui se passa alors dans la tête de Marie fut si confus qu'elle ne comprit pas ce qu'il lui avait pris. Une panique la gagna. Fiévreusement, elle plongea la main dans la poche de son tablier comme s'il était possible de revenir en arrière. Hélas, la poche était vide. Alors elle tomba à genoux, anéantie par son geste irréversible. Le petit bouton lui brûlait les doigts, mais sans lui elle étouffait, l'air lui manquait. Il n'y aurait plus jamais de jeunesse, il n'y aurait plus jamais de retour. Il n'y aurait plus que les rues poussiéreuses de Saint-Laurent-du-Maroni avec ses carbets sordides et ses hommes hagards. Un bagnard la trouva dans la nuit. Il allait vider un chargement de déchets dans le fleuve et buta sur elle. Il vida sa brouette et au retour chargea son corps évanoui sans plus de façons et la ramena au couvent.

La vie reprit, et les années passèrent.

40

Avril 1923, trente ans plus tard

Les vents et les pluies tropicales lessivèrent l'âme et le cœur de Marie aussi sûrement qu'ils lessivaient la terre de Guyane depuis la nuit des temps. Bientôt elle n'eut plus d'âge ni de mémoire, elle contracta une maladie qui fit horriblement enfler ses jambes et ses pieds, l'éléphantiasis. Le handicap fut lourd et douloureux, pourtant elle résista. Le petit bouton de nacre avait disparu, mais tant de choses disparaissaient au bagne. Tout, même Charlie dont la tête fut coupée après qu'il eut été dénoncé pour avoir tué son jeune compagnon. Les dernières femmes aussi moururent, les unes après les autres. Un jour il n'en resta plus que deux. Puis une seule, Marie. On avait changé de siècle, mais Marie ne le savait pas. À Saint-Laurent-du-Maroni les jours et les nuits, les années n'avaient pas d'importance.

Un matin arriva de France un jeune homme bien mis. La mère supérieure vint le présenter à Marie, elle était une survivante, la dernière bagnarde, il désirait la voir. Ce jeune homme était journaliste, il s'appelait Albert Londres. Il lui demanda son nom, voulut savoir d'où elle venait. Elle le lui dit, mais ils parlèrent peu, le jeune homme avait l'air ému. Marie sut par la suite qu'il faisait un reportage sur le bagne, il voulait témoigner de ce qui s'y passait. Il resta plusieurs jours, questionna longuement les bagnards, les surveillants, il fit un gros travail de recherche avec les hommes. Marie aurait aimé parler davantage avec lui, lui raconter le terrible voyage en mer, Louise morte sous les coups, Anne et Rose disparues, les mariages au kiosque et Charlie, la prostitution, la peur, sa vie perdue et celles de toutes les autres. Mais elle n'osa pas demander à le revoir. Le journaliste avait beaucoup de travail pour rapporter ce qui se passait au bagne des hommes et qui n'avait jamais été raconté. Alors, le matin où il repartit, elle se dirigea du côté du pont d'embarquement. Elle l'observa de loin avec sa valise qui parlait avec les deux responsables de la pénitentiaire. Puis le capitaine du navire cria quelque chose, Marie comprit qu'il pressait le journaliste d'embarquer. Une fraction de seconde cet appel au départ réveilla en elle un espoir insensé. Elle se vit soudain embarquer avec le journaliste, repartir en France. Et une vague la submergea. Oubliant son âge et son état, elle se mit à crier, elle lui hurla de l'emmener. C'était si simple, il suffisait de monter à bord. Un bref instant elle fut tellement sûre de revoir la France qu'elle essaya de courir vers le navire. Mais ses énormes jambes déformées ne répondirent pas, et elle tomba lourdement au sol.

Albert Londres ne l'entendit pas, il était trop loin. Elle le vit serrer des mains puis monter à bord, et elle le regarda s'éloigner, impuissante.

Quand le navire ne fut plus qu'un point à l'horizon, elle se releva difficilement en s'accrochant tant bien que mal à une branche basse d'un eucalyptus, et elle repartit jusqu'à son carbet. Elle ne pleura pas, ne s'attarda pas. Depuis bien longtemps, bien avant la visite d'Albert Londres, la vie de Marie était ailleurs. Dans son imaginaire et dans sa mémoire où une interrogation la tenait en éveil et ne s'effaçait pas. Comment le petit bouton de nacre de son chemisier s'était-il retrouvé des années après à des milliers de kilomètres par-delà les océans, de la terre de France à celle de Guyane dans la poche de ce jeune médecin de la coloniale ? Dans les heures interminables des nuits de Saint-Laurent-du-Maroni, quand son corps martyrisé la torturait, Marie repensait à ce mystère et une paix l'envahissait, la ramenant sur la terre de France. Elle marchait à Bordeaux sur le cours de l'Intendance, gracieuse dans le chemisier fleuri, et un jeune homme qui ressemblait à ce jeune médecin disparu s'avançait vers elle en souriant.

Les eaux bleues de la Garonne couraient sous un ciel clair, et le chant des marins qui déchargeaient les sacs de coton sur les quais de pierre blanche emplissait la ville de Bordeaux d'une bouleversante gaieté.

Épilogue

Le récit d'Albert Londres parut en 1923 dans *Le Petit Parisien*. L'impact fut immense. Mais pour que la France prenne la décision de fermer définitivement les portes du bagne de Cayenne, il fallut attendre 1938, et 1946 pour qu'elle soit effective.

Contrairement à l'histoire du bagne des hommes, sujet qui donna lieu à de nombreux récits et témoignages dont certains connurent un succès mondial, l'histoire des bagnardes et de leur terrible calvaire fut complètement oubliée. On ne connaît aucun témoignage personnel écrit d'aucune de ces femmes, la plupart étant totalement illettrées.

Malgré les échos catastrophiques qui, dès 1888, arrivèrent en France, aucun responsable politique ne prit la décision d'arrêter la machine de mort. Bien au contraire, il y eut d'autres convois de femmes, d'autres mariages sous le kiosque, d'autres mortes et disparues. Au total, près de deux mille femmes furent envoyées au bagne. Il fallut attendre le 19 juillet 1907 pour que soit voté l'arrêt définitif de l'envoi des convois féminins en Guyane, le dernier eut lieu en 1904. Mais aucune de celles qui étaient encore vivantes à ce moment-là n'avait les moyens de payer un billet de retour. Marie Bartête fut de celles-là. Elle était toujours en vie en 1923 quand Albert Londres la rencontra, mais on ne connaît pas la date de sa mort. Ce dont on est sûr, c'est qu'elle n'a jamais pu revoir la France. Elle fut la dernière bagnarde.

Paris, 3 février 2011.

10299

Composition
PCA à Rezé

Achevé d'imprimer en Espagne
par BLACKPRINT CPI IBERICA
le 10 mars 2013
Dépôt légal mars 2013

EAN 9782290039533
OTP L21EPLN001089N001

ÉDITIONS J'AI LU
87, quai Panhard-et-Levassor, 75013 Paris

Diffusion France et étranger : Flammarion